PATRICIO MANNS

•

EL DESORDEN EN UN CUERNO DE NIEBLA

DEL MISMO AUTOR

por nuestro sello editorial

■

EL CORAZÓN A CONTRALUZ

PATRICIO MANNS

•

EL DESORDEN EN UN CUERNO DE NIEBLA

EMECÉ EDITORES

860-93(83) MAN Manns, Patricio
El desorden en un cuerno de niebla. - 1a ed. - Buenos Aires : Emecé, 1999.
288 p. ; 22x14 cm. - (Grandes novelistas)

ISBN 950-04-1985-8

I. Título - 1. Literatura Chilena

Diseño de tapa: *Eduardo Ruiz*
Foto de tapa: *Luis Rosendo*
Fotocromía de tapa: *Moon Patrol S.R.L.*

Alsina 2062 - Buenos Aires, Argentina
Primera edición: 5.000 ejemplares
Impreso en Printing Books,
Carhué 856, Temperley, abril de 1999

E-mail: editorial@emece.com.ar
http: // www.emece.com.ar

IMPRESO EN LA ARGENTINA / PRINTED IN ARGENTINA
Queda hecho el depósito que previene la ley 11.723
I.S.B.N.: 950-04-1985-8
9.044

La verdad de la historia está
en el mito, y no al revés.

Claude Lévi-Strauss

Por su origen biológico,
el estilo se sitúa fuera del arte,
es decir, del pacto que liga al escritor
con la sociedad. Se puede entonces
imaginar autores que prefieren
la seguridad del arte
a la soledad del estilo.

Roland Barthes

Prólogo

El desorden en un cuerno de niebla, de *Patricio Manns*, es a la vez un libro extenso y profundo, que el profesor Juan Armando Epple, de la Universidad de Eugene, Oregon, EE.UU., designa como "hasta ahora, la propuesta más amplia y compleja, que abarca y reformula la mayor parte de las obsesiones literarias de *Patricio Manns*", agregando —para precisar más— que mo estamos "ante un libro de estructura lineal, sino de una composición *palimpséstica* o *palinódica*, que comprime y distiende varios planos textuales: un hilo narrativo vinculado metafóricamente al eje chileno de una tragedia americana, un meta-texto que configura una reflexión sobre los dilemas histórico-culturales del continente americano, otro que conecta esos dilemas con una actualización de la discusión sobre el origen de la novela (que *Manns* sitúa en Islandia), y en el caso de la América Latina, sus filiaciones heterog´eneas con un doble legado: la tradición escrita europea y la tradición oral, de raigambre épico-mítica de las culturas indígenas. Y finalmente, un plano que va formalizando y proyectando, desde el imaginario discursivo, una poética sobre la literatura."

Tal como la región del Golfo de Penas y los canales del sur de Chile se parecen enormemente a los fiordos escandinavos, confluyen aquí elementos no sólo autóctonos de América Latina, sino de toda la riqueza mitológica de los vikingos y de los islandeses, para conformar una galería de personajes de los más memorables que he conocido en cualquier literatura. En sus interacciones, echan inesperadamente una nueva luz sobre toda una serie de niveles, mientras la realidad interna del Faro-Libro sigue cotejándose continuamente con la realidad exterior del Libro-Mundo, con resonancias a la vez universales y muy locales, puesto que la novela tiene como subtexto muy evidente lo ocurrido en Chile durante y después del golpe militar, lo cual es a su vez una metáfora de lo que sucede hoy día donde se mire en nuestro mundo.

En mi opinión, *El desorden en un cuerno de niebla* debe tener tanta o más resonancia que la que tuvo en su tiempo *Cien años de soledad*, porque es todavía más novedosa que aquella novela ya consagrada como un clásico de la literatura latinoamericana. *Manns* ha sustituido el "realismo mágico" con una nueva especie de realismo, que yo llamaría "épico-mítico", pues la densidad mítica de esta novela —sobre todos sus niveles temáticos y narrativos— es mucho mayor que en cualquiera otra obra literaria contemporánea de no importa qué país.

Robert Pring-Mill*

* Robert Pring-Mill es profesor emérito del St. Catherine College de la Universidad de Oxford y miembro de número de la Academia Británica de la Lengua.

El desorden en un cuerno de niebla
Orden del libro:

De la herida que estimula los sueños y los sueños que montan una multiplicada provocación del azar.
Intertextos Uno y Dos:
Uno: De una cita de Odín en la *Edda Mayor*, libro islandés redactado hacia 1380.
Dos: De una cita de *Los Dzules* en el Chilam Balam de Chumayel. Primera traducción castellana compuesta en 1792.
Del discurso de las armas de fuego en el inconsciente de Cessair Triggvason.
Del villano momento envenenado.
De la malversación de los amores.
Historia de la circulación de la sangre.
De la alevosía de los faros.
De la sombra del muerto que evocaba en el Faro la sombra de las Furias.
De las escaleras en doble espiral que permiten huir por tiempo indefinido en un espacio cerrado.
De ciertos papeles, ciertos nombres y ciertos hallazgos que evocan el origen de la recurrencia paranoica.
Del Norte que es el padre. Del hijo que es el Sur. De unacantinela atribuida a la Licorna.
De una probable disolución de la personalidad.
De la responsabilidad intelectual de lo imaginario en el momento crítico de una escritura soñada.

De un zapato sin par y sin pie. De la presencia de María Parabellum en el azogue de un ojo de agua de mar.
Del Dodecaedro, que es la cabeza del Faro, y de los mundos visibles e invisibles a partir de él.
Metáfora del sur.
De Cessair Triggvason y María Parabellum en el Golfo de sus Penas.
De cómo se percibe ella a sí misma, o un autorretrato instilado por el mordiscón ancestral del subconsciente.
De dos monólogos balbuceados en el límite del sueño, dos mitos ejemplares y una compleja crónica de traiciones.
De allende la utopía, de allende la tragedia, y de allende el porte majestuoso de la Cordillera de los Andes.
De por qué ni el sueño ni la realidad existen, sino apenas una infinita sucesión de sueños y realidades compartimentados e imaginarios.
Del extrovertido combate entre Régulus, estrella guardiana del Norte, y Fomalhaut, estrella guardiana del Sur.

(Manuscrito encontrado entre los papeles de Cessair Triggvason).

De la herida que estimula los sueños y los sueños que montan una multiplicada provocación del azar

Se hallaba escribiendo con ambos codos apoyados en la mesa de trabajo. La lámpara de cuarzo concentraba el haz de luz blanca sobre la página a medio llenar, dejando el resto del taller en penumbras. Cierto silencio inhabitual ocupaba la calle. La única ventana y la única puerta del taller estaban cerradas con pestillo. Esta última fue destrozada sin gran estruendo mediante un áspero par de culatazos, y la bala de plomo puro, con dos incisiones en la punta, partió a su encuentro.

Tuvo tiempo de gritar para ganar un segundo:

—¡Es que yo ya no soy yo!

Así, en día y hora sujetos a una conjunción de hechos semejantes, hechos que por su imprevisibilidad cancelaban toda tentación de autodefensa, aquella bala, que en principio no debía encontrarla allí, ni menos alcanzarla, culminó su zumbido perforando la cabeza de María Parabellum, en el lugar y sangre de la frente de Cessair Triggvason. Recibió en plena sien derecha el golpe de tiniebla. Cuando su sangre empezó a escurrir, primero a lo largo de la mejilla, y luego por entre los pechos, camino del vientre, los uniformados estimaron que la muerte había consumado sus asuntos. Más todavía cuando el cuerpo delgado y blanco como un tallo de luz, un pálido jeroglífico, cayó livianamente al suelo repicando. Sólo entonces liberaron sus rostros ocultos por pasamontañas, encendieron cigarrillos inquietos y echaron ojeadas por la habitación, que olía a herrumbre, y ahora a sangre fresca.

Uno sopló el cañón de su arma y masculló satisfecho:

—Es una Parabellum, no tenía por qué fallarme.

Otro pateó con suficiencia la única silla hecha de esparto y avellano. Un tercero desgarró aparatoso el affiche negro y blanco en el que se estampaban la cabeza de una mujer —la mitad del rostro cubierta por un pañuelo— y sus manos, atareadas en amamantar con ambos senos a la vez la ruda sombra de un fusil de asalto. Un cuarto, abrochando su guerrera, cuchicheó con voz suficientemente clara para ser oído por todos:

—Misión cumplida.

—Ahuequemos el ala.

Corrieron todos hacia la puerta y desaparecieron. Sus botas astillaron los peldaños de la escalera mientras en estampida buscaban las sombras protectoras de la calle. Pero a pesar de la bastarda agresión, María Parabellum no estaba muerta, sino inconsciente, aun cuando el proyectil perforó el hueso y se enquistó bajo la bóveda craneana. Yació tirada en el piso por algún tiempo.

El sector entero había estado naufragando ante un ir y venir de incontables disparos. El mundo pareció dividirse de repente entre gente que huía y gente que buscaba, todos sistemáticamente confundidos debajo de sus pasamontañas. Como de costumbre, en Utsavalipak era septiembre. Apareció un cadáver apoyado contra la tapia norte del cementerio llamado Puerta de la Lluvia. Este quedaba en el extremo de la barriada, al borde de la autopista que corría cerca del mar. Contaron catorce agujeros de bala en la cabeza del asesinado —similares al solitario agujero de María Parabellum—, perpetrados a quemarropa, y otros catorce en el pecho, los brazos y las piernas. Le habían arrancado los testículos y se los habían metido entre los dientes. Pero María no pudo enterarse de esto. Otro cadáver fue descubierto en un depósito abandonado, más abajo de la Dársena Sur. Lo habían ejecutado de veinte disparos en algún lugar del puerto, y terminaron arrojándolo entre herrumbrados barriles de latón y desperdicios industriales. De aquello tampoco se enteró María Parabellum. Ni nada supo de otro cadáver, y aun de otros, pedagógicamente mutilados, que aparecieron en circunstancias idénticas, pero en horas diferentes de la noche que siguió a la entrada de María en la niebla.

Cuando por fin la alzaron, y la cubrieron con un poncho, y la acostaron en una parihuela, y se la llevaron secretamente a una oculta clínica de la Vicaría de la Solidaridad, para que no la torturaran en estado de coma bajo estado de sitio —y frente a las cámaras de televisión, como lo había institucionalizado la costumbre durante el régimen de Augusto Aciago de las Fosas—, recobró la conciencia una primera vez. Creyó que flotaba, y con ella, un suave olor de almendros. No asoció este aroma a la inminente llegada de la primavera, catorce días más tarde. Fue preciso transferirle mucha sangre para compensar sus pérdidas, infinitamente superiores a sus deyecciones menstruales de un año entero. Estaba todavía consciente cuando alguien le limpió la herida y la prepararon para extraerle el proyectil, operación que pareció durar un largo rato, hasta que después terminaron por vendarle la cabeza. Mientras la operación tenía lugar, escuchó nítidamente el rugido del mar debajo de su cama, con el mismo modo de rugir que tanto la impresionara aquella vez que estuvo cerca de unos acantilados, en la cubierta del *Ona Trek*, aferrada a las manos de Signy Huld. En aquel tiempo esos arrecifes alzaban su pétreo vientre mucho más allá del extremo del mundo, pero ahora, domesticados por la convulsa memoria ahogada en tanta sangre, llegaron a instalarse dócilmente al pie de su cama. Ella recordaba con precisión al *Ona Trek*, pero en la nueva circunstancia que la atosigaba —el estado de coma bajo estado de sitio—, no lograba verlo por ninguna parte, aunque creía que lo buscaba moviendo la cabeza en dirección de uno u otro de los extremos del cuarto. Recordaba sin embargo lo sucedido en el lupanar de Olegaria Comarcano, el último de sus días con Signy, el día en que adoptó el nombre de paz y de guerra que se hizo indisociable de su estar y de su ser, el día en que decidió nacer de nuevo convertida en otra persona, y más que nada, en otra idea, a considerable distancia de la idea que había sido. Probablemente las manos curanderas presionaron en el punto exacto del cerebro en que se hallaban agazapados estos recuerdos y otros recuerdos anexos y concomitantes. Por eso vio recortada contra el horizonte la sombra del Faro, padre del faro de Virginia Woolf, cuyas luces se habían extinguido al parecer desde mucho tiempo antes, antes incluso que Signy y ella navegaran a su cuadra y las contaran encendidas. Del mismo modo asistió a la fuga del mar y al nacimiento de una ciénaga. En el momento de partir, las olas atraparon al *Ona Trek* en mitad de una vigorosa corriente, y terminaron reconduciéndolo a un fondeadero abandonado, que alguien, alguna vez, según José Bregante Lúcido, bautizó con el nombre de Cuarenta Días. En otro momento, las manos apretaron la base de su cráneo bárbaramente herido, y ella pudo distinguir, en mitad de una oleada de sombras púrpuras, los rostros de un hombre rojo, barbado y alto, y un hombre delgado, barbilampiño, cetrino y ciertamente más bajo. Nunca los había encontrado juntos, pero recordó que el teniente Leight narró en diversas ocasiones la historia de su extraordinaria desventura, en las siniestras tertulias del salón de oficiales del barco, cuando al término del día, éstos se reunían para beber, insultarse, y deleitarse narrando a gritos, una sarta invariable de inmundos cuentos y chascarros donde sólo campeaba un modo malsano y repugnante de referirse al sexo. Todo lo que supo entonces es que ambos hombres estuvieron juntos en aquel sórdido faro, y que uno mató al otro durante una borrachera. Pero el asesino, sin que nadie supiera bien cómo, amaneció colgado de una gavia, con las manos amarradas a la espalda, en circunstancias que en el faro sólo se hallaban los dos, y que la tierra más próxima —pues era un faro de alta mar—, distaba al menos dos días de navegación. Parecía tratarse de una sombría crónica de traiciones, rencores, celos, menosprecio, venganza y muerte. De repente sintió que la transportaban a lo largo de oscuros túneles. Oyó muy cerca de su oreja derecha algo como una sierra metálica trozando huesos, y procuraba dormir, pues el sonido era cruel y arremetía chocando contra sus nervios exhaustos. En otro momento todavía la invadió una nueva sensación de estar flotando a cierta altura, como si levitara, y al levitar, viera innúmeros objetos que desfilaban a gran velocidad. Creía que le sangraban el ombligo, la palma de las manos y la planta de los pies, y una fiebre devorante atenaceaba sus entrañas, las cuales podía contemplar desnudas mirándose hacia arriba. Al mismo tiempo rememoraba instantes particulares de su existencia e incluso escuchaba pronunciar una enorme cantidad de nombres. En suma, la impresión de revivir sucesos, de inventar frases o de repetirlas, de remover la substancia de olvidadas palabras que de repente se le atropellaban en la puerta de la temblorosa memoria pugnando por salir y ser reconocidas. Un pinchazo en el glúteo podía devolverla a la realidad real, aunque la otra era también una realidad probable. Entonces se mezclaban en su espíritu estas voces reales y este dolor real —el pinchazo de las agujas hipodérmicas—, con otras voces emergiendo de un socavón brumoso, cuyo fondo no distinguía, y dolores que sólo la memoria de su piel y de su carne recordaban. Una vez había visto una panoplia con treinta y tres cuchillos carniceros, y otra vez, una escalera que conducía a un sótano y había sido construida como una espiral de hierro, que descendía y regresaba en otra espiral hasta el punto de partida. Se juntaban así ambas instancias: la partida y la llegada. Al iluminarla, la sombra de sus delgados escalones preñados de óxido creaba la doble espiral interminable. Súbitamente descubrió que pendía de un árbol, como Odín, y ya no pudo dilucidar la cuestión de la vigilia y la cuestión del sueño. Supo que a partir de ese instante, viviría bogando entre dos aguas, como un pálido pez exangüe de melena dorada, y que su doble razón —cada parte a su vez— reaccionaría mecánicamente, con la precisión y la constancia de turbios flechazos indirectos. Al cabo de lo que pudo ser un día, una semana, o nueve días, dialogaba febril con un tropel de sombras sin identidad. Todas olían a ceniza. En el fondo de su mágico subconsciente comprendía bien que este mundo intertextual había habitado siempre en ella, con la totalidad de sus fueros, promulgados por latigazos de frío y fiebre. También el hecho de estar colgada de un árbol y de beber el agua de miel —la hidromiel— que permite comprender toda la poesía, abría otra puerta de escape a sus paganas palinodias, a sus asimetrías intelectuales. Y así como había voces y manos que se disolvían a su contacto, había voces y manos que continuaban siendo a su contacto. Su conciencia parecía dilatarse y contraerse, imitando la corola de un maltratado girasol, y múltiples rumores, conversaciones, rostros, sombras, luces, lecturas, paisajes, ciudades, ruinas, ríos, exclamaciones, sollozos, risas, gritos, botas, disparos, órdenes, anclaban en su entendimiento, perfectamente audibles y visibles. A ratos, nuevas manos palpaban su cabeza, y su cabeza resonaba como una cáscara hueca, y dentro de ese desesperado ámbito hueco retumbaba el murmullo insignificante de su nombre, y también, de su otro nombre, su otro mundo muerto. Cambiaban los vendajes, renovaban sin rigor los pinchazos, y el olor profundo de los almendros en flor expandiéndose por las marítimas colinas de Utsavalipak, le apretaba la tiniebla con una gama abierta de sonidos y crujidos primaverales, entre los cuales su aprensión creía distinguir disparos. Al pie de un palacio ardiendo, un hombre en traje de civil, llevando casco militar, lentes ópticos con marco de carey, y armado de un fusil de asalto, besaba la mejilla de una joven que le contemplaba inmóvil, sin sollozos y sin llanto.

Una mañana precisa, en mitad de un día sin nombre, asomó la cabeza fuera del agua. Percibió el rostro cobrizo de una mujer alta y fuerte que la observaba de cerca, inclinándose para verla todavía mejor.

—¡Porque escribí, porque escribí estoy viva! —gimió María Parabellum con un gemido que pedía socorro.

—Ya lo sé, María, cálmate.

—He escrito y escrito y escrito como si me fuera a morir.

El rostro de cobre le sonrió con dientes blancos.

—Me llamo Yonalda Vutamapu. No te muevas.

La tomó suavemente por las caderas, volviéndola un poco, hasta descubrir su glúteo derecho. Buscó en una mesa próxima la aguja hipodérmica e inyectó en la mórbida carne blanca un líquido oscuro. A María el dolor de la aguja le pareció distante, efímero, muy inferior al dolor de sus memorias. Este dolor fingía provenir de otra pierna que la suya y no le causó ningún malestar.

Vutamapu la reacomodó en el lecho, abrigándola con una frazada de lana blanca y negra.

—Vengo por ti cada día, mañana y tarde, a las seis en punto. Pronto estarás bien.

—Ya estoy bien.

—Me alegro tanto, por ti y por lo que has hecho por nosotros.

María balbuceó cerrando los ojos:

—El dolor es un mundo y gira de derecha a izquierda.

—Contra las agujas del reloj. ¿Quieres otro poco de agua, María?

—No, quiero papel y lápiz.

—¿Papel y lápiz? ¿Qué más?

—Me siento cautiva dentro de un cuerno de niebla. Hay un gran desorden en este cuerno, y además, es grande: contiene incluso la colina entera donde se halla el Colegio Escandinavo de Utsavalipak. Y contiene además un cadalso.

—¿Un cadalso para quién?

—Allí cuelga el cadáver de mi padre luciendo su uniforme de oficial de Marina.

—Ah, sí, tu padre, el capitán Erik Triggvason. Duérmete ahora. Si me necesitas, tira ese cordón que cuelga cerca de tu mano derecha, porque donde me encuentre, oiré tu llamada.

—¿Y dónde te encontrarás?

—En una sala no muy grande pero silenciosa.

—¿Repleta de moribundos y de muertos como yo?

—Creí que estabas bien. Chao, María.

La puerta se cerró con fuerza. De tal modo asistía a momentos intensos en los que, abriendo la mitad de su ojo azul o la mitad de su ojo verde, veía la aguja en manos de Yonalda y sabía por ello que eran las seis de la mañana o las seis de la tarde.

—No muevas tu brazo izquierdo porque estás bajo suero, María.

No obstante, cierta vez que Yonalda estaba inclinada sobre su glúteo izquierdo, dos repentinas campanadas sonaron algo lejos, resplandeciendo en mitad de esa hora nocturna. Muy turbada presintió que había perdido un soporte capital para su relación con el tiempo. Estaba ya habituada a adivinar la proximidad de Yonalda mediante algunos signos particulares —secretados por su desasosiego— que comenzaban con un tenue temblor de los vellos del pubis, trepaban a la cúspide de cada seno, esta vez como un cosquilleo espasmódico, y concluían con gotas de sudor en las nalgas, todo lo cual no la alertaba suficientemente a causa de su extrema debilidad y la imposibilidad de erguirse para mirar. En tales estados las imágenes recobradas en las sentinas de su mundo interno eran dramáticas, y a menudo, escalofriantes. Asistía, por ejemplo, al naufragio del *Ona Trek*, y más tarde, recogía un cadáver y lo arrastraba por la arena de la playa, fuera del alcance de las garras del agua. El muerto era un joven marinero de ojos claros y pelo lacio. Ella apretaba su boca contra los labios fríos del adolescente muerto, y velaba toda la extensa noche, acurrucándose sobre el duro pecho del ahogado. Entonces salía el sol, pero era apenas Yonalda que abría la ventana para airear el cuarto.

—He recorrido todo el cuerno de niebla. He escrito muchas páginas describiéndolo.

—Cuéntame mientras te vuelves contra la pared.

—Creo que ahora lo conozco bien. Tiene ruinas adentro, tiene puentes levadizos, tiene un vasto campo de exterminio. A veces muge, a veces escupe bocanadas de bruma, monedas oxidadas, chicha baya de Curacaví, armaduras, líquidos corrosivos y grandes piedras pulidas de una ciudad muerta que yace en la cumbre de la Cordillera de los Andes.

—¿Tú puedes ver todo eso?

—Sí. ¿Qué debo hacer para reconocerte en la niebla, para que no te me extravíes?

—Me reconocerás por la aguja, por el dolor, por las seis campanadas.

—A veces son sólo dos y eso me confunde mucho, hace que todas las horas se comporten de manera incierta.

—Has oído apenas las dos últimas. No olvides que duermes casi todo el tiempo.

María atinaba a admitir:

—Debe ser como dices, si lo dices. Yo sólo creo a quien me hace sufrir.

—Es así.

—Aquí, hundida en la nada como estoy, puedo equivocarme siempre.

En cierta ocasión le pareció que había adquirido la costumbre de ponerse de pie y caminar por grandes habitaciones y corredores espaciosos como los del Colegio Escandinavo. En un cuarto vecino creyó descubrir el cuerpo de otro joven que, conservando su armadura puesta y su espada en la mano, dormía plácidamente estirado sobre una cama provista de cabezales de hierro. Junto a su lecho piafaba un caballo sin sonido. En el yelmo, que el dormido conservaba bajo el brazo, ondeaban una pluma roja y una pluma negra. María Parabellum las consideró símbolos del día y de la noche. En otra hora, en otro momento, en otro día tal vez, volvió a levantarse vistiendo apenas su larga camisa de dormir, suave e incolora y también transparente, y su vendaje en la cabeza, veteado por manchas rojas. Recorrió nuevos aposentos, cuyas puertas se hallaban desprovistas de cerrojos y ocupaban el lugar de aquellos de sus visitas anteriores. En uno había un lienzo que contenía esta fecha, escrita con tintas invisibles:

—7 de septiembre de 1986—

—Ese fue el día en que lo hice —pensó—. Gritaba como un marrano al interior de su coche blindado, oculto tras su nieto, atrapado en el Pantano de Hossegor. El terror le rodaba por las nalgas y el aire era irrespirable en todo el sector. Nunca había visto un rufián tan cobarde.

Penetró en un cuarto de baño. Una mujer desnuda,

calzando altos zapatos de tacón, se empinaba para beber el contenido de un frasco de agua de Colonia, parada ante el espejo.

—Desde esta ventana —la mujer no se volvió a mirarla— veo ardiendo la Casa Capitular. Adentro hay un hombre muerto en su sillón de mando, con la banda presidencial cruzada sobre el pecho y un agujero ennegrecido que empieza en la barbilla y termina en la nuca. Unos dicen que es un asesinato disfrazado de suicidio, otros que es un suicidio disfrazado de asesinato.

En otro cuarto de baño se instaló un largo rato. Orinó un poco de sangre mezclada con mucha melaza.

—He bebido demasiada hidromiel en el árbol —se habría dicho— y por ninguna parte veo ahora la poesía.

Deambulando, tropezó con una muchacha muerta sobre un tejado, y dos tipos antiguos, vestidos con jubones, que leían incunables a la luz de sus espadas. Arrastró una silla cerca de los altos ventanales, trepó para observar, y vio que afuera se agitaba lentamente un océano enorme, pesado, como si fuera una masa de barro en convulsión. Por la mitad de este océano casi fecal se erguía sin relámpagos la fúnebre amargura de su Faro, padre del faro de Virginia Woolf. Encima del Faro colgaba un hombre de una cuerda, como si estuviera descendiendo sobre él, o huyendo de él. El mar fecal tocaba el borde inferior de los ventanales. Mirando a lo largo del pasillo divisó algunas puertas cerradas. Forzó la primera y penetró en una habitación amplia y clara, que terminaba en un balcón. En el balcón había macetas de flores grises, pero las paredes lucían colores restallantes. Yonalda estaba sentada escribiendo una carta. (Eso le pareció, al menos.)

—Me han colgado del árbol atándome al cuello un arcoiris —dijo María.

—¡Silencio!

—Además alguien ha castrado al sol.

—¡Silencio, he dicho!

—¿Mataron ya la flor del Nacxit Xuchitl?

—Hace cinco siglos.

—He llegado tarde pues a todas partes. Incluso a mi escritura.

Entonces Yonalda habría aferrado un cuchillo. María creyó que debía retroceder despacio hacia el balcón, con el espíritu confuso, sin decidirse todavía por el temor directo e irreflexivo, o por los asombros expectantes. Pero Yonalda parecía tomarlo seriamente. La miraría a los ojos con ojos duros, marcaría cada uno de sus pasos con expresión de odio, de ferocidad no retenida, blandiría el cuchillo amenazante, y Parabellum tendría entonces la seguridad de que lo clavaría en su pecho si arriesgaba a ofrecérselo. Cobraría así conciencia del peligro inminente y continuaría retrocediendo cuanto le fuera posible, marcharía hacia atrás dándole la cara, hasta que tocara con la espalda la helada balaustrada del balcón, y fuera contenida por ella. A causa de la confusión, sus pies derribarían los cántaros habitados por las flores grises, y las flores grises le morderían con furia los tobillos ahogándose después en su agua muerta.

—¿Cómo encontró Yonalda uno de los treinta y tres cuchillos conservados en el Faro? —pensaría, tentando de no modificar la serenidad aparente de su rostro.

Pero ahora se hallaría en el punto exacto del dilema. No le quedaría sino una única salida doblada por dos instancias: podría saltar al mar fecal que se retorcía debajo del balcón, o abrir su pecho a la hoja de doble filo —como lo hiciera su antepasado, el guerrero Atli, ante la lanza de doble filo de Thorbjörn, fraguada bajo los signos del concepto dual— que empuñaría la mano profesional de Yonalda Vutamapu, la mano con vocación de dolor. Mediría la situación. Reflexionaría buscando la tercera puerta de salida y no la encontraría. Por fin, clavaría los ojos en la cara cobriza, mostraría toda la perplejidad de su rostro, y musitaría al cabo:

—¿Qué es lo que tengo que hacer ahora? ¿Abrirte los brazos? ¿Saltar desde el balcón? ¿Despertar?

Yonalda Vutamapu se detendría. Bajaría la lámina del cuchillo, la miraría de lleno a los grandes ojos asustados. Expresaría con las manos un leve gesto de decepción. Diría:

—Eso no puedo saberlo yo, María Parabellum: el desvarío es tuyo.

Intertextos Uno y Dos:

Uno: De una cita de Odín en la Edda Mayor, libro islandés redactado hacia 1380.

Sé que pendí del árbol que movía el viento durante
nueve noches: herido de lanza, sacrificado a Odín,
yo mismo a mí mismo: sobre el árbol de raíces
desconocidas.

No me dieron un cuerno para beber, no me dieron pan.
Miré hacia abajo, recogí las runas; gimiendo las recogí,
caí al suelo.

Nueve canciones mágicas aprendí del famoso hijo de
Bolthorn, padre de Bezla, y bebí la hidromiel.
En mí crecieron la sabiduría y el conocimiento.
Medré y me sentí bien. Una palabra y la siguiente
me dieron la tercera. Un arco y el siguiente,
el tercero.

(Traducción de Jorge Luis Borges)

Dos: De una cita de *Los Dzules*, en el Chilam Balam de Chumayel, primera traducción castellana compuesta en 1792.

Toda sangre llega al lugar de su reposo, como todo
poder llega a su trono. Estaba medido el tiempo
en que se alabaría la grandeza de Los Tres. Medido
estaba el tiempo de la bondad del sol, de la celosía
que forman las estrellas, desde donde los dioses nos
contemplan. Los buenos señores de las estrellas,
todos ellos buenos.
Ellos tenían la sabiduría, no había maldad en ellos.
Había salud, devoción, no había enfermedad,
dolor de huesos,
fiebre o viruela, ni dolor de pecho ni de vientre. Pero
vinieron los Dzules y todo lo deshicieron. Enseñaron
el temor, marchitaron
las flores, chuparon hasta matar la flor
de los otros para que
viviese la suya. Mataron la flor del Nacxit Xuchitl. Ya no
había sacerdotes que nos enseñaran. Y así se asentó
el segundo tiempo, comenzó a señorear, y
fue la causa de nuestra
muerte. Sin sacerdotes, sin sabiduría, sin valor
y sin vergüenza,
todos iguales. No había gran sabiduría, ni palabra,
ni enseñanza
en los señores. No servían los dioses que llegaron
Aquí. Los Dzules sólo habían venido para castrar al sol.
Y los hijos de sus hijos quedaron entre nosotros,
que sólo recibimos su amargura.

Del discurso de las armas de fuego en el inconsciente de Cessair Triggvason

Durante el discurrir de un viejo verano ya podrido, sobre playas soleadas que continuaron fulgiendo por un tiempo muy largo en el amenazado rincón de su memoria, Cessair Triggvason coincidió brevemente con un hombre del cual nunca pudo recobrar el rostro. Este hombre empuñaba un arma de color pardo oscuro, diseñada para matar a distancia, y naturalmente había matado a distancia. La muerta fue una mujer que salía del mar abrigando en el cuenco de los senos un diminuto charco de agua salobre. El sol le daba en el pelo. Los pies desnudos venían volando casi sin apoyo a causa de las arenas ardientes. Partiendo de este día, y porfiadamente, Cessair Triggvason anulaba y rescataba su perniciosa voluntad de ensueño, muy profunda en ciertos casos, y también muy perturbadora, a través de un bestial ejercicio de transferencia de lo real, para interrumpir de algún modo la premonitoria secuencia de imágenes desbocadas que fluían sin cesar de su memoria en ascuas. Después de semejantes despertares descubría, pálida de congoja, que su ojo verde y su ojo azul se hallaban anegados de lágrimas de colores diferentes: era que Cessair había estado soñando otra vez, en pleno vientre de la noche, con las peripecias de un disparo. El arma que disparó —ese ennegrecido muñón de acero Triggvason— carecía de forma en el recuerdo inmediato. Por ello, para definir ese misterio enemigo, ese acerado cuerpo siempre amenazante, su desazón le confería formas, y estas formas variables terminaban al fin y al cabo por fundirse en figuras específicas, por consagrarse tubo, túnel, o subterráneo río decisivo.

La mujer de la playa había sido pálida, parecía vivir con escrúpulo, marchar con timidez, pedir perdón por respirar. Hojeando en el calendario de sus horas idas, Cessair recordó que dos actos, dos sucesos, tenían lugar al mismo tiempo, precediendo el hecho capital que marcaría la mediatarde con un latigazo morado: por un lado, ella afirmaba su modorra de catorce años contra aquella pared de desvencijadas cantoneras (dicen que traída de los aserraderos de Temuco por el compadre Eustaqui Matamala), como si de tal modo pudiera sustraerse un poco al ojo de fuego que arremolinaba sus brasas candentes en el cielo del verano intenso. Por otro, arriba, en los espesos bosques circundantes, el aplastante calor había organizado un incendio amarillo y dos columnas de humo entrecruzaban sus espirales sobre el arrogante fragor de los eucaliptos en llamas.

Su padre estaba visitando al propietario del cerco de cantoneras. Este era, al mismo tiempo, propietario de la casa junto al mar, mar que en ese punto se llama Isla Negra. El hombrón producía allí su propia hidromiel, utilizando el agua incontaminada de una vertiente y derritiendo panales que las abejas construían al fondo del patio. A causa de ella —la hidromiel— no sólo podía comprender toda la poesía de los demás, sino establecer la propia, verla, lamerla, olerla, pasarle la mano a contrapelo o a favor, encabritarla, endurecerla hasta alzarla insurgente, correrle un dedo con saliva por detrás del cuello para hacerla dormir. Dormida, la violaba impunemente, con el regocijado beneplácito de toda la cofradía de sus escuchadores. Declamaba su poesía en el lado del jardín que daba al mar, donde presidía un mascarón de proa encarnado por un busto de doncella o nereida o sirena, que más da, el cual parecía querer embaucar al horizonte entero con un majestuoso par de tetas acostumbradas a su hegemonía y a su tentacularidad hipnótica. A causa de esto el padre tardaba y tardaba, como era su costumbre, y

Cessair contemplaba con pereza el avance del incendio. En esto la mujer vino desde el borde del agua, agua que parpadeaba en su recuerdo. Pudo ver bajo cada uno de sus ojos una pequeñísima y redonda ola marítima, con espuma y con yodo. Era a causa de este llanto, insondablemente reprimido, que comenzó a establecer la circunstancia de los dos disparos: el que se fraguaba allá, recto y seco, y el de su sueño, áspero y recto. La mujer pasó por su lado y le sonrió indefensa, inobjetablemente muerta ya, y continuó marchando rígida, sollozante y graciosa. Su sollozo era ciego y era mudo: por lo tanto, digno. "Viene del mar y sin embargo llora", había pensado Cessair Triggvason, todavía no muy consciente de lo que se preparaba entre los bosques en brasas, el mar caracoleando, la arena menuda y amarilla, ribeteada por negras algas secas, y el riachuelo silencioso, cuajado de calor, que penetraba de bruces contra el canto del mar en la playa de Laraquete. Cuando una imperativa voz de macho recio llamó a la mujer por un nombre vastamente común —"¡María! ¡María!"— había vociferado el tipo, y su voz era ya una detonación, y ella había continuado caminando hasta las riberas del riacho, como si otras llamadas hubieran precedido a la primera y Triggvason no las hubiera oído, dio vuelta la cara para mirar. Sin duda el hombre acababa de saltar del tren que bordea el Golfo de Arauco, porque el tren se estaba moviendo de nuevo ahora y abandonaba el paradero reanudando su descenso hacia el sur. Entre ráfagas de vapor y la humareda de carbón de piedra que desparramaba la locomotora, el hombre miraba, y sus ojos eran sólidos y su labio airado. La mujer se acercó sin ninguna muestra de recelo, pero sí un poco tiesa, secretamente temerosa quizás, o sabiéndolo todo ineluctable desde un temor remoto transferido a costumbre. Cessair confundió su allegarse nervioso y suave con el suave y nervioso allegarse de un venado. Como un animal doméstico, aquella María había olido a su hombre, había lamido su cuello a través de la abertura de la camisa, había lamido también su mano izquierda en signo de sumisión, pero el hombre (lo que quedaba en él de tal) la había matado sin saludar, clavándole una abeja de plomo en el cuenco preciso de los senos, vaciándole en el acto toda la diminuta voluntad de agua de mar que ella había llevado apozada ahí. Antes que esa María se desplomara, el agua desbordó de su recipiente, en ruta hacia el pubis, y luego alcanzó los pies lavándolos de culpa, puesto que era agua de mar de Laraquete, y brotaba en las inmediaciones de su herido, de su macerado, de su atropellado corazón.

—Es una Parabellum, no podía fallarme —gruñó el matador soplando el cañón de la pistola.

Chocó con los ojos de Cessair Triggvason, los sostuvo un momento, y luego le espetó con voz amenazadora:

—Cierra las pepas, pendeja de mierda, ¿no sabes acaso que no se espía por el ojo de la cerradura?

En seguida se alejó silbando un tango con indiferencia.

Al caer el cuerpo hacia atrás, la cabeza muerta de María golpeó contra el borde de una cesta. La cesta conservaba entre sus amarillos músculos de mimbre, restos de pálido pan y oscuro vino, mordidos y bebidos a medias en el curso de la espera, apenas al finalizar la mañana. Y se había dormido la cabeza dentro del canasto, carcomida a su turno por el odio. Se había dormido como una trágica fruta capitosa. Se había dormido con los negros cabellos recién enjuagados por la sal, jugando a trigo negro dentro de la cesta, a gavilla nocturna, a levadura muerta.

Este es pues el punto exacto en que se establece el origen de su nombre futuro y se anuncia la consumación de la ruptura de Triggvason consigo misma, que llevará a cabo andando el tiempo, primero en el centro de sus sueños, y más tarde, en todo el material de la delirante escritura de humo que emprenderá su alter ego, María Parabellum.

¿Será verdad que una vez subió al *Ona Trek*?

¿Será verdad que aquello ocurrió veintidós jueves después del jueves negro?

¿Y que viajó por océanos vírgenes, y anduvo de ola en ola en ola, y conversó con un tipo al que llamaban José Bregante Lúcido, y que asistió al encuentro del cuchillo con la garganta de Signy Huld en el lupanar de Olegaria Comarcano, la tataranieta de Snorri Sturluson, cuyo busto de bronce ocupaba el puesto habitualmente reservado a los clavos de Cristo encima de la almohada de la erudita cabrona? La cabeza y el pecho de Snorri reposaban sobre una repisa, hecha con madera gruesa y sujeta a la pared por clavos de hierro y tornillos espirales. El bronce parecía titilar en la oscuridad porque le habían colgado al cuello un facón pampero, como si fuera un amuleto.

Del villano momento envenenado

Apostaría a que llegó por fin al Faro anocheciendo, o en la cresta de un crepúsculo oceánico cuajado de peligros. Él sabría desde mucho antes que alguien lo esperaba allí debajo de numerosas lunas incontables. (Incontables porque en aquella región cohabitan, reptando a escasa altura del mar, muchísimas nubes espesas, apenas móviles, hinchadas de agua, y en muy raras ocasiones es visible la Luna.)

De la misma manera, apostaría que aquel que vino a remplazar al muerto (al desaparecido) descendió por una escala de cáñamo. Veamos: no bien sus pies conectaron la superficie de la roca que constituía la única parte llana del islote —superficie sobre la cual se erguía la mole del Faro— encararía la novedosa presencia del otro. Le atribuiría en su fuero interno una cualidad anfitriona, confiriéndose a sí mismo, en el singular envión envolvente de su pensar, la fugitiva condición de huésped. El helicóptero que lo dejó allí desaparecería doblemente en dirección del barco. El barco desaparecería doblemente también —pues como en el caso del helicóptero, se hallaría borrado por la niebla y ninguno de los dos podría verlo— en busca de la orilla distante. Quizá porque fue inevitable, el esperante, sin medir el correcto fundamento de su pálpito, habría decidido comportarse en anfitrión, coincidiendo de tal modo con el esperado. El esperante levantaría una lámpara roja para averiguar lo que ignoraba en el rostro del recién venido. Sería con la ayuda de esta lámpara que ambos hurgarían recíprocamente en los fondos huidizos de sus ojos, consumando el avieso intento de establecer aquello que estaba ocurriendo adentro. Ninguno de los dos parecería percatarse de la continuidad de la lluvia ni del fragor del viento que silbaría golpeando las cosas con extrema falacia. Y aunque deberían ignorarlo por un buen tiempo, en un idéntico impulso, donde se enredarían sus dos obstinados mecanismos de defensa y una virtual desconfianza paralela, en el exacto corazón de un villano momento envenenado, henchido de suspicacias, con la misma secreta, hierática crueldad, tan enigmática como sorprendente, tan indiferente como simultánea, ambos pensarían con rapidez de cuchillo:

—Yo creo que éste mata.

—Yo creo que éste va a matarme.

Sin embargo, muy civilizados todavía, se limitarían a pronunciar sus nombres respectivos, acallando así el fragor interno de la súbita sospecha.

Diría el recién llegado con voz clara:

—José Bregante Lúcido.

Respondería oscuramente el que esperaba:

—Ari Skaldaspillir.

Quizás habrá sido de este modo que el adusto padre putativo, secreto y agraviado, que tenía que estar allí, presenció el nacimiento —la llegada— del hijo putativo, socarrón y ladino, que no había estado nunca allí, ni lo estaría nunca, según entiendo.

De la malversación de los amores

Al acabar una serie de funestos acontecimientos que se ensañaron con su vida, la joven Cessair Triggvason fue convocada a la Capitanía General del puerto grande y claro que habitaba, y que figuraba en desaparecidas cartas geográficas del mar y de la tierra con el adusto nombre de Utsavalipak, nombre que sugería un anagrama de Valparaíso. Aquello le aconteció una mañana de sol. Esa mañana quedó grabada en su espíritu mediante los dos signos de un símbolo ambivalente: la boca de salida del túnel resueltamente lóbrego, por el centro del cual había transitado durante muchos meses, o tal vez desde siempre, y una disimulada proposición de perdón —de su parte— y olvido —de parte de ellos— bajo la forma de un crucero marítimo en un barco de la Armada, lanzada por los asesinos como un salvavidas al revuelto mar de su corazón. En todo caso, el sol la alumbró ese día fulgiendo en lo alto del espacio, y fue una lucecita mayor alimentada por las alegrías del probable viaje. Porque hasta entonces, la vida de Cessair se había limitado a larguísimas estancias y muy breves desplazamientos, tan breves que apenas la conducían a la periferia de su inmovilidad. En ese tiempo su existencia se hallaba organizada más bien en torno a las ventanas que a las puertas. Esta sería su primera excursión prolongada, y, emoción no desdeñable, su único viaje real por mar. Pues el desdoblamiento primordial de la adolescente Triggvason convergía siempre sobre un imaginario marítimo, y tal insistencia repercutió en su ansiedad incluso en plena infancia. Antes de conocer el mar, de descubrirlo, de penetrarlo, de empaparse en él, el secreto corazón de Cessair había presentido el secreto corazón del mar, con sus lealtades, sus traiciones, su holganza, su trabajo obstinado, su vital omnipotencia, sus vidas y sus muertes. En la época de la convocatoria, que ella atribuyó a una calculada tentativa de soborno moral, para incitarla a enterrar, como irremediable, el crimen monstruoso con que habían devastado su espíritu y erizado las espinas de su conciencia, Cessair sabía más del mar que lo que el mar sabía de Cessair. Innumerables noches soñaba despierta con grandes acantilados sumergidos y volcanes submarinos cuyas muertas bocas estaban repletas de metódica agua oscura. Soñó dormida con galeones hundidos, con medusas de un kilómetro de diámetro, con los cuerpos de ahogados imperfectos vagando de bruces por encima de las praderas calcáreas, en riadas de durísimos corales. Algo la convenció de la pacificidad de los cardúmenes y de la fría furia de los carniceros solitarios, dotados de imparables dientes y mandíbulas mortíferas. Supo que en el seno del mar la sangre era también una forma de desahogo, de victoria y de derrota. El mar fue ocupando así, en su conciencia, la plaza de una segunda naturaleza, de un hábitat adicional, actitud incubada al origen por las historias anodinas que narraba el anodino padre cada vez que su barco acostaba a los malecones del puerto donde se evaporaba la adolescencia de Cessair.

Hasta el mismo día de la convocatoria, frecuentó un colegio llamado convencionalmente, Colegio Escandinavo de Utsavalipak. Se hallaba enclavado en la falda de una colina boscosa, salpicada de rocas negras, a mucha distancia de los fiordos escandinavos, pero la mayoría de sus preceptores venía en efecto de esos países. El capitán Triggvason —paradojalmente un suave marino circunspecto, incapaz de matar una mosca, desenvainar un cuchillo o echarse a la garganta un rápido hectolitro de ron— pasaba la mayor parte de su existencia navegando. Su verdadera casa era la alta mar. Cessair conservaba también el apellido de su madre muerta, un apellido de origen asturiano, de acuerdo con las convenciones del país en que nació. Guardaba un débil recuerdo de ella, y la conmovía el hecho de que hubiera muerto prácticamente al finalizar su propia adolescencia. Esto la hacía trascendente e inolvidable. En cambio, lo único trascendente de su padre estaba fundado en los avatares de aquella, su errancia marina, la cual contribuyó hondamente a la ilegítima soledad de su progenie. En el sentimiento de soledad de Cessair repercutía por añadidura, como un martillazo, cierta ausencia de aureola en el padre, esa manifiesta orfandad —en los mayores— del soplo épico que estimula los sueños de los menores. No obstante, Cessair, apresada por los hierros carcomidos y las vetustas piedras del Colegio erguido en la colina —llamada por cierto Túmulo de los Vikings—, hierros y piedras labradas bajo una episódica mortaja de líquenes y de hiedras, que al comienzo del otoño lucían un color púrpura, en el invierno se ataviaban de fulgores morados, y en la primavera y el verano restallaban verdes, aquella Cessair, educó poco a poco su oído hasta reconocer, entre tanta sonoridad dispersa que es un puerto, la discreta sonoridad del barco de su padre, y con ella, los retornos esporádicos de su único hombre. Adivinando el chirrido de los cabrestantes, presintiendo a la distancia el rugoso fragor de la caída de las anclas, su corazón iniciaba el ascenso a la vorágine de mil emociones y sobresaltos. Iba de ventana en ventana procurando cernir a ojo desnudo toda la bahía hasta encontrar el navío debajo de su toldería de humo negro. En ese instante particular su espíritu se despojaba de toda contrariedad crítica. Porque a veces, en su fuero interno, recriminaba al hombre dulce y callado que cumplía, sin vocación aparente, el oficio prestigioso y categórico de numerosos antepasados. Ella creía aún entonces que era posible tardar un día menos y quedarse un día más. El tiempo le probó lo contrario con un par de ecuaciones sangrantes.

Cuando el capitán Triggvason escalaba las laderas de El Túmulo de los Vikings para verla, recogerla y llevársela a vagabundear por las callejuelas sinuosas, vecinas a las Dársenas, o los bordes siempre agitados y ventosos del agua marítima. O también recorrer calles y muelles y malecones de olor alquitranado, olor fundido a mucho yodo y sal, que sólo aquel mar tiene y lleva consigo a la manera de un aromático tatuaje, ella lo contenía impulsiva, y, como un cervantillo (recordaba siempre la escena en la playa de Laraquete, el disparo, la sumisión, la cabeza muerta en el canasto), lamía y besaba los botones dorados de la manga, en un siempre infructuoso afán por recapturar la inenarrable atmósfera de alta mar, sobre todo debajo de la lluvia, preguntándole con inocente altivez:

—¿Por qué me dejaste sola? ¿Por qué te has ido sin mí? ¿Por qué crees tú que somos divisibles?

Sólo el tiempo, más tarde, cuando la mano airada de la vida vino a golpear una única puerta en el muro de su soledad, la joven comprendió el verdadero orden de las cosas: por ejemplo, que el padre regresante, sin reparar cabalmente en la pasión de la hija por las: asombrosas, estimulantes, secretas, morbosas, abruptas, enmarañadas, enmascaradas, titánicas, tiránicas, solemnes, imprevisibles, amantes, duras cosas del mar, alcanzaba primero, tras bajar a tierra, el cuarto de su hotel, para vestir un uniforme engalonado, destinado a la ciudad, uniforme que por cierto jamás se topó con la cubierta de un barco, ni injurió sombras exaltadas en la exaltación nocturna de los temporales, ni tembló sobrecogido bajo las roncas ráfagas de agua y viento que machacaban las amuras, anegaban los escobenes, dislocaban el foque de mesana, desarticulaban las velas del mayor, del trinquete, empapaban la rueda del timón —pues el barco que capitaneaba su padre era un velero dotado asimismo de máquinas, y servía como buque-escuela para la formación de los oficiales de la Marina de Guerra—. El mar que los unía era, al mismo tiempo, el mar que los separaba, porque ambos concebían el mar de una manera diferente. Durante el lento desarrollo de la tragedia, comprendió también que su padre había conducido en realidad tres existencias paralelas: la parte de su vida que tocaba con la suya, la parte de su vida que se relacionaba con los mares y los barcos, y otra porción, muy oscura y misteriosa, que sólo llegó a intuir en toda su complejidad, pero no a resolver, mucho tiempo más tarde. Él se esforzaba por hacerle indescifrable ese misterio. Semejante opción por el secreto en el capitán Triggvason fue el factor que más conmocionó la personalidad en formación de la futura especialista de la Kalachnikov. Y probablemente, aun cauterizando un poco el dolor y obligándose a olvidar los hechos para impedir el desmadre de su desaliento, fue lo que la impelió a no perdonar. Porque Cessair no perdonó jamás: por el contrario, programó su venganza como un sueño soñado y rectificado tantas veces, que finalmente pudo reproducirlo voluntariamente en la realidad. Pero desde antes de tales acontecimientos, ignorando que éstos se organizaban en el horizonte de sus agravios con la implacable eficacia de una tromba marina, insistía en formular majaderos reproches al padre viajero y escurridizo. Guardaba la impresión de que aquél regresaba de la bruma sólo para preparar nuevas incursiones hacia el corazón de la bruma. Por tal causa, Cessair asimilaba semejante escondrijo de agua condensada —la bruma, la niebla—, a un manto protector que ella no podía compartir, bajo el cual su padre, el rechoncho, el regordete, el pequeño capitán, se ocupaba de sus tres vidas simultáneamente, la mayor parte del tiempo lejos de sus ojos, el uno azul, el otro verde. Fue por esta razón, y también por sus pupilas despechadas de tanto horizonte vacío, que un solitario naufragio juvenil vertió lentas paletadas de ceniza y sombra encima de su vida, a vista y paciencia del altísimo sol que la entibiaba todavía. La espera, y por extensión la esperanza, son formas de tortura.

El Colegio de Utsavalipak cobró singular importancia a partir de un momento preciso de la vida de Cessair Triggvason. No sólo se constituyó en el verdadero hogar de su infancia, tras la muerte de su madre: allí educó sus pasiones más fuertes, más sólidas, allí fijó el único objetivo durable de toda su existencia adulta. De partida, le permitió entablar contacto, en primerísimo término, y apenas asomando la conciencia por el brocal del pozo de las cosas iniciáticas, con libros inusuales. Se trató de Códices y manuscritos procedentes de antiguas culturas, muertas, desconocidas o poco frecuentadas, desventurados mapas que consagraban a perpetuidad —aun siendo secreta la extensión de esta perpetuidad—, la historia real de conquistas descabelladas, extraños pergaminos, papiros restallantes de revelaciones traspasados por el áspero sabor del cuero que los protegía, croquis milenarios, adustas cartas marinas sembradas de arrecifes (y tal vez lanzas y espadas perdidas en las grietas de aquellos arrecifes), húmedos libros que se deshacían bajo el peso de luengas historias a punto de extraviarse para siempre una vez más. Pero también el rumor de cabalgatas, de pasiones irrestrictas, de mucho percance de muerte, de lúcidos fulgores donde campeaba al final de todo la más inconcebible de las literaturas, puesto que, olvidada o ignorada, fue sin embargo padre y madre de otras literaturas inferiores, aunque editadas y divulgadas ampliamente con el tiempo. Sobre todo, tras la lenta disolución de lo épico en lo cotidiano, de lo comunitario en lo individualista. La primera percepción deslumbradora de Triggvason adolescente, derivó del silogismo enunciado con perspicaz indiferencia por uno de sus preceptores:

—Un libro —dijo aquél— es una puerta abierta a lo imaginario. Lo imaginario corrompe muchos fundamentos de la realidad. Luego: el abuso de libro conduce a la corrupción de la realidad por lo imaginario.

Este tipo de contactos, esta categoría de la corrupción, se perpetró en hermandad de sangre: había tanta sangre general en esa historia general, que la hija del capitán terminó por inmiscuir allí, por intuición, vocación o temperamento, la suya, incorporando de tal manera su propia vida al centro de esa profecía del pasado que es la historia, y que el mudo galope de las arañas por el tiempo geométrico de la tela transmutaría finalmente en leyenda o en mito, esto es, en verdadera historia.

Con la acumulación de los días percibió que estaba siendo corrompida en dos sentidos a la vez, pero en verdad nunca pudo establecer ninguno de los dos azimuts a lo largo de los cuales se estaba ejerciendo tamaña corrupción: si desde las sangres hasta su sangre, o desde su sangre hasta las sangres. Comprendía que hallándose la historia que abordaba completamente muerta ya, sin ninguna posibilidad adicional de acción, y ella, por el contrario, en creciente posesión de todas sus facultades corruptoras sobre el áspero relente de lo imaginario, podía reformular en tales condiciones una escritura personal acerca de aquellos acontecimientos distantes, muchos de los cuales lograban encabritarle el pecho a pesar de la opaca lejanía. Entendiendo estos asuntos con pedagógica comprensión, no pocos de sus preceptores buscaron poblar su imaginación. La alimentaban, por ejemplo, con enigmáticas sombras celtas conducidas desde y hacia ninguna parte por la enigmática sombra de sus druidas. Fue presentada también a los recónditos caballeros noruegos que, habiéndose exiliado de la tierra natal, a la sazón convulsionada por la locura bélica de sus reyes, inventaron, en el oscuro y agresivo invierno de Islandia —tierra de los ancestros de su padre—, el arte de la prosa novelesca, la hazaña literaria más descomunal, descabellada y trascendente cumplida en lo que va de mundo por un puñado de guerreros soñadores. Era como si los sucesivos hechos de armas que entonces tenían lugar requirieran imperativamente ser narrados, y no existiendo todavía las herramientas narrativas necesarias para hacerlos relevantes, e incluso imperecederos, hubieran decretado ellos mismos una tregua entre dos batallas colosales, con el único propósito de poner a punto esa forma literaria transida de genio —la novela—, guiados por el fin de legarlos a la posteridad y asegurar de paso la deslumbrante inmortalidad de sus trabajos de descubrimientos, guerras y conquistas. Pero también con el fin de legar a esa indefinible posteridad las batallas, colonizaciones y hallazgos que realzaría la sangre vertida en el pasado, y las nebulosas batallas, colonizaciones y hallazgos por venir, que abrillantaría la sangre vertida en el futuro. Cessair descubrió en efecto que esos hombres novelescos no habían salido de una novela para venir a vivir entre los mortales no novelados. Que la vida, aquellas vidas suyas, eran otra cosa. En aquel tiempo, anclado muy atrás y a trasmano, los protagonistas naturales de las novelas habrían vagado durante mucho tiempo en busca de las páginas dentro de las cuales podrían sentarse a reposar, a restaurarse, a describir sus hazañas diurnas y sus nocturnas epopeyas. Pero tales páginas —en blanco— no estaban todavía a punto. O dicho de otro modo, no estaba todavía a punto la forma de llenarlas. Sólo cuando los caballeros de guerra islandeses, descendientes algunos de guerreros noruegos, y otros, de guerreros irlandeses, inventaron la novela, la vida cotidiana adoptó por fin el orden y la forma en que se la describe hoy en día, y el mundo se dividió entre seres sin historia, sin heridas, sin pendones y sin memoria singular, que reocuparon las plazoletas, las callejuelas, los castillos y los huecos rocosos donde se apoza el agua caliente de los géisers, como un movedizo, colorido y cambiante coral de fondo, y seres alucinados por el síndrome que haría célebre siglos más tarde Alonso Quijano: éstos irrumpieron al galope en los huecos libres de las páginas blancas, rajando las ciudades a golpes de espada y colmándolas con una luz absoluta, curtida por alegrías y congojas épicas. Tal vez en razón de un azar, pero con estricta lógica, Cessair terminó enfrascándose en el estudio de *Los Mobinogión*, una colección de leyendas galesa que la atrajo muy temprano, para hollar el terreno de los mitos mayores. Estas leyendas ocuparían para siempre una ancha franja en el espectro global de sus sueños. No podía sacudir de su espíritu aquella interminable manifestación de la violencia, particularmente en la llamada "Séptima Narración": allí, dos guerreros se baten año tras año. En ocasiones cambian las armas, pero jamás cambia el espíritu, la naturaleza profunda del combate. Éste tiene lugar invariablemente el primero de los días de mayo. Cessair comprobó pronto que tal fecha adquiere gran importancia en las mitologías y en las literaturas épicas de Irlanda e Islandia, cuyos orígenes y cuyos protagonistas están irrevocablemente encadenados: es el día consagrado a Beltené, el dios de la muerte, o el rey de los muertos, primer antepasado del género humano. El duelo se prolonga desde el alba hasta la noche. Un motivo aparente puede ser la disputa por una dama cuyo nombre no se percibe tras el fulgor de las espadas, aunque en el fondo, esa lucha repetida encarna una estricta voluntad de ejercicio de la guerra. El enfrentamiento será eterno, se renovará de año en año, se purificará en permanencia utilizando su propio fuego ingobernable, pues ambos guerreros han confesado, como preámbulo a la iniciación de cada nuevo lance, que sólo serán separados por el ominoso bramido de la trompeta del Juicio Final.

Pero especialmente, y sus amores corresponderán a una confirmación de su ser y de su estar, Cessair Triggvason anudó profundos lazos de sangre y de espíritu con los antepasados de su padre y con el trágico sino de la cultura escandinava, expresado por libros que en su mayoría no existen, ya que ciertamente fueron escritos, pero se han extraviado para siempre. Luego por guerras ganadas y perdidas sobre tierras que se hundieron o se transformaron, guerras incluso recordadas y repertoriadas por la Historia que hoy carecen de memoria y de nombres, pues hasta sus propios historiadores desaparecieron con sus pergaminos. Y en fin, con la certidumbre de una intratable incomunicación, la más perfecta ausencia de pretéritas huellas islandesas en el espíritu del resto del mundo: sucesos, hazañas, derrotas, nombres y fechas emergiendo incesantes en forma de inexorable pesadilla, laboriosa y sin ningún destino. Este destino trágico fue destacado con resuelta constancia por uno de sus preceptores circunstanciales, de origen argentino —que veía muy lejos a pesar de su ceguera—, en el Colegio del Túmulo de los Vikings, sobre los altos de Utavalipak:

—En el siglo XII —sostenía Borges— los islandeses descubren la novela, el arte inveterado de Cervantes y de Flaubert, y este descubrimiento es tan secreto y tan estéril para el resto del mundo, como el descubrimiento de América por los mismos islandeses trescientos años antes del primero de los viajes de Cristóforo Colombo.

Aún hoy, el Colegio Escandinavo es una vieja estructura de mucho hierro y mucha piedra. El cuerpo principal de la construcción, y otros cuerpos aledaños menores, han sido restaurados en múltiples ocasiones por los ocupantes sucesivos. Otros fueron agregados más tarde a la estructura del espacio central, para una mejor utilización del tiempo. Produce la impresión de una arquitectura con componentes híbridos, asolada por el mal gusto y la precipitación, por las combinaciones arbitrarias y por el hacinamiento irreflexivo de siglos diferentes, con sus distintas opciones y componentes. Triggvason creyó haber oído más de una vez que al origen fue erigida como fortaleza. En efecto, aquello había ocurrido en la primera fase de colonización de la América Hispana. Nadie se va de conquista, pensaba Cessair, construyendo por ejemplo universidades: se comienza por las mazmorras y la espada, la sangre y el fuego, por el sojuzgamiento, y se acaba por la pluma, los manuscritos, las inquisiciones y el fuego, por el sojuzgamiento. Este viejo carácter de fortaleza podía relevarse a simple vista partiendo de la existencia —borrosa, es verdad— del foso de circunvalación, reseco, mal trazado, convertido por cada invierno en un pantano fétido, así como los numerosos restos carcomidos de las murallas, los hierros empotrados, degenerando en muñones carentes de toda dignidad, que constituyeron otrora las bases del puente levadizo. También los rezagos de las almenas y sus troneras, las torres gastadas, los orificios estrechos practicados en sus muros, junto a los portalones, cerca de los ángulos, para dejar paso a las bocanadas de fuego de los falconetes, las espingardas, los arcabuces o los trabucos. El tiempo cercenó a guadañazos la galanura de los torreones y propagó el liquen y la hiedra, el musgo y el muérdago, a lo largo y alto de las espesas murallas tantas veces ofendidas por las capitulaciones, tantas veces coronadas por la victoria, antes que la fortaleza, obsoleta a causa del nuevo espíritu y las nuevas concepciones del arte de matar que se abrieron paso con celeridad en las costumbres y tradiciones de las guerras modernas, se transformara en un convento. Esta fundación religiosa tuvo corta vida allí: un siglo después los monjes prefirieron ejercer su apostolado más cerca del abigarrado corazón del puerto, en cuya periferia terminó por asentarse la comunidad. Naturalmente, las agónicas murallas de la colina guardaban una porfiada distancia con el rumor permanente de las calles de Utsavalipak. Por eso abandonaron la carcaza guerrera de podridos hierros y piedra mutilada. Como el país estaba todavía sumido en el torbellino fundacional, a nadie se le ocurrió emprender la restauración de la fortaleza. Esta había surgido allí con alardes de pétreo adelantado y ahora no correspondía con ninguna necesidad comunitaria.

Todavía un siglo más tarde, tras la normalización de la vida institucional del país —una guerra araucana de tres siglos contra el conquistador, tres guerras exteriores, cuatro guerras civiles, un genocidio indio, tres decenas de asonadas militares y golpes de estado, el asesinato de dos presidentes, más unas ciento cincuenta masacres de trabajadores y estudiantes—, se fundó en los cimientos de aquellas ruinas el Colegio Escandinavo. Los cinco países concernidos por su nombre destinaron sumas de relativa consideración para restaurarlo y organizarlo, apoyando con buena voluntad lo que parecía un proyecto estrambótico. Pero nada podía ser perfecto: en ciertos años —lo constataban los maestros—, sus alumnas solían contarse con los dedos. En ciertos dedos —lo constataba el personal de servicios—, los años podían contarse como alumnas. En ciertas alumnas —lo constataban las alumnas—, los dedos preferían contarse como años.

La madre de Cessair Triggvason —llamada por cierto María Isabel Núñez—, descendía de una familia asturiana originaria de una pequeña ciudad que ella insistía en llamar Proaza la Bella, y se había naturalizado al llegar al país, poco después que el país cambiara su antiguo nombre de Nueva Extremadura por Chile, onomatopeya del grito de un pájaro. El capitán Triggvason la frecuentó en Barcelona cuando aún era una niña. Más tarde la acercó a su barco. Una vez en el barco, la introdujo en su camarote, y en razón de la inercia de su impulso, se introdujo en ella. Así fue como llegó María Isabel Núñez a Utsavalipak. Allí nació Cessair.

Su madre fue hembra de vida breve —murió a la edad de veintisiete años, de muerte airada—, pero tuvo tiempo para organizar el naciente discernimiento de su hija estableciéndole un legado singular y ejemplar: la vívida conciencia del enfrentamiento entre el Sur y el Norte, concepto muy bien implantado después en la racionalidad de Cessair. Chocaron así, al interior de esta célebre caja de resonancia, con dulzura, pero de modo ineluctable, dos mundos, impregnados por dos esencias contradictorias. En ocasiones, y puesto que vástago intachable de la América Meridional, reaccionaba de manera legítima bajo el flujo y la presión de su parte de sangre latina —y tales reacciones correspondían en verdad a una opción de su conciencia—, con frescos aspavientos del Sur. Pero la atmósfera del Colegio Escandinavo la arrastraba por su parte hacia la pendiente emocional opuesta, y ordenaba entonces, poco a poco, de manera sutil, los acondicionamientos que terminarían por equilibrar la primera tendencia con un específico relente del Norte.

Así, María Isabel había sembrado temprano en el indócil intelecto de su hija, una buena medida de repudio a las pragmáticas razones septentrionales, a esa vehemente voluntad de asedio y de conquista contra el universo meridional, a su constante, y a menudo hamponesco manejo de las tramoyas políticas, religiosas, sociales, culturales, económicas, y más que ninguna otra cosa, al chantaje bélico, que resultaba totalizante y avasallante sin contrapartida posible. También la sistemática e imperdonable destrucción de los vestigios culturales del pasado y del presente sudestal, y la irrenunciable vocación de exacción, rapiña, soborno, que animaba la ferocidad del Norte, esa frecuente convocatoria de amenaza y muerte contra el Sur, que terminaba siempre por ahogar cualquier diálogo y obnubilar los mayores atributos de la lucidez.

María Isabel Núñez había hecho suyas todas las viejas causas perdidas de su nuevo pueblo. Los vecinos de Olmué, en las alturas de Utsavalipak, campesinos lentos y desconfiados, tiempo después que los Triggvason llegaron a vivir allí por su cercanía con el puerto, acostumbraban susurrar mirando el suelo:

—Para acá está viniendo doña María Isabel Escarlata.

Sin embargo, esta comprensión, altamente singular en Cessair, esta conciencia de la malversación de los amores del Norte, era morigerada en su tensión intrínseca por el halo ejemplar de las viejas sagas islandesas incrustadas en su sangre dicotómica: sagas amadas hasta la saciedad, que le embargaban la memoria y le atribulaban los sueños. Así, para Cessair, y esta cuestión capital estaba fuera de toda discusión, la dulce y fría Islandia, glaciar natal de los inconmensurables guerreros narradores era, en el seno del Norte, el Norte menos culpable. Ambos apegos combatieron desde entonces en su fuero interno, sobre todo después que la apasionada María Isabel Núñez hubo muerto entre dos dolorosas llamadas al capitán Triggvason, a la sazón en alta mar. Combatieron como los dos guerreros obcecados de la "Séptima Narración" de *Los Mobinogión*, y no una sola vez, del alba a la noche, una vez por año, en el curso del primer día de mayo, sino todo el año, todos los años, en una batalla eterna, tan durable como la extensión de su propia existencia, o al menos, la extensión de la vigilia de su conciencia. La necesidad interior de tal enfrentamiento se había hecho ya enteramente patente poco antes de la primera fase de su relación con la señorita Signy Huld, que no hizo otra cosa que añadir mucho más agua a las ruedas de sus dos molinos.

Cessair Triggvason fue alumna interna en el establecimiento de Túmulo de los Vikings. Esto representó una forma de vida contigua a las formas de vida monacales, si se exceptúa la eximición de plegarias. Sus relaciones con personas ajenas al colegio eran por lo pronto mínimas. Muy rara vez bajaba al puerto. Al comienzo lo hacía en compañía de su padre. Andando el tiempo lo hizo también escoltada por la señorita Huld. Esta situación duró varios años. El claro de sus días transcurría en la Biblioteca. A media tarde entraba en ella toda la vehemencia del sol, pues la fachada miraba hacia el oeste. La luz se descomponía en notables iridiscencias al ser filtrada por los viejos vitrales polvorientos, herencia del desaparecido monasterio, que habían marcado así el paso de los religiosos, impregnando con sus símbolos, delirios y mitos, la ruinosa fortaleza. En el invierno, cuando la ausencia del sol era notable, estos vitrales filtraban y transformaban de todos modos la luz, incluso aquella, miserable y magra de los días de lluvia o de neblina, arrojando sobre las estanterías repletas y las mesas de lectura desocupadas, un añorante fulgor caleidoscópico preñado de tristeza. La pequeña Triggvason, acosada por una inatajable vocación de lectura, trajinaba todo el tiempo los anaqueles buscando la página secreta, la revelación imprevista, el párrafo no leído todavía: en suma, la página imposible de hallar. En los libros existe lo imposible, pero también lo imposible existe para los libros. Éstos fueron la virtual levadura de sus sueños. Educaban y multiplicaban su vocación de deslumbramiento, ensanchaban, alargaban y endurecían la erección de su espíritu. Amaba con un amor transido el sabroso olor del cuero de las cubiertas, el aroma tibio, sosegado, del polvo palimpséstico que las amortajaba, el efluvio particular que auguraba la apertura de los folios, la perturbadora fragancia virginal que parecían exhalar por amor al metódico dedo desflorante. No pocas veces apoyaba un volumen sobre las rodillas, juntaba los párpados para concentrarse, y procuraba fijar ciertos hechos, ciertas palabras, ciertas asociaciones, ciertas turbulencias, ciertos nombres, y también una leve proporción de angustia, en la cavidad prodigiosa de su memoria ejercitándose. Se hallaba una vez en tal estado, clausurados los ojos, un libro blandamente acostado sobre el vientre, en mitad de su vigilia onírica. No oyó el rechinar apagado de la puerta. Dos de sus preceptores habían penetrado en la Biblioteca sin hacer ruido creyéndola dormida. Manchas rojas, azules, amarillas, ocres y verdes, procedentes del filtro de un vitral muy próximo, pintaban sobre su rostro una hermosa máscara policroma. El primer importuno era el profesor Hjalprek Sigmundson, preclaro exégeta de la *Edda Mayor*, y vehemente vulgarizador de la artillería metafórica de los escaldos, aquellos antiguos poetas épicos de Islandia. El segundo importuno era una importuna: la señorita Signy Huld, reputada especialista de la historia de los Reyes del Norte, y por ende, de *La Heimskringla* ("La redonda bola del mundo"), del genial escritor y renombrado traidor Snorri Sturluson. Ambos se acercaron con grandes ojos pintados de asombro mirándola en silencio, hasta que el profesor Sigmundson, que quería disimular el temblor de su adusta voz, murmuró:

—¡Oh Dios, cuán bella es esta joven!

Fue a causa del resplandor de ese instante que la señorita Huld descubrió por fin a Cessair Triggvason. La falsa durmiente, presa de insostenible turbación, inmovilizada en la silla por las contracciones de su pudor, prosiguió con los ojos cerrados hasta que los otros dos abandonaron el recinto. Las palabras del director de preceptores abrieron de repente una ventana nueva en el conocimiento que tenía de sí misma. Puesto que la había creído dormida no cabía sospechar al señor Hjalprek Sigmundson de adulación a su sujeto. Se sintió en extremo complacida: su propia imagen, comentada por el viejo maestro como un espejo sonoro, le había revelado una imagen suya de la cual no cobraba todavía plena conciencia. En otro lugar y otro momento, sería la voz de Signy, la Hechicera, quien complementaría esta referencia constatando los atributos de su hermosura interior.

Con la señorita Huld las cosas fueron difíciles en un comienzo. Signy era una auténtica intelectual moderna, género muy en boga en Utsavalipak. Dotada de sangre y de fuego, de hueso y de golpe, inescrupulosa y dura, agresiva y masculina, arrogante, imprevisible y bella: esto es, apenas soportable. Completamente pervertida por Snorri Sturluson, parecía trasvasijar el contenido de múltiples sagas a las circunstancias cotidianas de su propia existencia, lo que Cessair había caracterizado ya como otro caso ejemplar de corrupción intelectual. Pero no era Snorri, sino el continente de la vida total de Snorri lo que la estaba corrompiendo imperturbablemente. También se trataba en este caso de una auténtica malversación de los amores. Aunque a Snorri Sturluson se le atribuyen virtudes de historiador, sus textos parecen pescar y cazar siempre en lo imaginario. Tan complejo resulta el intento de aportar pruebas concluyentes sobre la verosimilitud de sus escritos, que la cuestión ha sido postergada durante seiscientos años.

Ambas —Signy y Cessair— comenzaron por establecer encuentros muy frugales bajo la forma de una tensa afinidad confesada a regañadientes. En situaciones de relación directa, la señorita Huld rehusaba sonreírle, y cuando le dirigía la palabra, cada vez con mayor frecuencia, fijaba los ojos luminosos de Cessair con sus luminosos ojos penetrantes, pugnando por quebrar la impertinencia del modo de mirar adolescente, y al mismo tiempo, por conservar inmóvil e intraducible la expresión de su rostro, en tanto continuaba administrando sus apocalípticas lecciones. Porque Signy era apocalíptica, no integrada: nunca volvería a escuchar Cessair la interminable relación de tantos crímenes, de tanta crueldad, de tanta muerte, perpetrados a la sombra de los mitos, los dioses, los héroes y los pueblos que los sostenían y seguían: a saber, otra sombría crónica de traiciones. Mirando el rostro de Huld, Triggvason pensaba con frecuencia en una máscara funeraria, muy bella, casi diríase perfecta, pero cuán fría, cuán inmutable, sumándose a esa voz potente y ronca que le hacía tiritar las cuadernas. En su fuero interno, allí donde ocurría todo por entonces, había descubierto —y aceptado— la extraordinaria fascinación que Signy ejercía sobre su espíritu. Esta fascinación comenzó a expresarse bajo la forma de una dominación refinada, insidiosa y tiránica. Al percatarse de esto, considerándolo como una circunstancia transitoria, Cessair desechó el empleo de todo automatismo defensivo. Quería, en primer término, que las cosas avanzaran un poco. Que luego se precipitaran, no importándole para nada el modo, los actos, la función que pudiera estarle siendo atribuida. Comprendiéndolo, Huld arreció sus acosos sin ninguna dilación, utilizando para sus variados asedios métodos elípticos. Por ejemplo: apenas la luz del alba hendía su aposento, en el pequeño pabellón que habitaba, fuera del bloque de las construcciones principales, descendía hasta la pileta de natación —visible desde el cuarto de Cessair— para enfrentarse al rigor de su baño matutino. En determinados meses, particularmente aquellos de invierno, el agua acusaba muy bajas temperaturas, aunque en ninguna época del año caía nieve sobre el Túmulo de los Vikings. Pero los actos de Huld eran cotidianos. Zambullía con espléndida prestancia. El crujido del agua penetrada por su cuerpo en flecha despertaba a Cessair y la acercaba a la ventana, chascona y legañosa. Huld nadaba un buen momento, como si buscara castigar su bienestar, forzar su voluntad de resistencia, borrar de su memoria la tibieza de las sábanas nocturnas, aceptando aquel zarpazo de agua hiriente, ese soberbio latigazo de frío, esa caricia congelada.

Tal empecinamiento por endurecerse explicará tal vez por qué, más tarde, ningún grito, ningún gemido, el menor estertor, escaparon de la garganta de Signy Huld cuando el verdugo ocasional y vengativo hundió en su garganta el cuchillo aciago con el cual se aprestaba a degollarla.

Juzgando por su rostro, estas voluntarias amarguras diurnas parecían constituir el eje en que reposaba su naturaleza profunda, pues Huld confesaba que su mayor interés residía en la noche, que sólo la placenta de la noche le concedía campo suficiente para los desenfrenos y los descansos. El sentido último del recurso al agua gélida no escapaba a la perspicacia de la joven Triggvason. Huld, presintiendo sus ojos apostados tras los vidrios, abandonaba la pileta para efectuar sus rituales movimientos gimnásticos. Eran ejercicios lentos, voluptuosos, pero duros, emergiendo y hundiéndose de y en la cálida nube de vapor que le brotaba de la piel. Alta y desnuda crisálida, Huld seducía, Huld trabajaba su aproximación, derribaba los muros, las cortapisas, toda eventual veleidad dilatoria, yéndose ahora en línea recta contra el mismísimo fondo de la turbación de Triggvason. Cessair percibía en su entero significante todos estos amagos, a pesar de lo cual, experimentaba siempre un secreto malestar cuando se hallaba frente a ella, porque creía comprender que en presencia de terceros, Huld se negaba a macular su imagen, no cesaba de acometer la reparación de las barreras que se estaban derrumbando, cuando no, la construcción de otras, mucho más sólidas, pero no infranqueables, como si de repente temiera o desconfiara de su excesiva proximidad. Más todavía: como si la desasosegara una eventual conjunción de sus dos espíritus, ocultos en los respectivos caballos de Troya de sus cuerpos.

Tiempo después del encuentro en la Biblioteca, la zambullidora modificó su actitud. Empezó por incitarla a trotar a su lado los sábados y domingos —cuando el capitán Triggvason se encontraba inmerso en una de sus tres vidas, lejos de Utsavalipak, siguiendo una línea de senderos escarpados que pies seculares habían trazado al interior de los bosques circundantes. Huld —como algunos otros docentes—, habitaba un pabellón aislado, una especie de antigua glorieta o depósito de utensilios de trabajo para preservar la continuidad de los parques, enseres y armas de caza. La glorieta se hallaba al borde del bosque. Allí convergían ambas, resoplando tras el ejercicio, bajo el pretexto de una taza de té. Más adelante, con el paulatino derretirse del hielo, para descorchar misteriosas botellas habitadas por licores transparentes. La primera vez que fue invitada a la glorieta —naturalmente la señorita Huld había bautizado su refugio como *La Heimskringla*—, Cessair decretó —guardando para sí tal sentimiento— que en su conjunto el pabellón era poco femenino, adornado con cierta dosis de rudeza, algo distante y frío. Se acomodaba de tal modo con el espíritu general de su ocupante. Quizás más desnudo que su propio cuarto de internado, pensó. En realidad, el pabellón constaba de dos aposentos, una ducha y una cocinilla. El cuarto de mayores dimensiones había sido convertido en lugar de trabajo. El otro constituía el dormitorio. Según Huld, la lectura y la escritura eran más importantes que el sueño. Dicho de otro modo, entre varias categorías, Huld jerarquizaba de tal manera que su mayor preocupación convergía sobre los actos de leer y escribir, por sobre otros actos como dormir o soñar.

—El acto es una danza contra el tiempo —decía—, escribir es un acto danzado contra el tiempo, acto mediante el cual se fija el material de los sueños de una manera consciente e indeleble.

Cessair observaba y evaluaba en cada una de sus visitas, las actitudes, las palabras, ciertos hechos que pudieran singularizarse y adelantarle poco a poco el conocimiento de la verdadera Signy Huld. Por ejemplo, habitaba con ésta un perro grande, cuya raza Cessair desconocía. Era un animal movedizo y jadeante. Tenía la lengua partida en dos mitades, de manera que podía hacerla penetrar simultáneamente en dos agujeros situados a muy corta distancia entre sí. Los pelos de su cuerpo estaban echados hacia adelante. Para peinarlo, Signy comenzaba por la cola y terminaba en el cuello. Sobre los ojos muy negros le crecían largas pestañas blancas, onduladas hacia arriba, y las orejas no pendían: eran cortas, enhiestas y aguzadas. Su ladrido, muy ronco, replegaba las hojas de las plantas y cambiaba de sitio los cubiertos y utensilios dispuestos sobre la mesa, pero no movía la lámpara de aceite que colgaba sobre ella. Era un perro joven, que sin falta las acompañaba en los sistemáticos trotes a través del bosque. El primero de los verdaderos desconciertos de Triggvason tuvo su origen por causa del animal, que Signy había bautizado Thor: un día que la señorita Huld se inclinó para recoger, cortar, plantar o mostrar algo en el suelo, el perro la olió y la lamió por detrás, buscando con las puntas de su lengua dividida, la vagina y el ano, a través del pantalón, antes de apoyar sus grandes patas delanteras en sus hombros. Luego echó afuera un miembro enhiesto como una zanahoria, rojo y resuelto, grande y duro y se esforzaba por incrustarlo a todo precio en el sexo o en el ano de Huld, intención que a Triggvason no le fue posible discernir. El pantalón era de tela dura, y el sexo del perro pareció abollarse allí. Huld recibió aquella prueba de amor y calentura con la mayor indiferencia. Apartó a Thor con dos o tres codazos despreocupados. En ocasiones lo amonestaba en voz baja utilizando extrañas lenguas y no concediendo a tales incidentes —varias veces repetidos— ninguna importancia. Y sobre todo, fingiendo no reparar jamás en la primitiva turbación de Cessair Triggvason. En materia de sexo, y dadas las circunstancias específicas de su existencia, la joven se hallaba aún en estado larvario. Toda su información reposaba únicamente en las experiencias teóricas suministradas por la lectura. Conocía los amoríos de ciertas diosas con ciertos caballos, la historia de Leda y el cisne, las jóvenes enamoradas de la Isla de Lesbos, las fornicaciones cargadas de furor y de venganza entre decenas de viejos sátiros y centenas de ondinas, náyades, hetairas, bacantes e hijas de semidioses griegos. También conocía la historia de Pasifae, esposa de Minos, rey de Creta, la cual se enamoró de un toro. Dédalo —que más tarde reinventaría el vuelo humano matando a Ícaro, su hijo, en el empeño— esculpió para ella una ternera utilizando la carnosa madera de determinados árboles. Era madera perfumada y firme. Ahuecó la escultura, acondicionó una vulva bovina frescamente muerta, cubrió el todo con piel verdadera, recién untada de sudor y sol, e incitó a Pasifae a introducirse en el interior. Fue así como se consumó la pasión de Pasifae, que recibió en su entraña la verga taurina y la simiente que daría vida al Minotauro, y por la mágica impasibilidad de los hechos, al Laberinto de Cnossos. Pero tratándose de gestas cuya esencia se perdía en la colorida catarsis de emociones y pasiones absolutamente pretéritas, el conocimiento parcial, mutilado, de tales actos, no la conmovía de una manera particular. La verdadera emoción nace del recuerdo de otra emoción verdadera que la ha precedido. En cambio, por razones idénticas, pero apenas contiguas, enrojeció el día en que para despedirla, Huld la besó en plena boca como un enamorado. La boca de Signy era dura y fresca. Era asimismo una boca sabia. Enrojeció de nuevo cuando para recibirla la esperó desnuda, fumando un áspero cigarro de olor intratable. No obstante, al cabo de varios meses, Cessair pudo trazar un boceto ya muy preciso de los modos de existencia y de las inclinaciones irreprimibles de su multiplicada maestra.

Sin ninguna sorpresa, oyó así que Huld le susurraba una noche en que el viento y la lluvia de Utsavalipak, oliendo a yodo y a cochayuyo, azotaban las ventanas y remecían el maderamen de la glorieta:

—Hoy puedes dormir aquí, ya he prevenido al profesor Sigmundson.

Durmieron juntas. Antes de acostarse, Signy trajo extendido sobre la palma de ambas manos un cuchillo largo y opaco, cuya empuñadura era de un rojo escarlata con incrustaciones de baba y representaba el ladrido de un perro. Previamente lavó el cuchillo con orina y con la ceniza de un ciprés de bajo monte y lo acostó en mitad de la cama, para que su fulgor mortecino separara firmemente ambos cuerpos. La empuñadura apuntaba hacia la almohada.

—Porque hasta el alba el guerrero seré yo y hasta el alba esta espada preservará el honor de la protegida del guerrero.

Atravesaron la noche entera sin tocarse, separadas por la inconmovible hoja de acero. Triggvason recordaría durante mucho tiempo que aquello sucedió en invierno: pese a que sintió muy próximo el calor del cuerpo de Huld, y el frío de la madrugada en su propio cuerpo, recordando la hoja imperturbable que las mantenía a distancia, renunció a echarle los brazos encima. Fue así como terminó por habituarse al estilo y a las excentricidades de Signy Huld (que había dejado de ser la señorita Huld). Finalmente le pareció placentero y natural compartir su discreto refugio, responder a sus vehementes efusiones, morder su dura boca calurosa en mitad de un orgasmo que —¡ay!— sólo venía del clítoris, activado por la maestría de las manos o la inconmensurable extensión de una lengua bárbara. La sabiduría es una deformación transmisible. Dos soledades se anulan mutuamente. La soledad es mala compañía. Le parecía natural, asimismo, constatar el estado de dependencia afectiva que la iba ligando a Signy en forma creciente. Y rehusaba controlar los sentimientos propios de las primeras pasiones juveniles, como por ejemplo cuando murmuró con exquisita candidez:

—No vayas a olvidarme —era otra vez de noche, afuera un viento glacial endurecía el cielo— porque un día yo podría partir y no quiero que vayas a olvidarme.

—Mi memoria —repuso Signy— no ha dormido nunca.

—¿Qué grado de confianza puede merecerme tu memoria?

Se iniciaba aquí un juego magnífico e inteligente, en el que Huld respondía con una improvisación suministrada por su memoria (fruto de sus lecturas), ante cualquier banal requerimiento de Cessair.

—Dame una prueba de tu memoria, Signy.

—Con profundo placer —dijo entonces Signy, la Hechicera.

Y acto seguido se arrojó como una nadadora experta, desde nebulosos acantilados hacia el mar revuelto, sobre el revuelto mar de aquel monólogo contenido en una relación del milenario Fintan:

—Un día atravesé un bosque en el Condado de Munster, Irlanda occidental. Recogí una baya de tejo y la planté en el jardín de mi casa. La semilla germinó y produjo un tejo que alcanzó el tamaño de un hombre. Entonces quité este árbol del jardín y lo trasplanté al prado que miraban los ojos de mi cuarto.

"Creció otra vez hasta abrigar bajo su follaje cien guerreros y protegerlos contra el viento, la lluvia, el frío y el calor. Juntos vivimos el tejo y yo hasta que muerto de vejez perdió todas sus hojas. Para no desperdiciarlo lo corté, y con la madera de su tronco fabriqué siete cubas grandes, siete cubas medianas, y siete cubas pequeñas; siete mantequeras, siete jarros grandes, siete jarros medianos y siete jarros pequeños, es decir, cuarenta y nueve recipientes de siete dimensiones distintas, para construir los cuales el árbol me proveyó tanto de las duelas como de los aros. Utilicé esos recipientes de tejo durante mucho tiempo, pero por fin envejecieron de tal modo que sus aros cayeron y sus duelas se agrietaron dejando pasar el aire. Entonces me puse de nuevo al trabajo: de las cubas grandes hice cubas medianas, de las cubas medianas hice cubas pequeñas, de las cubas pequeñas hice mantequeras, de las mantequeras, grandes jarros, de los grandes jarros, jarros medianos, de los jarros medianos, jarros pequeños. Pero hoy, de todos esos recipientes sólo queda el polvo —que ignoro dónde ha ido a parar.

Signy no se refirió jamás al tema del amor. Presumiblemente no concebía el carácter de sus relaciones con la perturbadora Triggvason como algo asimilable a esa categoría de sentimientos, como actos que tuvieran por origen aquellas costas ora plácidas, ora borrascosas, ora inseguras y sufrientes. Se pasaba las noches desmenuzando un libro, describiendo sus características, desplegando ante los ojos semicerrados de Triggvason, con mágica elocuencia, el desvelo de numerosas sagas: *La Saga de los Feroïens*, *La Saga de San Olaf*, *La saga de los Jefes del Valle del Lago*, *La Saga de Egil Skalagrimsson*, todas las cuales golpeaban recto en su corazón, en especial, dos pasajes de este último libro de Snorri Sturluson: "Rescate de la cabeza" y "Pérdida irreparable de los hijos". Las razones de esta atracción incontrolada, de esta fascinación sin contrapeso, le resultaban tan obscuras, que Cessair se prometió indagar a fondo en esa dirección para descubrir los motivos fundamentales. Signy hablaba de efectos, no de causas.

—Yo soy un efecto, Cessair.

Hablaba de la impotencia de las palabras.

—El Bien y el Mal campean en todas las Sagas. Hay traiciones y hay generosidad, y ambos actos, que no son excluyentes el uno del otro, no conocen límites. Pero el Bien y el Mal resuenan sólo como palabras. El verdadero Bien y el verdadero Mal son categorías adjetivas impronunciables.

En otras ocasiones, y a causa sin duda de las magnas sombras guerreras que convocaba a la glorieta, parecía complacerse aludiendo a la crueldad o a la indiferencia de los hombres en el lecho, cuando no a sus torpezas, sus impotencias, sus pavores y complejos ante la oscura sangre menstrual. Puesto que ésta no procede ni de espada ni de cuchillo, y por lo tanto desconcierta, puede vinculársela en forma extrema a un sangrar que se liga a la histeria, pues la histeria presidió durante mucho tiempo los sentimientos religiosos más acendrados, y tales sentimientos se acompañaban de sangre: sangre de la palma de las manos, sangre de la planta de los pies, sangre del costado derecho. Asimismo, un singular desconocimiento de las particularidades específicas del placer femenino, que no es, como se cree, un problema exclusivamente contemporáneo. Quería —demostrativa— subrayar el carácter de guerra que gobernaba las relaciones entre ambos sexos, y su extensión a los avatares del conflicto interior del mismísimo individuo.

—La guerra es femenina, el combate es masculino. La guerra es extensa, caliente e imprevisible, el combate es seco, potente, pero corto y sin final abierto. En la guerra pueden vencer muchos protagonistas a la vez. En el combate, sólo uno de los dos. El repetido combate de "La Séptima Narración" de *Los Mabinogión*, no es otra cosa que nuestra representación interior, una metáfora acerca de las bifurcaciones en medio de las cuales operan por recurrencia episódica nuestros dos yo.

—¿Dos yo?

—Si un mismo espíritu logra albergar simultáneamente en sí conceptos tan opuestos como el Bien y el Mal, no puede tratárselo de entidad única, sino al menos, de entidad dual. Ya encontrarás en una próxima lectura a Thorbjörn, el asesino, y su lanza dual, lanza que es el símbolo de esta noción.

Recomendaba en seguida, como corolario de tales lecciones adicionales, propinadas a mansalva y en medio de la obscuridad, algunos libros que a su juicio contribuirían a afianzar la duda en la conciencia de la dulce Triggvason, cuyo espíritu giraba desorientado, arremolinándose tras su oculta persona verdadera, al fondo de la crisálida con que se la asimilaba por aquellos días. Sin embargo, Cessair terminó por comprender que Signy carecía de argumentos válidos para apuntalar sus propuestas, y que, tanto su lesbianismo como su vocación zoofílica, procedían, antes que nada, de su soledad. En efecto, para esta clase particular de hombres y mujeres trasplantados de repente a un medio extraño, algunas veces éste resulta francamente hostil, poco refinado e inseguro. Sobre todo inseguro, pues se trata de países que bregan constantemente por darse una mejor organización social y una constitución política más adecuada, en pos de sus dispares identidades nacionales, pero que no han alcanzado todavía estos propósitos. O habiéndolos alcanzado, los violan impunemente una y otra vez, ignorándolos en beneficio de sus intereses de casta o de partido. En tales condiciones, las relaciones sociales se revelaban difíciles, cuando no imposibles.

Poco antes del drama sobrevino un conflicto con el capitán Triggvason. Cessair había reducido la frecuencia de sus encuentros. Una vez, en mitad de una desamparada primavera, muy acuosa, muy ventosa, él quiso conocer los motivos de tamaña frialdad en desarrollo. Cessair rehusó contestar en forma directa, eligiendo en cambio la elipse para darle a comprender sus nuevos intereses, su elección de otra forma de vida, el desarrollo —que ya consideraba paradigmático— de su propia individualidad, y en fin, todo aquello que estaba por cierto al origen de sus actitudes, y que empujaban al marino a enfrentarse con complejas situaciones en las que llevaba todas las de perder. Aunque en el fondo la joven pretendía inferirle un castigo ejemplar, tanto por sus silencios como por sus reiterados alejamientos. El capitán se negó a comprender, o tal vez rechazó intuitivamente toda cautelación de semejante juego. Signy Huld intervino amenazándolo con impedir sus visitas al colegio de El Túmulo de los Vikings. El capitán optó por marcharse, ofuscado, pequeño, rechoncho, patético y sanguíneo. Cessair contempló silenciosa la enternecedora silueta desapareciendo en la primera curva del camino, con el corazón soliviantado por el remordimiento, asegurándose a sí misma, como si se esforzara por rebatir la elocuencia de su culpabilidad, que revocaría esta situación y borraría los malos efectos de la disputa en el curso de la próxima recalada de su padre en Utsavalipak.

"Será que estoy creciendo", pensó.

Comprendió de pronto que la estaban convirtiendo en el objeto central de una querella, y de modo simultáneo, que representaba un trofeo arduamente disputado, hecho que por lo demás, constituiría una suerte de obsesión constante a lo largo y ancho de sus dos vidas. Pero entonces sobrevino el atropello inesperado de un dolor tan aciago, que borró de un solo golpe todo cuanto recordaba hasta allí su remordimiento, una categoría autónoma de sus sentimientos.

Signy estaba en plan de monologar con su insoportable precisión de erudito:

—Cessair forma parte de los nombres que llegaron a Islandia desde Irlanda. Alguien nebulosa como tú, llamada como tú, poco más o menos de tu edad, con tu belleza, con tu inteligencia, aseguraron que procedente de Grecia, tocó las costas de Irlanda cuarenta días antes del Diluvio.

—¿Cuarenta días?

Signy arrojó su cigarro al canasto de los papeles después de apagarlo en un vaso de agua.

—Tiempo más que suficiente para elevarse a la categoría de mito femenino fundador de la raza irlandesa.

El comentario de Cessair sonó formulado con alguna suficiencia:

—Hay gente que ha vivido más de cien años sin dejar huellas, como si nunca hubieran puesto los pies sobre la tierra.

—Ella había nacido lejos. Navegó con ciega clarividencia hacia el oeste de su antiguo mundo. La quilla de su barca encalló en Sandymount, y el golpe, en el centro de una noche cuajada de niebla, mató a catorce de sus remeros, que se hallaban dormidos. Los cuarenta días de Cessair sólo corresponden a su estancia real en Irlanda. Digamos para resumir: llegada, esplendor y muerte por agua.

—¿Se ahogó durante el Diluvio?

—Bebiendo el cáliz universal hasta las heces.

Triggvason meditaba. Huld recorría la Biblioteca a grandes zancadas. Sus largas piernas cortaban al pasar los jeroglíficos de luz de los vitrales.

—Mi padre escogió este nombre para mí. ¿Cómo pudo conocer la historia de la otra Cessair?

—Nuestras mitologías están ligadas, proceden de una fuente común. En el origen de la ocupación de Islandia hay muchos irlandeses. Los hay también en la invención de la novela y en el descubrimiento de Vinland, la América del Norte. Es en Islandia donde se produce primero la conjunción entre celtas y vikingos.

Una tarde dulce, relativamente soleada, lamía los vitrales de la Biblioteca. Cessair habría de conservar semejante luminosidad por muy largo tiempo en una alacena de su memoria. Añadiendo este otro hecho capital: Signy acababa de interrumpir su discurso cuando el profesor Hjalprek Sigmundson empujó la puerta y penetró en el recinto con visible agitación. No obstante, se abstuvo de explicar en seguida el motivo de tal desasosiego. Fue Huld quien lo instó a hablar. Con mucha circunspección, eligiendo las palabras, terminó por revelar que el capitán Erik Triggvason se hallaba comprometido en una conspiración abortada contra el Estado al cual servía, y había sido detenido y encarcelado en el puerto fluvial de Valdivia, ochocientos kilómetros al sur de Utsavalipak, cuando retornaba al país tras una misión en el distante (por mar) puerto de Buenos Aires. Se trataría de un atentado contra la Junta Militar de Gobierno que encabezaba el dictador Augusto Aciago de las Fosas, pero el profesor ignoraba los detalles del asunto. Las informaciones disponibles eran contradictorias y muy incompletas: no podía explicar ni las eventuales razones que habían empujado al capitán a dar un paso semejante, ni la veracidad de las acusaciones formuladas por los militares a los supuestos sediciosos. Todas las acusaciones blandidas en su contra le parecían vagas, carentes de fundamento. Los rumores divergían en muchos puntos según la naturaleza de sus fuentes. Las fuentes divergían mucho en relación con la naturaleza de los rumores. De todos modos, el capitán Triggvason se hallaba encarcelado junto a sus cómplices aparentes. Lo trasladarían hasta Utsavalipak y sería sometido a un Consejo de Guerra. A partir de ese día infausto, de repente pálido y destemplado, horrible y sinuoso, la sorprendente revelación aportada por la prisión de su padre, la convicción recién adquirida de que no era un badulaque anónimo, como siempre lo creyera, sino un hombre completamente fuera de lo común, comenzó a abrirse paso, ante los ojos cargados de asombro, de miedos y de presentimientos, en el confuso mundo de Cessair Triggvason.

—Ni el Diluvio al origen de mi nombre me habrá afectado en esta forma —admitió una noche, escondiendo el rostro entre los pequeños y duros pechos de Signy Huld, que se abombaron hasta hacerle una almohada.

En dos ocasiones, la primera en el curso de un verano, la

segunda a mediados del otoño siguiente, Cessair recibió autorización para rendirle visita. Lo encontró tras las rejas, pálido por tantos días a la sombra, pero obstinado y seguro de sí. El capitán se negó a besarla: apenas le tendió una mano extrañamente sólida. Tenía esparadrapos en las uñas, lo que probaba que se las habían arrancado una a una para obligarlo a confesar. El corazón de la joven se recogió como un molusco. Lloraba por primera vez. Le suplicó que la perdonara, le rogó que comprendiera procurando explicarle con voz entrecortada los insólitos motivos de su comportamiento —insólitos para el cuadrado espíritu del marino—, pero todo fue en vano. El orgullo herido del orgulloso navegante se atrincheraba inflexible en su no querer ceder. A ella le pareció de pronto que algo estaba sucediendo con el cuerpo del capitán, pero no pudo captar la singularidad específica del hecho. Lo atribuyó a la tortura. Acompañada de Huld comenzó a asistir a las diversas instancias del proceso, que se desarrollaba ante el público y bajo las cámaras de televisión, tal como los frecuentes discursos pronunciados con voz meliflua por el abotagado dictador Augusto Aciago de las Fosas, ciertas sesiones de tortura de pedagógica intención ejemplarizante, y algunos ajusticiamientos.

Un día Signy Huld llamó su atención acerca de algo enteramente inadmisible:

—Tu padre está más delgado y más alto —susurró.

No tuvo más salida que el asombro, pues comprobó sin esfuerzo que ambos hechos eran efectivos.

Varios otros oficiales navales se encontraban mezclados en la conspiración, y desde luego, algunos uniformados pertenecientes a diversas ramas de las Fuerzas Armadas Aciagas, pero ninguno había crecido una sola pulgada. Tanto el Fiscal Militar —un pequeño beodo amariconado e histérico, el coronel Hernando Torrest—, como los abogados de la defensa —todos uniformados—, produjeron en su ánimo una impresión farsesca. En ese extraño proceso, en el que al menos uno de los acusados estaba adelgazando y creciendo con el paso de las semanas y los meses, y todos convergían sobre un mismo grado de responsabilidad, existían sólo culpables. Pero en vano se buscaba la prueba de un acto punible. El grueso del asunto apuntaba a sospechas y exiguos testimonios, probablemente preparados por el propio fiscal, que juraba que nunca bebió nada entre dos vasos. En situación de dictadura, el infierno es el otro, pudo haber dicho también el Turnio Sartre. Tras cada una de las audiciones de acusados, abogados, testigos y Fiscal, las personas interesadas en esta parte del caso —no muy atrayente todavía—, regresaban a sus casas intercambiando reflexivos análisis. El profesor Sigmundson desmenuzaba para ellas los pormenores relevantes de tales audiciones, y entre estos pormenores, un por mayor: la transformación física que se operaba en el capitán Triggvason.

—No comprendo, queridas niñas. A su edad la estatura no es modificable hacia arriba sino hacia abajo. ¿Acaso caminó encogido todos estos años? ¿Acaso jamás lo miramos en su verdadera dimensión? Esto último es lo más probable.

—¿Quiere decir que sólo percibíamos una parte de su realidad total?

—Evidente. La gente se equivoca con respecto a los otros. A menudo los mira sin verlos, o los ve con un ojo que preconcibe lo que quiere ver.

—Más de una vez me pregunté si no deseaba un padre alto y fuerte —dijo Cessair con voz opaca.

—Dentro de poco lo tendrás — aseguró Signy, tirando una pitada de su fálico cigarro.

—Sucede que en ti el prejuicio se desarrolló antes —manifestó el profesor Sigmundson sin velar su crítica, la que sin embargo no sonaba acerba.

Pese a los esfuerzos nadie pudo suministrar una respuesta, aunque los hechos estaban a la vista. Y aún más: no sólo la estatura del capitán iba modificándose, sino su propia personalidad. Del tranquilo oficial adocenado, rechoncho y fósil, no quedaba rastro. Con el tiempo asumió su propia defensa, lanzando un graneado arsenal de acusaciones en dirección de Torrest, elevando cada vez el tono, interrumpiendo, refutando, repartiendo mandobles verbales con ímpetu prodigioso, golpeando con estruendo la cubierta de la mesa metálica —que reverberaba como una campana funeraria oculta en oquedades profundas—, sobre la que acumulaba notas y legajos. Comenzaba en verdad a desbordar un fuego inesperado.

La dolida Cessair no cabía en sí a la vez de asombro y de congoja. Cobró conciencia de que él la había engañado siempre, mostrándole una imagen que no era la suya y una luz que no le pertenecía. Tal engaño se extendía también a sus partidas, que parecían llegadas, y a sus llegadas, que producían la impresión de que acababa de partir. Se sumaba esto al conjunto de sospechas que abrigaba respecto a los actos y zozobras de su vida privada. Creyó recordar que los botones dorados de sus mangas no olieron jamás a espuma de mar sino a naftalina. Dedujo que para besarla se cambiaba de traje, y que para acariciarle la mejilla se lavaba las manos con un jabón de olor potente. En suma, tratábase de un secreto que él guardaba celosamente, quizás para protegerla, un misterio que no podía compartir sin riesgos con otro, aunque el otro fuera de su misma sangre. Con este retardo, la tercera vida del capitán Triggvason cobró relieve ante los ojos de la hija, una vida incendiaria, irreprochable en tanto que pasto de justa llama. La amargura culpable que la invadía transformaba su corazón en un arrugado zapato muerto sobre la acequia en medio de una tarde de lluvia.

En la corriente del invierno que siguió, la estatura global del capitán era ya considerablemente superior a su talla originaria, talla que figuraba por lo demás en todos sus documentos de identificación. La gente normal pensó que no era él el que crecía, sino el suelo el que bajaba. Pero esta hipótesis podía resultar más inexplicable todavía, y mucho más peligrosa, pues equivalía a aceptar la posibilidad de que Utsavalipak se hundiera de repente bajo las aguas del mar. Durante la primavera, que ese año vino despidiendo un olor de sangre ácida, y además, con la melena recortada, y luego en el áureo vientre del verano remolón y suculento, todos presintieron que la causa del marino y de sus compañeros estaba perdida, y semejante pérdida no tenía vuelta. (¡Oh la desventura de las pérdidas!) Muchos aseguraron a Cessair que consideraban inocente a su padre, no porque el atentado fracasara, sino porque el acto de atentar contra un tirano tenía como aval las escrituras del mismísimo San Agustín. Presumían sin embargo que sería condenado junto a los otros, ya que la Justicia no opera en tanto que tal en los Estados llamados modernos, sino es empleada frecuentemente como un medio de disuasión para reducir las veleidades libertarias de los explotados. (De tal modo que, como dijo un humorista del puerto, que en total tenía sólo tres dedos y un ojo, por lo cual la gente decía al verlo acercarse: —¡Ojo con "Tres dedos": "Explotado es todo aquel que no se atreve a explotar porque lo han convencido de que ya explotó".) En semejantes circunstancias se ajusticia a los chivos expiatorios. El Derecho Embridado encarna desde muy antiguo una forma de representación principal del poder.

Finalmente el proceso concluyó con una revelación particularmente ilustrativa: el ahora célebre caso de rebeldía activa, encarnado por el misterioso capitán de la marina utsavalipacence, consistió en oponerse a otro miserable caso de rebeldía activa, éste coronado por el éxito, que se redujo a echar abajo al legítimo jefe del Estado, matándolo después con diez balazos. Ni más ni menos. El crimen del capitán poseía un efecto retroactivo. Fue cometido en el pasado y fue castigado en el futuro de aquel pasado. En suma, no siendo culpable en tanto que oficial constitucionalista, y habiéndose remitido de manera estricta a cumplir su juramento y sus deberes, al derrumbarse el estado de derecho que había defendido bajo el golpe de una conjura, auspiciada y materializada por las huestes del cavernarismo nacional y el apoyo irrestricto de ciertos pueblos del Norte, era en realidad culpable de un crimen diametralmente opuesto: la negativa de aquiescencia frente a los bárbaros métodos de los nuevos y duros usurpadores del Estado.

—¿Por qué no me lo dijiste nunca? —preguntó Cessair la primera vez que pudo verlo a solas tras la comunicación de su sentencia.

Temblaba besándole el antebrazo desnudo, cerca de la muñeca, donde normalmente debían hallarse los botones dorados de su manga, saturados por fragancias de sal y yodo. El capitán suspiró, pero no había ninguna tristeza en sus ojos azules, sino un brillo fogoso. Medía ahora casi dos metros y Cessair pensó con un temblor de remordimiento y de irremplazable pánico, que nunca más volvería a ver un hombre tan hermoso y tan iluminado.

—Esas cosas no se dicen —dijo.

—¿Qué crees que harán contigo?

—Colgarme. Pueden colgarme dentro de un ropero, como a José Tohá, disfrazando mi muerte de suicidio, o torturarme directamente sin cejar hasta que la muerte sobrevenga, como a Enrique París, antes de arrojarme en una fosa olvidada y común, pero en cualquier caso lo harán sólo cuando madure la próxima primavera. La primavera es una estación ideal para ajustar cuentas. En ella los hombres y los árboles ajustan sus cuentas con el invierno: como yo soy ahora el invierno, vendrá un hombre y me colgará de un árbol.

Escuchándolo Cessair Triggvason golpeaba sin pausa su frente pálida contra los fríos hierros de la reja hasta que su piel comenzaba a sangrar. El padre restañaba tiernamente la pequeña sangre con sus dedos tremendos.

—¿Colgarte? ¡Oh no, eso no!

El capitán Erik Trinchador dijo:

—Un hombre condenado a muerte ya no es más capitán de su vida, pequeña niña mía, es apenas un viudo de su vida.

Los días se sucedieron acortados de una manera ominosa, como si ahora fueran desprendiéndose con acelerado pulso del clavo del calendario, como si esos collares de números admonitorios pesaran más que los hierros del padre, y que, al arracimarse encima del suelo, buscando un signo específico del hombre, dibujaran en la arena los meandros retorcidos de la cuerda de la horca. La memoria parecía incapaz de retener el volumen exacto del tiempo que se iba. Pero la hija al fin y al cabo comprendió: nunca más la vida volvería a producirse con la continuidad del pasado reciente. (Porque todo en ella era todavía reciente.)

Volvió a la cárcel otra tarde, ocultando en el interior de su sexo un revólver cubierto por un preservativo. Recordaba con insistencia al hombre y a la mujer aquella vez en la playa de Laraquete, mientras esperaba a su padre, el capitán —en plática con el poeta que fabricaba su propia hidromiel—, apoyada contra el cerco de cantoneras, a la sombra de un indiferente mascarón de proa empotrado en el jardín, cuyas tetas perforaban los ojos del horizonte y chorreaban leche con aguardiente cada vez que había temporal. Recordaba el rumor y el fulgor del mar, el lamento de los pinos incendiados. (Ah vastedad de pinos, rumor de olas quebrándose.) Grabó en su memoria con mucha claridad lo siguiente: la mujer había sufrido apenas un leve sobresalto antes de hundir la muerta cabeza en el canasto repleto de mediatarde muerta.

—Es mil veces preferible el autoplomo a la ajena cuerda —se repetía funambulescamente.

Susurró:

—Te he traído un revólver. No es todavía una Parabellum.

El capitán Triggvason le apartó del rostro un mechón de cabellos revueltos y acarició pensativo la más hermosa mejilla de su tierra.

—Un hombre honrado no dispara jamás contra sí mismo —afirmó—. Déjalos que me cuelguen: hay hombres intratables después de ser asesinados, como Salvador Allende, pero ellos no lo saben todavía.

La hija guardó un minuto de silencio. Después lo miró a los ojos. Se empinó cuanto pudo para que aquellos ojos verdes o azules, según la hora de la angustia, contemplaran el fondo de los suyos. La voz del capitán preguntó discretamente:

—¿La hija tomará el relevo del padre?

El silencio fue tenaz.

—¿La hija está en condiciones de tomar para siempre el relevo del padre que es su padre?

Y por fin:

—Enteramente —aseguró María Parabellum.

El hombrón caminó hasta la puerta de la celda con los brazos en jarra. Volviéndose la enfrentó con alguna dulzura en los acentos:

—El relevo está entonces asegurado —dijo—, muchas gracias. Porque en verdad se trata de no bajar jamás los brazos.

Cessair Triggvason vagaba hasta altas horas de la noche —bajas horas de la madrugada— cerca de los muelles de Utsavalipak, bebiendo de una amarga botella oscuras bocanadas de fuego para tenerse en pie, para consolarse, para alimentarse. El bramido de la sirena de los barcos, que inesperadamente rellenaba la bahía rebotando contra los cerros cuajados de niebla, se instalaba a horcajadas sobre su sucio corazón. Agonizó muchísimo ese invierno.

"Yo soy el invierno ahora", a veces sola, a veces en compañía de Signy Huld. Envejeció un poco por primera vez. Sus pupilas perdían el brillo adolescente, la desfachatez de la pubertad. Sus pómulos se hundieron —ambos, como tras un combate naval sin vencedores—. Llovía más que nunca y todo volaba ahora rápido y silencioso oh muerte pájaro sin pausa.

El día del rencor fue convocada junto a muchas otras gentes para presenciar la ejecución colectiva. La convocatoria-invitación era indeclinable e intransferible. La Junta Militar había decidido colmar la plaza, en donde los soldados aciagos erigieron las potencias, con personalidades y periodistas de diverso cuño y de todo borde. La muchedumbre llegó ataviada como para una recepción. De hecho lo era. Se comentaban los muy cuidados detalles del espectáculo en voz baja. Se mostraba con el mismo dedo a los verdugos y a los condenados. Las mujeres reían con siniestra y subdesarrollada gracia. Los señores fumaban con conocimiento de causa. Nunca un tal cuarteto de rufianes uniformados e invisibles (contemplaban el espectáculo secretamente, escondidos tras las pantallas de sus televisores, pues tal es la ventaja de los cobardes), gozó de adhesión semejante en semejante hora y oportunidad.

El capitán Erik Triggvason pidió la palabra en lugar de un pucho, última gracia que le sería concedida. Comenzó por citar a Fernando Pessoa al revés:

—Vivir no es necesario, es necesario navegar —dijo.

Luego extrajo una hoja muy arrugada de su bolsillo. Como había crecido tanto, la hoja era pequeña.

—Señoras y señores, compañeros de armas, caballeros verdugos, pueblo mío: debo confesar que mis ancestros, en situación igual a la que ahora me concierne, fueron autorizados para leer un escrito —prosa o poema fruto de su pluma— en la antigua Islandia, regencia fundadora de la novela. Reivindico para mí ese derecho exclusivo de los condenados a muerte. He aquí la postrera emanación de mi cabeza, un soneto escrito en verso libre, el efecto de la hidromiel en su acto más entero.

Huld y el profesor Sigmundson se miraron.

—¡Los escaldos! —murmuraron admirativos.

Tuvieron el tiempo justo de balbucear su asombro. La voz del capitán se alzó en el silencio de la plaza, desde el elevado extremo de su estatura:

He enterrado mi casa en su propio patio
Mi caballo en su estribo
Mi perro en su ladrar furtivo
Y he escrito encima: Mors ultima ratio.

He sepultado a mi mujer en su ombligo
A mi hija en la oquedad de su cuaderno
He acomodado lo violento y lo tierno
De todas estas muertes untándolas conmigo.

He enterrado por fin en mi zapato un camino
En su médula mi osamenta
Todo el espacio del mar en un único astro intrauterino
He embutido mi barco por el ojo de su ancla sobre la amura
Y en fin me duermo una noche de mangas harapientas
Bocabajo abandonado sobre mis sepulturas.

Cessair podía verlo todo ahora, incluso el silencio que siguió a la terrible declamación del soneto, hecho a la manera de los escaldos, pues tenía despejados los ojos, habiendo agotado por completo su caudal de lágrimas y su copa de ceniza. El cadalso era bajo, estaba casi a ras de tierra. Empujaron a los torturados obligándolos a trepar sobre una banqueta de tres patas, les esposaron las manos a la espalda, les embutieron un capuchón, les rezaron un rápido salmo ambivalente. Alguien, a la izquierda del capitán, también con los ojos cegados, cuando las cuerdas estaban ya oprimiendo todos los cuellos, citó con voz firme las últimas palabras del general José Miguel Carrera, quien, doscientos años antes, las pronunciara frente a los fusiles que buscaban su pecho, y el de otros dos condenados, en el antiguo cadalso de Mendoza:

—No temáis, la muerte es sólo una sombra que pasa.

Los verdugos pegaron sendas patadas en las sendas banquetas. Fue muy bien percibida la turbia sucesión de toses entre los contemplantes. Los cuellos —particularmente el del capitán Erik Triggvason— crujieron cuando las vértebras cervicales estallaron bajo la presión de las cuerdas. Entonces todo el mundo vio a Cessair Triggvason romper el cerco de la guardia y correr hasta amarrar finalmente su terror en la cintura del padre perfecto y oscilante. La oscilación de la muerte del padre la arrojó por tierra. Arrodillada abrazó las largas piernas rígidas del altísimo y anchísimo héroe ahorcado. El miembro viril del capitán se había endurecido a causa de un postrero golpe de sangre, respuesta a la ruptura de las vértebras. La bragueta apenas contuvo aquel sólido espolón que trató de romperla. Eyaculó casi contemporáneamente al mortal apretón de la cuerda. Aquella erección desesperada fue regada con sollozos y con lágrimas filiales, con saliva y con vehemencia: titánica y subversiva, esa última eyaculación tan sin destino empapó cuatro veces sucesivas los labios blancos de la hija que tomaría el relevo. La saliva y las lágrimas, desvalidas hasta no poder más, se unieron en el fragoroso silencio al rudo esperma póstumo de su único hombre. Como un monje con el sudario al viento cruzó frente a los cuerpos colgados la sombra de un silencio muy espeso. Tras la ceniza mortal, con la agonía propulsora de un sobresalto de esperma, padre e hija habían terminado por encontrarse en el vaivén de una circunstancia infinita.

Algún tiempo después, como está dicho, la convocaron para un viaje por mar. Vaciló antes de aceptar oliendo la trampa. Embarcó en compañía de Signy Huld. En el mar se topó con el faro de sus futuras alucinaciones. Se topó con historias glaciales, con nombres cargados de destino o de pesadumbre, que es lo mismo, o de lógicas muertes. Cierto día muy preciso, muy bien delimitado entre dos supremas noches, cuando esta amenazante peregrinación, plagada de descubrimientos insondables llegaba a su mitad, violaron y degollaron a Signy Huld, y su vida se detuvo como para mirar en derredor. Algo grande y tímido y sin regreso murió dentro de Cessair Triggvason, abriendo finalmente su corola la violencia sumaria. La hija optó por tomar el relevo del padre. Y de todos estos sucesos, estos sentimientos encontrados, estas maceraciones, estas pasiones, estos dolores cosechados en medio del mar y en sus orillas, nació, creció y se hizo visible María Parabellum.

Historia de la circulación de la sangre

El pasado es un mito de la estética. La Historia es la representación mítica del pasado. La estética —en cuanto madre del pasado transmutado por la alquimia de la mitología— preside los túmulos que se alzan en la periferia de la Historia. Ésta es apenas una selección de túmulos, selección a la que no cabe atribuir ninguna inocencia: la Historia ni comprende ni abarca todos los túmulos. En relación con ellos el mundo está sobreestibado. Más aún: el mundo es probablemente un único túmulo, una joroba espacial, que atesora, conserva, alberga, oculta o guarda todos los otros. En general, los túmulos tienen su origen histórico en diversas categorías de tumultos. Un solo tumulto paradigmático puede estar al origen de centenares de túmulos.

La primera vez que un Triggvason navegó hacia el oeste en busca de túmulos, sobre Thule la Última existían solamente ochocientos volcanes. Este Triggvason había abandonado las costas de Noruega. Era una época de fugas, de refriegas y de fuego, pues las guerras propiciadas por Harald, uno de los grandes Reyes del Norte, que plagan las páginas de *La Heimskringla*, tan cara a Signy Huld y al mismísimo profesor Sigmundson, tenían lugar al mismo tiempo que las erupciones volcánicas de Thule la Última, las victorias y derrotas sucesivas y alternadas, las venganzas, las exacciones, la violación sistemática de las mujeres y las yeguas del enemigo, la eliminación por vía de la horca de los recalcitrantes, las huidas y las muertes sobre los campos de batalla. Se repetía sin ironizar, que cada hombre venía al mundo con la cuerda de su horca. Era el cordón umbilical que ataba el cuello del hombre al vientre de su tiempo, el ombligo del hombre al ombligo de su infortunado conflicto. Pues cuando se hablaba de conflicto, según un filósofo francés que fue muerto por un automóvil al cruzar una calle de París, el triunfo estaba momentáneamente excluido. El conflicto en sí mismo no es otra cosa que el estado moral de la diferencia. Para aquel contingente de guerreros tozudos, sumergidos en el hirsuto corazón del frío, la diferencia era en su sentido estricto, una forma específica de conservar las espadas encendidas. Se leía mucho entonces a la luz de las espadas.

Las espadas servían simultáneamente como una muy cegadora prueba de adhesión al combate, y a la vez, como un deslumbrante instrumento capaz de ayudar al hombre, sentado en lo oscuro, para descifrar los meandros de su propia cultura en formación. Todavía hoy la mitad de los islandeses lee lo que la otra mitad escribe. Todos tenían conciencia de ello. Pero para escribir es necesaria una buena provisión de actos dignos de ser narrados. De manera que, temprano por la mañana, antes de la batalla, o tarde por la noche, después de la batalla, los caballeros se despojaban de sus avíos y atavíos y desayunaban o merendaban en los géisers, sentándose dentro de los huecos de las piedras que las calientes aguas subterráneas llenaban, subiendo como un río vertical desde el corazón ardiente de la tierra. Lo llevaban a cabo en grupos pequeños. En aquellos baños matinales o vespertinos se confundían camaradas y adversarios, pues las formas agudas de la enemistad no habían sido concebidas como un simple apéndice de los hábitos sociales, sino como un factor acelerador de las hazañas. Se era enemigo en los campos de batalla y sólo a la luz del día. Todos los combates de aquel tiempo eran interrumpidos apenas el crepúsculo cuajaba sus diversas sangres detrás de las primeras montañas. Entonces desensillaban los caballos, les daban agua en abundancia, les colgaban al pescuezo un saco con granos, y convertidos de nuevo en simples ciudadanos, retornaban a los géisers. Allí bebían la cerveza negra y fresca y otras maravillas espirituosas, conversando sobre los avatares del día, mostrándose las mutuas heridas con indisimulado orgullo, lavándolas y entibiándolas con el agua vaporosa que manaba de las rocas.

Una vez, estaban todos consagrados al baño y a la bebida. Alguien decía en tono de queja:

—Estoy cansado de chupar cinturones de castidad, pues cuando los guerreros mueren con las llaves, se llevan las llaves al Walhalla.

De repente, oyeron la voz de otro guerrero que dejó caer en medio del bullicioso grupo, dulcemente relajado con el agua al cuello, acallando en el acto las demás barbudas voces, estas extrañas palabras:

—Ignoro si es el paisaje lo que no me da sueños, o los sueños los que no me dan paisajes.

Los cofrades del baño guardaron silencio, conmovidos bruscamente por la poesía de la preocupación del otro. Tal vez esperaban más palabras, otra tirada tan rítmica y escalda como aquella, o simplemente querían hacerse descifrar el misterio que de algún modo ambas frases guardaban entre sus pliegues. Pero como nada sucedía, alguien aventuró una pregunta interminablemente lacónica:

—¿Cómo?

—Este juego de la guerra me parece demasiado largo y desbordante de ancho. Veo los días tiñéndose de sangre y los crepúsculos, rojos como heridas coaguladas, pegándose en el costado occidental de los días. La música que me escarba el oído es la música de los hierros chocando, de vuestras voces lamentándose a causa de un lanzazo, o aullando palabras de coraje. Yo mismo tengo también la lengua rota de tanto chupar cinturones de castidad, pues los maridos guerreros que mueren, han ocultado las llaves sin dejar mapas ni indicios para encontrarlas. Estoy seguro que en tales circunstancias las viudas recientes son tan infelices como las adolescentes púberes que fueron. Por todo esto he decidido explorar los paisajes del oeste anticipándome a un posible sueño. Me echaré a la mar en pos de los túmulos de los navegantes que me precedieron, pues sé de ciencia cierta que mi propio destino es un túmulo. Me espera para después de un tumulto.

En vano los guerreros —camaradas y enemigos— intentaron disuadirlo. Le previnieron que si se fugaba hacia el oeste, Harald le haría matar por deserción o por traición. ¿Acaso no comprendía que había venido al mundo con su cuerda? Uno, ofuscado por la indiscutible voluntad del guerrero, llegó a espetarle con malhumor y sin ninguna clase de tolerancia:

—Por lo demás el paisaje es sólo una consecuencia del observador.

Otro enganchó sobre la misma idea:

—Tú eres el paisaje, el paisaje está dentro de ti.

Y un tercero:

—Lo que hallarás no es sino unas representación mental, una invención del sueño que te hará creer que los árboles, la arena, los túmulos de las costas distantes, son diferentes de los túmulos, la arena y los árboles de tu lar.

Pero todo fue inútil. Así pues, éste resultó ser el primero de los Triggvason que navegó hacia el oeste logrando empalmar por el Paso del Gran Norte, con la marítima estela de los celtas. Partió el año en que nacía el volcán 807 sobre Thule la Última, aunque él no había puesto todavía los pies allí. Sin embargo aquellos volcanes llevaron la cuenta de sus diversas edades y la duración de cada uno de sus viajes. Como es natural, Olaf Triggvason había devorado los escritos de Saxo Gramáticus. Sabía por lo tanto que los celtas detallaron un día a Gorm, rey de Dinamarca, los tesoros acumulados en el castillo del rey Geruthus. Sabía también que para llegar a aquellas tierras era necesario cruzar el ancho océano. Tales regiones se alcanzan después de dejar atrás todos los astros del cielo y vencer el caos de las grandes tinieblas. Vencer al mismo tiempo la locura transitoria de la brújula cuando se timonea al costado de la aurora boreal, y esquivar los témpanos famélicos que vagan por aquellas aguas en busca de alimento. (La pitanza de los témpanos hambrientos son los barcos perdidos.)

Durante los preparativos de su viaje, Olaf Triggvason se había topado con Erik el Rojo, quien lo convenció de ir primero hasta Constantinopla. Una vez allá el emperador los decretó cristianos y los instó a viajar hacia el oeste en busca del paraíso terrenal. No existía por entonces ninguna carta marítima ni terrestre que ayudara a los navegantes o a los viajeros en su descabellado afán por encontrar la ruta del Paraíso. De manera vaga el emperador sugirió que se hallaba más allá de la India. Erik el Rojo y Olaf Triggvason cruzaron durante muchas semanas un bosque encima del cual las estrellas brillaban incluso de día. Más tarde dieron con un río cruzado por un único puente. Luego de pasar a la otra orilla alcanzaron el Llano de los Bienaventurados, donde fueron frenados por algunos ríos de miel, de sangre, de agua, de vino y de orina. En ese lugar el viento estaba impregnado de perfumes penetrantes y las cosas no tenían sombra. Tal como lo estaba repitiendo Signy Huld, tal hazaña se halla descrita en *La Heimskringla*. El relato concerniente prosigue de este modo:

"El verano en que Gizur partió para Islandia, el rey Olaf envió a Leif, hijo de Erik el Rojo, a Groenlandia, para difundir en ella la religión. Durante el camino se desencadenó una tempestad. Leif vio en las olas hombres que nadaban sobre trozos de madera procedentes de los barcos y les prestó ayuda. Fue entonces que descubrió la enigmática Vinland."

La enigmática Vinland era en verdad América del Norte. Un navegante alemán llamado Tyrker, compañero de aventuras de Erik el Rojo y Olaf Triggvason, declaró haber hallado luego del desembarco de los tres, numerosos viñedos cargados de rica uva. Por tal circunstancia dio a esa tierra un nombre apropiado: Vinland, la tierra del vino. Durante el año del volcán 826 bebieron mucho inaugurando el vino de Vinland para celebrar el acontecimiento —el rehallazgo de Vinland—. En seguida retornaron al noreste deteniéndose en Thule la Última. Cuando pisaron la bahía donde un día se alzaría Reykjavik, otros treinta y siete volcanes habían hecho su aparición, la lava cortó algunos caminos y podían contarse más géisers disponibles que combatientes fatigados. El marino y guerrero Olaf Triggvason cuidó y educó su descendencia, y luego murió el año del volcán 863 por causa de espada.

El segundo Triggvason que se hizo a la mar fue Thorifin, su hijo. El hermano de Leif, Thornwald Eriksson, había partido para Vinland instalándose en Leibudhir, un conjunto de cabañas de madera y talleres, abandonado por Leif, con la intención de invernar en los parajes. Thornwald efectuó una inspección de reconocimiento en dirección del sur. Durante el largo peregrinaje terrestre, que le condujo hasta las costas de la actual Florida, él y sus hombres pisaron sobre otro futuro emplazamiento: aquél de la ciudad de Nueva York. Ninguno de los treinta hombres a su mando sospechó que pisaban también el sitio exacto sobre el cual yacerían un día las ruinas de la metrópoli por venir.

Aquellos eran parajes selváticos, pero no deshabitados. La prueba fue el flechazo que mató a Thornwald mientras se bañaba en una tina hecha de duelas y aros de madera —según el modelo de las cubas del milenario Fintan—, repleta de agua dulce. Dijo Thornwald que le parecía repulsiva el agua caliente y pegajosa del mar, sin saber que el mar lo habría salvado de la flecha. Lo enterraron con todos sus avíos guerreros en un resguardo rocoso del Cabo Crossanes, elevando un túmulo de arena, tierra y piedras de cuarenta yardas megalíticas de altura para hacerlo visible desde lejos. Era a la vez una tumba y un mojón orientador. Thorifin Triggvason recibió la orden de hallar a Thornwald. Se arrojó en la empresa como un alucinado y durante meses buscó el visible túmulo sin encontrarlo. Los datos que poseía no indicaban si fue construido en el flanco de una montaña que miraba hacia el mar, o en una concavidad o saliente de la orilla del mar que miraba hacia una montaña.

Regresó a Thule la Última con sediciosa amargura. Allá se consagró a la naciente literatura de su país, sobre todo a la recién inventada novela. Thorifin se había reciclado en aquella mitad de islandeses que leía lo que escribía la otra mitad, pues no hay buena literatura sin estas dos categorías.

Una noche estaba en su casa de Thule leyendo a la luz de un cuchillo, en un rincón apartado y oscuro, pues no deseaba ser interrumpido. Su espada era demasiado luminosa y la había envuelto en un pedazo de sarga y metido tras la puerta. Oyó las quedas voces y los pasos apagados merodeando en la calle, pero no pudo apartar los ojos del texto, aunque en una ocasión, en dos ocasiones, en treinta y tres ocasiones se esforzó por hacerlo. Varios hombres envueltos en capas negras, con los rostros embozados, penetraron con rapidez en la casa de Thorifin. Sin romper un solo mueble, lo asaltaron y lo mataron robándole el legajo de pergaminos que estaba leyendo y que contenía una selección de sagas primigenias escritas entre los años de los volcanes 771 y 840. La primera causa de muerte en Thule la Última era por entonces los atracos y asesinatos de aquellos que poseían incunables.

En el año del volcán 1880, un descendiente de los Triggvason que vivía en la ciudad estadounidense de River Falls, halló en el patio de su casa un pequeño túmulo mortuorio disimulado por las hierbas salvajes. Contenía el esqueleto de un hombre de complexión fuerte metido dentro de una armadura. El guerrero se hallaba tendido en medio de sus armas. Conmocionado por semejante descubrimiento, el bardo Henri W. Longfellow le consagró un poema —*The Skeleton In Armor*— y un eminente estudioso de los asuntos americanos antiguos, Charles Rafn, aseguró con gran convicción que el esqueleto y su armadura correspondían a la armadura y al cuerpo (los despojos centenarios) de Thornwald Eriksson, que había emprendido su célebre viaje sin regreso a Vinland el año del volcán 1002.

—La mayor parte de los Triggvason ha tenido una acentuada vocación por el mar, como lo vemos en relación con tu padre, el capitán Erik Triggvason, ajusticiado en Utsavalipak el año del volcán 1973 —continuó diciendo Signy Huld—. Dos nuevos Triggvason se echaron al océano hacia el año del volcán 1050. Conservaron como los otros la proa dirigida al Poniente. Viajaban a bordo de una nave vikinga bautizada *Décima Saga* —era el décimo barco que emprendía el viaje a Vinland—, y alcanzaron de nuevo aquellas costas. Allá, Gudrida, la esposa de Thorifin II, parió al primer viking específicamente americano. Naturalmente fue bautizado Snorri Triggvason.

Permanecieron en el punto de desembarco hasta la primavera siguiente y luego prepararon el retorno. Durante la travesía pereció Trond Triggvason y su hermano condujo los despojos hasta Ringerike. El único vestigio de esta epopeya fue descubierto precisamente allí, el año del volcán 1823. Bajo la forma de un epitafio grabado en una piedra cónica, cuyo extremo aguzado no se dirigía al cielo, sino apuntaba en dirección de la distantísima Vinland, podía leerse:

A lo largo y a lo ancho
han sido arrancados
de las orillas de Vinland
y apresados entre los hielos.
El diablo ha conseguido
atraparlos en tal forma
que fue Trond Triggvason
el que murió primero.

Con el paso del tiempo y la aparición de nuevos volcanes los Triggvason se echaron al mar y procedieron a la exploración de otras costas aún más lejanas. Tres de ellos dieron casualmente en Vinland con el emplazamiento de la desaparecida ciudad celta de Huitramanaland, que hasta entonces había sido un misterio permanente —y una obsesión— para los investigadores. A cien kilómetros de ella elevaron un túmulo. Lo ejecutaron a tal distancia para preservarla de los depredadores de ciudades muertas y los ladrones de moles, puentes levadizos, huecos de ventanas, sangre seca, gritos olvidados, huellas de viejas botas sobre la grava, surcos de quillas podridas, gastadas, esfumadas en un punto de la arena, y también ladrones del relampaguear de oxidadas espadas en el aire, espadas ya inutilizables para la lectura. Encima del túmulo colocaron una gruesa piedra plana grabando en caracteres rúnicos la noticia y los datos concernientes al descubrimiento. La piedra no era muy grande, de manera que pocas informaciones precisas cupieron en ella. Además, las cincelaron en clave, utilizando las formas metafóricas de los poetas escaldos. Y como estos tres tristes Triggvason perecieron poco después cerca de La Florida, arrollados por el huracán que ellos mismos tuvieron tiempo de bautizar con el nombre de Saga, los verdaderos datos acerca del emplazamiento geográfico de Huitramanaland volvieron a desaparecer. Por lo tanto desapareció de nuevo la ciudad. Incluso la piedra del túmulo de los Triggvason contenía una flecha indicativa. El túmulo se fue desgastando, la piedra cayó sobre un costado, y la flecha terminó por fin —extrema metáfora desinformativa—apuntando hacia el centro de la tierra.

El año en que surgieron doscientos nuevos volcanes sobre el suelo de Thule la Última, un Triggvason absolutamente audaz decidió rehacer el camino de la flota de Alejandro. Alzó las velas y activó los remos en el Golfo Pérsico, bordeó el sur de la India, penetró en el Océano Pacífico —al que llamó Prado de la Gaviota—. Tras navegar a lo largo de las costas septentrionales de Australia y Nueva Guinea, endilgó al norte, alcanzando el actual emplazamiento de Vancouver. Desde allí descendió al sur, a la cuadra de las futuras costas de Baja California, México, América Central, Colombia, Ecuador, Perú y Chile. Pasó al Atlántico por el innombrado Estrecho de Magallanes, después de permanecer tres días al pairo frente a la roca que andando los siglos sustentaría la mole del Faro de los Evangelistas, volvió a enfilar al norte avanzando frente a las costas de Argentina y, tal como la antigua flota de Alejandro, penetró en el Delta del Río de la Plata y desapareció.

Numerosos Triggvason participaron en diversos descubrimientos aun en épocas recientes. El llamado Egil desenterró, en la Ensenada de Meadows, Terranova, restos de cimientos, una fragua, un horno para mineral de hierro y un volante de huso. Otro, conocido como Andvari, y apodado El de las Hachas, encontró precisamente un buen número de tales armas, empleadas por sus antepasados más bien para romper cabezas que para talar árboles. Los emplazamientos donde enterraron las hachas se hallaban distantes entre sí, como Thor Bay (Nueva Escocia), East Orleans (Cabo Cod), Saunderston (Rhode Islands) y Republic (Michigan).

Tal vez el más importante de los Triggvason del siglo XIX sea Knut, uno de tus antepasados más cercanos. En razón de dos cosas: antes que nadie, fue el primero que utilizó La Piedra de los Vikings para regular la navegación en las aguas del Círculo Polar Ártico, evitando así la trampa de los témpanos que aguardan sumergidos el paso de los barcos, la absorbente melancolía de las auroras boreales y la frecuente desaparición del Sol por largos períodos. La Piedra de los Vikings es pequeña y cambia de color cuando se la hace girar, virando del azul índigo al amarillo pálido. Esta propiedad particular se llama pleocroísmo. Cuando el Sol —único punto de reparo en las regiones polares— se enmascaraba detrás de la espesa bruma, Knut Triggvason recurría a la gema para tratar de localizar la posición de la nave. Así nació la palabra estratagema. En efecto, La Piedra de los Vikings conservaba una claridad translúcida al hallarse en el eje del sol invisible, y se ensombrecía ostensiblemente en todas las otras direcciones. En segundo lugar, fue Knut quien se hizo a la mar en *La Chirriante*, el año del volcán 1362. Tocó las costas de Groenlandia, donde constató la muerte del obispo Arni, e informó de la existencia de piratas que atacaban los barcos mercantes desde abajo, abriéndoles un forado en la quilla. No encontrando a nadie en los establecimientos del oeste, puso proa al sudoeste, es decir, a Vinland. Durante varias centenas de volcanes nuevos, esto es todo cuanto se supo de su expedición. Pero el año del volcán 1898, Olaf VIII Triggvason, granjero de Kensington, Minnesota, trabajando en su vasto huerto, tropezó con el borde de una piedra cuyas proporciones parecían enormes. La piedra se hallaba empotrada debajo de una encina, entre sus raíces. Olaf VIII amaba esta encina, pero acosado por una intuición que no reculó ante nada, derribó el árbol, arrancó las raíces y liberó la piedra. Después de lavarla encontró en ella dos largas inscripciones en caracteres rúnicos. En una de las caras de la piedra leyó:

Ocho godos y veintidós noruegos en camino de búsqueda, descendimos de Vinland hacia el Poniente, y nos detuvimos en las cercanías de dos rocas.

Partimos a pescar a un día de distancia, y cuando regresamos, encontramos a diez de los nuestros enrojecidos en medio de su sangre y muertos.

A.V.M. ¡Salvadnos!

En la otra cara está escrito lo que sigue:

Tres de nuestros hombres se encuentran en el litoral. Guardan nuestro navío a catorce días de esta isla.

El año del volcán 1362. Kn.T.

Durante muchos volcanes, Olaf VIII Triggvason luchó para probar que la piedra y sus inscripciones eran auténticas. Cansado al fin de tanta suspicacia por parte de los Colonialistas, Colonos, Pro-Colonos, o como quiera llamárseles, la utilizó para reforzar el porche de su granja. Sin embargo, su combate había llegado a diversos oídos. Uno de estos oídos se hallaba en la cabeza del filólogo americano de origen escandinavo, Hjalmar Holand, quien demostró que no había ninguna falsificación ni superchería en el hallazgo, y trasladó la mole hasta el Museo Nacional de Washington, donde puedes visitarla preguntando por La Piedra Rúnica de Kensington.

Pero aquella lejana expedición no sólo dejó como testimonio de su paso La Piedra Rúnica. El más controvertido de los vestigios escandinavos de la América precolombina es la célebre torre en ruinas de Newport Harbor, que los defensores de la pureza histórica de los descubrimientos del almirante Cristóforo Colombo hicieron confundir con un molino de viento que habría sido construido en el siglo XVIII. En una reciente conferencia de prensa, allá en Utsavalipak, Geirrod Triggvason, hermano de tu padre, demostró nuevamente que la Torre de Newport Harbor fue edificada según el estilo romano tan frecuente entre los siglos XII y XIV. "—La Torre recuerda —sostuvo— la rotonda interior de una iglesia escandinava. Por lo demás, se ha descubierto en ella una inscripción rúnica que data de su construcción, y es irrecusable pues está fechada en volcanes. Y en el interior del cemento de una juntura entre dos columnas, puede verse la huella cuadrada de una bota militar sueca de la época de los volcanes 1280 a 1330, precisiones obtenidas mediante el estudio de la moda militar escandinava".

A nadie puede sorprender, por todo esto, que el padre del capitán Erik Triggvason —tu abuelo—, se hiciera también a la mar a comienzos del siglo XX. Habiendo descendido muy al sur, probablemente a causa de la lluvia, o por haber partido sin La Piedra de los Vikings, extravió la boca oriental del Estrecho de Magallanes y se vio forzado a penetrar en el Océano Pacífico, El Prado de la Gaviota, cruzando más abajo y rodeando el Cabo de Hornos, en el extremo sur de la Isla Grande de Tierra del Fuego, donde una ola de veinte yardas megalíticas de alto le arrastró veinte hombres. Su nave naufragó días más tarde a tres millas de Utsavalipak.

Por esta razón se radicó allí y dio origen a la rama utsavalipacence de los Triggvason a la cual perteneces.

Cessair guardaba silencio apoyada en la baranda de estribor del barco, y contemplaba la espuma que partía la proa dirigida hacia el extremo sur.

—¿Y entonces?—preguntó después.

—Entonces nada más —repuso Signy Huld, en lo que fue una de las últimas lecciones mitológico-históricas, impartidas a Cessair Triggvason en lo que le quedaba de vida: —el Triggvason que por ahora ha cerrado la marcha en el regreso hasta Thule la Última, desembarcó allá una mañana de este año. Pasó completamente inadvertido.

No obstante se enteró al punto que los volcanes sumaban ya 1973.

De la alevosía de los faros

Recomencemos. Imagino que el faro es un túnel entre el cielo y la tierra. Que el túnel es un faro entre el sueño y el tiempo. El tiempo y el sueño evocan arquitecturas tubulares, como los faros y los túneles. Pero es ejemplar la alevosía de los faros. En las ciudades antropófagas se vive hacia adelante y hacia atrás, y también se vive hacia los costados. En un faro sólo se vive y se muere hacia arriba y hacia abajo. Habita el habitante dentro de una estructura fálica en estado de erección permanente. Para vocear, para observar, para respirar la agresión cotidiana, imputable a la ausencia de otras voces, de otros olores: en suma, de otros, se trepa. Para almorzar, para sentarse en la mitad de un humano y autónomo silencio, apenas poblado por el rumor de la memoria, se desciende. Para dormir es preciso acostarse de modo horizontal al interior de una verticalidad. No se avanza jamás: se escala, se desescala. La geometría de los lugares conspira en apoyo de tácitas carencias. Los ángulos —salvo tal vez en los peldaños de las escalas caracoleantes— no existen, o pueden habitar vagamente determinados rincones ocultos al ojo por la ineluctable insidia del constructor. El acontecer de la vida en el faro es redondo. Los ventanucos son redondos como la vocación de la mirada o La redonda bola del mundo (*La Heimskringla*). La soledad, la inquietud, el temor, las horas muertas, las horas crujientes, el deseo reprimido, el bastardo placer arrancado a mano airada en un opaco rincón solitario, las vueltas y revueltas de la sangre, la malgastada vida escrutadora, son redondos, como redondo es el vasto aquelarre de la angustia, que gira alrededor en redondo acecho. (Pues no hay nada más turbador que la toma de conciencia del abandono sexual crucificado en la erección de los faros.) La gana de volar es redonda, y redonda la ausencia de alas en los hombros del hombre. Tal vez un hombrea sea, antes que ninguna otra cosa, un faro, puesto que es tubular, tiene ventanas, escotillas, y encara el tiempo a menudo en forma vertical. Pero es un faro en movimiento: en lugar de alertar, de parpadear, de reducir los riesgos, es alertado, es parpadeado por los propios momentos de su andanza. Sin el apoyo de la estrella, de la brújula, de la Piedra de los Vikings, el hombre no puede con su barco, cesa de horizonte, calza su inevitable acantilado. En cambio el faro es en sí mismo una estrella y una brújula.

¿Qué puedo hacer? ¿Describo así la caótica asociación de ideas en el cerebro de José Bregante Lúcido cuando una vez más se arrima al Faro? ¿O no puedo decidirlo ahora? No obstante, es obvio que ignorará para siempre si su llegada tiene lugar de día o de noche. Durante largas horas, enredado en los hilos de la lluvia y en el volumen de la niebla, primero en el barco y luego en el helicóptero, contiene las ganas de descifrar en su reloj el sentido de aquellos fragmentos de tiempo desperdigados sobre el mar. En cambio, asedia a la tripulación con sus preguntas. La gente del aire y la gente del mar encogen los hombros con tal indiferencia, que juntan el omóplato derecho con el omóplato izquierdo, pues parecen querer decirle que el día y la noche son refeencias inútiles en un punto del planeta donde la lluvia ejerce una dictadura tan capitosa. Quieren hacerle comprender también, con aquel gesto de huesos encogidos, la escasa importancia de los relojes y de los calendarios cuando se navega girando en torno de una estructura invisible —el Faro— durante tanto tiempo en mitad de aquella leche condensada —la niebla.

Pero José Bregante Lúcido fue un hombre curioso y tozudo, a juzgar por su comportamiento, sus antecedentes, su labio leporino, y más que nada, algunas cartas (cartas indudablemente soñadas, aunque dirigidas a mí, pues no existe el menor vestigio de ellas, ni nadie parece haberlas hallado o leído nunca, a menos que estén ocultas en el Faro, donde él jamás puso los pies). Acorrala pues al capitán Raúl Ruíz para que le aclare de una vez por todas si es la noche la que los empapa o la madrugada la que los maldice. El capitán Ruíz, nacido en Puerto Montt, opina que el tiempo no maltrata verdaderamente a nadie en particular: siendo su comportamiento redondo para con todos, es injusto sospecharlo de parcial o arbitrario.

—El tiempo es un material congruente con el hombre —fuma el capitán— pues el hombre y el tiempo son inseparables. En ausencia del hombre, el tiempo no tiene ninguna perspectiva, si no de existir, al menos de ser percibido. El tiempo es más que ninguna cosa, un atributo del hombre.

Añade que son las manos del humor humano las que esculpen el carácter del tiempo. José Bregante Lúcido considera indispensable aclarar que él habla sólo del mal tiempo reinante, no del tiempo como concepto, y que le molesta no distinguir ni la luz ni la oscuridad, sino apenas eso que ven: una anchísima bocanada de leche turbulenta y fosfórica, en mitad de cuyo fragor se zarandean de manera abominable.

—Está usted mezclando ahora el mar con sus otras diversas preocupaciones —observa el marino afablemente— pues no es el tiempo el que nos zarandea, como usted saltarinamente me hace ver, sino el mar. Por lo demás, zarandear es uno de los oficios del mar.

Tras lo cual José decide admitir que el tiempo, en ese inhóspito epicentro del planeta, atornillado en el mismísimo corazón del furioso océano, es incapaz de crear días y noches, pues se limita a aquella ambigua conjunción de madrugada y crepúsculo que desempeñan, alternada o simultáneamente, ambas funciones. Piensa también en el crepúsculo y la madrugada como dos sexos diferentes, y en el tiempo, como en un organismo hermafrodita. Se ve obligado a esperar que el tiempo —como él dice—, le abra las puertas del

Faro, o del arrecife que lo sustenta, y que una vez vi yo misma, personalmente, a cierta distancia, desde la cubierta del *Ona Treck*, en compañía de Signy Huld.

En otro agitado momento, el capitán lo arrastra hasta la cantina. Le entrega un vaso repleto de aguardiente y dice con su habitual parsimonia puertomontesca:

—¿Tiene usted alguna experiencia con los faros?

—Ninguna.

—Pues la va a adquirir mediando cierto pago de su persona. Y este pago de su persona tendrá mucho que ver con lo físico, pero también con lo psíquico.

Chupa las puntas de sus dos mostachos al mismo tiempo, porque brillan en cada una de ellas, tres gotas de su brebaje predilecto, que no se resigna a dejar sin estibar en un punto sensible de la lengua. Lo mira de frente, arrugando un poco el entrecejo para consultar:

—¿Cómo va su psiquis?

—Flor. Me hicieron algunos exámenes antes de venir, me testaron, me lanzaron preguntas y repreguntas, y todas las otras cosas de rutina. Y ya me ve usted, embarcado y viniendo.

—¿Está usted seguro?

La pregunta embrolla a José. Bebe lentamente procurando descifrar el sentido de tales palabras. Como no comprende, opta por inquirir con cautela:

—¿Seguro de qué, capitán?

—¿De que está realmente viniendo al Faro?

No tiene más remedio que reírse. ¡Qué idea peregrina! Qué humor monocotiledóneo! A él le gusta el humor de al menos tres cotiledones. Sin embargo, el capitán conserva un aire serio y reposado. Añade sobre la marcha, y al parecer, sin relación alguna con lo que acaba de decir:

—A veces es difícil distinguir un personaje de novela de uno de carne y hueso. Hay novelistas que son verdaderos maestros en el arte de describir personajes o situaciones como si uno los estuviera viendo o viviendo. En tales circunstancias, un personaje puede estimar que él vive verdaderamente determinadas circunstancias, y un hombre, no darse cuenta de que en realidad está siendo escrito y descrito. —Tras una pausa, dictamina: —Sólo lo que no nos dictan los sentidos es verdad. La duda metódica nos hace esperar menos de la realidad aparente, pues ella está atrofiada y distorsionada por los sentidos. Creo que sabe que la realidad suministrada por los sentidos es la realidad aparente, y no la realidad real. Es así que sus traiciones, sus espejismos, sus guarismos, no me agarran jamás al desprovisto, aunque puede que usted esté hecho de madera diversa y se trague todo lo que le viene a la mente. A su juicio, ¿yo soy una persona real o un personaje descrito por terceros en función de un libro? La convivencia en la soledad del mar, sobre todo al interior de ese maldito tubo benéfico que es un faro, entre dos hombres que apenas se han visto, o no se han visto nunca, comporta graves riesgos. —El capitán diserta como si todo envolviera un mismo tema, y de tanto en tanto le toca el codo con gestos de complicidad, para que Bregante Lúcido fije bien el alcance de sus palabras. —Se trata de dos caracteres. Generalmente el más débil es empujado hacia los límites de la paranoia. Hay algunos que imaginan cosas, sobre todo, peligros aparentes, y ven al otro, en tanto que otro, como una fuente constante de amenazas. Sin embargo —agrega displicentemente— en casos determinados, tales amenazas son reales. Es sobre este tipo de fenómenos que quiero prevenirlo.

—¿Quiere decir que en más de un caso puedo estar realmente amenazado?

—En la ficción todo es plausible. Tendrá que aprender usted a distinguir tan rápido como sea capaz, si el sentimiento de amenaza procede de su aprensión, o si en realidad algo en el comportamiento del otro le hace creer que debe precaverse.

José Bregante Lúcido reflexiona bebiendo un lento sorbo. (Es lo mismo que yo haría en su lugar.) Tal vez sin pensarlo, formula una pregunta de sombríos contornos:

—¿Cuál debe ser mi conducta, capitán, si, por una parte, es mi aprensión la que proyecta esa amenaza, y por otra, la existencia de esa amenaza proviene de una certidumbre? Quiero decir: ¿la veo allí, la palpo, la constato?

El capitán Ruíz agota su vaso y se apresta a dejarlo solo, pues lo llaman por altavoces desde el puente de mando. Palmeándole el hombro, dice como si recién se acordara del asunto:

—Quizás por esta circunstancia, imposible de dilucidar en su momento, desapareció el otro farero, al cual usted debe remplazar.

José lo sujeta del brazo. Pregunta:

—¿Desapareció el otro farero? ¿Cuál de los dos, en tanto que otros? ¿El débil? ¿El fuerte? —Excitándose. —¿Se pelearon? ¿Uno mató al otro? ¿Alguno de los dos ocultó el cuerpo muerto del otro?

El capitán lo mira y curva los labios en un ángulo irónico.

—Eso lo sabe únicamente usted, Bregante, a mí que me trajinen. Acostúmbrese al protagonismo.

José cree en algún momento que esta demanda es lógica, pero luego su certeza recula, y al fin admite no estar seguro de nada. Aunque —como le ocurre a menudo en lo hondo de sus aprensiones más secretas— no sólo estima ahora que puede calcular las circunstancias de la desaparición del otro. Hay algo más: tiene la impresión de que no es el primer viaje que realiza con el capitán, y que este barco le resulta conocido.

Avista el Faro apenas el minuto anterior a la maniobra de accesión. El corazón le trepa a la boca. Muerde su corazón con desasosiego y lo echa de nuevo a palpitar un poco más abajo. Limpiándose la sangre de los labios susurra:

—¡Ay mi madre! Lo mismo de siempre. ¿No terminaré nunca de venir sin llegar?

El viento amaina un poco, la lluvia recoge riendas, la niebla cambia su mortaja por una gasa más transparente. De nuevo la vaga luz roja procedente del sur baña el ombligo ahora visible de las nubes. El mar se transmuta en un revuelto zumo de tinte anaranjado, roto por vetas de espuma, y hendido arteramente por la proa del barco, que ha estado hurgando en la niebla los insondables caminos de acceso al arrecife hasta encontrarlo. Tres marineros y medio —el cuarto ha perdido un brazo— cargan el equipaje de

José en el helicóptero. Le recomiendan que salte de la escalerilla de cáñamo no bien el aparato pueda estacionar un momento encima de la pista de roca viva. Emprenden vuelo cortando de través el aire húmedo.

—¿Cuál es el puerto más próximo? —grita José, venciendo los rugidos del motor, y también los alaridos de su propio miedo.

—No hay puerto próximo —aúlla el piloto.

—¿Y la tierra?

—A catorce millas de distancia sobre olas de veinte pies.

—Eso no es posible.

—Lo sabes tan bien como yo.

—Nadie me lo dijo cuando fui enviado acá.

—A nadie se lo dicen porque de lo contrario nadie vendría. Pero tú no estás acá, gancho, tú tienes solamente la intención de venir. O mejor dicho, este es un viaje de prueba hecho con la memoria.

Para José aquello sobrepasa los límites de la chanza. Pero a mí me gusta: se trata de la ambigüedad de una situación llevada al extremo.

"¡Ay mi madre!", piensa José de nuevo. Y grita al piloto:

—¿Me has visto las canillas o me has pillado cagando? ¡No nos pisemos la manguera entre bomberos!

—Como quieras —responde el piloto— pero puedes decir lo primero en voz alta, porque después de todo tu madre está muerta y enterradísima.

En efecto, la madre de José ha muerto el año anterior. Muy indignado, Bregante Lúcido quiere repeler aquello que considera como una íntima agresión, o bien, una agresión a su intimidad. No hallando las palabras adecuadas, se limita a farfullar algo que oyó en cierta ocasión, o que leyó escrito en la pared de un W.C.:

—La muerte es sólo una circunstancia teórica —dijo.

Más tarde encontraría la manera de confesar que su primera gran conmoción tuvo por origen las aseveraciones de aquel energúmeno, simples e irredarguibles como bloques de granito o canastadas de cabezas muertas. (Este tipo de imágenes —canastadas de cabezas muertas—, fue previsto varias veces por el deseo de escribir de Bregante, el confuso anhelo de redactar algunas cartas, anhelo a todas luces sin la menor continuidad en la acción. Más de una vez creyó que lo había hecho, sobre todo después que su madre le enseñó a escribir en el interior del Campo de Exterminio. Pero ellas no volaron jamás a las manos de su destinataria, María Parabellum, puesto que se trató de cartas inmateriales, de un simple proyecto particular de escritura que no cupo en un proyecto general de trabajo, o una materialización de actos concretos. O tal vez escritas en ausencia de papel, con tinta invisible, lo que no quiere decir que su destinataria —María Parabellum— ignorara el contenido de cada una de ellas, si es que hubo más de una. Incluso las repensaba constantemente.)

El piloto y su pasajero revolotean en círculo buscando. El pasajero tiene la fulgurante impresión de planear dentro de un enorme baño de vapor, un sauna kilométrico, para cíclopes. Ignora por completo —y desecha la idea de preguntar, obsedido por aquel incontrolable sentimiento de inferioridad con que el patán lo ha vacunado—, si los ojos del piloto ven en realidad uno o dos centímetros más allá de los cristales de la carlinga. Presa de inquietud creciente ha empezado ya a fruncir el ceño, cuando el otro se vuelve y le dice:

—No tengo necesidad de mirar, ni siquiera de ver, pues no está contemplado por ahora que el aparato se vaya abajo. Por lo demás, no hay cuatro caminos para llegar al Faro.

En ese instante se disuelve la neblina por entero y José lo divisa con absoluta claridad. Allí se yergue, marmóreo, delgado, enhiesto, solemne, solo, útil, fraterno. Ve también su gran ojo luminoso girando, y escucha con irreprochable pureza el bramar de su cuerno de niebla. Extendiendo un guante, el guía-conductor aúlla salivándole el caracho:

—Ese es el Faro, gancho —como si él no lo estuviera contemplando ya enteramente fascinado. Pero el grito le suena conmovido, y este sentimiento —percibir la emoción del otro— lo embarga de presagios obviamente fúnebres:

era como si resultara imposible llegar ahí y lo hubieran conseguido. Y más encima le está dando algunas lecciones aquel pilotillo pelotudo, que sin embargo no expresa la menor simpatía por sus temores.

—Puedo mantenerme apenas un segundo encima el sitio donde está parado ese tipo, ¿lo ves?

—Lo veo. Si fallo, recógeme en el agua.

—No puedes errar porque debes estar ahí lo antes posible. Estas páginas no son importantes, son páginas de paso que conducen a una escena o a un tema mayores. Una caída al mar las haría pesadas, demasiado largas. Por lo demás, ya está escrito que llegarás en seguida.

—¡Cómo que está escrito!

—Eres harto duro de entendederas, gancho, por eso nunca te resulta nada en ninguna parte.

José Bregante Lúcido, desconcertado, atina a apretar de todos modos el brazo del otro a guisa de despedida. Aquél ni siquiera vuelve la cara esta vez: parece haber comprendido que en el culo de José no cabe una aguja. Ríe, como es de esperar, burlesco y sobrado:

—Primero deja caer los bultos, luego baja despacio por la cuerda, y salta sólo cuando llegues a la punta. Toma en cuenta que cuelgas de un trapecio, que abajo no hay red, y ten cuidado con el viento.

En efecto, hay un tipo inmóvil, parado sobre la pequeña pista circular donde descienden los helicópteros de abastecimiento en días de sol y sin ventolera. El hombrón se halla justo en el ojo del huracán. Está atado a la cintura por una cuerda, cuyo extremo opuesto se halla amarrado a un aro de hierro, empotrado cerca de la puerta de acceso al Faro. Lo protege de la lluvia y del viento un anorak amarillo, y como tiene el capuchón caído sobre la frente, ninguno de los dos, en lo alto, ve sus facciones. Alguna vez José juraría que el tipo le había parecido enorme visto desde arriba.

—¡Es casi un gigante! —ruge en dirección del piloto.

Rugiendo siempre trata de despedirse una vez más, pero al parecer el otro no lo oye, porque hasta omite un mínimo gruñido de respuesta. Distingue la voz del barco, distante, gruesa, metódica, repartiéndose en pitazos destinados a alertar a ambos gigantes: el Faro blanco, el hombre amarillo. El de piedra, el de goma. El que hace girar su único ojo luminoso, el que esconde la cabeza para proteger los suyos de las rudas agujas de la lluvia. A cada llamada del barco responde la voz del Faro: una sirena bronca y patética, el cuerno de niebla que alerta a los navegantes previniéndolos contra los bajíos, las rocas apenas sumergidas: un estertor de animal moribundo que acomete contra los oídos y mete roncas sílabas tenaces en el torrente aterrado de las sangres. Ambas voces —el barco invisible ya, el Faro esgrimiéndose a sí mismo para resistir la violencia meteorológica del confín más despiadado— se alternan en dos soliloquios inauditos, o en un diálogo preñado de profecías negras.

Confesó también José que no imaginó jamás la altura real del Faro. En verdad, apenas lo ve desde el aire, el cuerpo vetusto de la torre estimula su imaginación, aun cuando su estatura exacta resulta incalculable a ojo de buen cubero. Cuenta una cincuentena de orificios redondos que comienzan a ras del suelo y remontan poco a poco los costados de granito y de hierro, contra los cuales, un viento exagerado, oleaginoso y verdeoscuro estrella sus despechos demenciales. Olas enormes, cuajadas de espuma, agreden en permanencia el arrecife a puñetazos. Tras cada impacto, el agua se disloca, y una lluvia blancuzca desploma sobre la terca superficie de la piedra pulida finos fragmentos luminosos y salobres.

—¿Esto es siempre así? —alcanza a preguntar.

—Siempre. Ahora abre esa puerta, larga tus huevadas y salta. Buena suerte, gancho.

José Bregante Lúcido fue pensado como un hombre ágil, delgado y ladino de músculos. En menos de medio minuto —lo que constituye un buen promedio— cuelga ya desde el extremo de la escalerilla de cáñamo. Muy cercana debajo de sus botas ve la superficie rupestre, plana y dura, barrida por el agua salobre y el viento salado. Pero la escalerilla no conserva jamás la vertical indispensable para saltar sin romperse los huesos. El gigante amarillo viene en su ayuda. Lo que parece un invierno sin camisa de fuerza ulula alrededor. Buscan la forma de encontrarse sin lograrlo, inmersos por completo en el arremolinado corazón de la tormenta, que la hélice furiosa del helicóptero azuza todavía más. El barco invisible pregunta con voz ronca si la operación ha terminado O.K. Por fin José Bregante Lúcido encaja las piernas en el pecho de Ari Skaldaspillir y éste lo abraza, ciego pero tenaz. El vaivén del cuerpo de José es contenido lo justo como para que ahora arriesgue su aparatoso salto en el vacío. Vuela, trastabilla, choca, se va de costado, pero finalmente yergue su delgada estatura frente al otro, contento de tanto estar intacto. Se contemplan las caras empapadas de agua. Ari observa el pálido y moreno fulgor del viajero que cae del cielo. José, la dubitativa perplejidad de su empapado anfitrión, que parece sonreír alegre e incrédulo debajo de los pelos enroscados de una barba púrpura. Es en verdad más alto que José, pero no gigantesco: sólo más alto. Sin decir agua va, Skaldaspillir lanza sobre mojado, como si lo viera todos los días:

—No estabas verdaderamente muerto entonces.

—¡Cómo muerto!

—Desapareciste sin dejar huellas. ¿Dónde te habías metido?

—¡La puta que te parió! No me vas a venir con la misma sarta de cabezas de ballena para el caldillo!

Más tarde, ambos describieron por separado tal encuentro. Es posible que lo hicieran en sendas cartas, redactadas en el Faro. Ninguno sorprendería nunca los escritos del otro. Por tal motivo no pudieron saber que habían redactado un pasaje idéntico, utilizando las mismas palabras, en el mismo orden. Este pasaje parece dictado por un presagio que les es común, un metafísico reflejo condicionado, inserto en un premonitorio momento, en la línea divisoria de sus dos miedos, gemelos, y con entero fundamento. Porque ninguno de los dos viviría ni siquiera un día, ni siquiera una hora más que el otro para ver cumplida su corazonada. Estos escritos, tal como los conservó la única memoria que tuvo acceso a ellos, decían:

—Como sabes, María Parabellum, otra vez al encontrarme frente a él he pensado: "Yo creo que éste mata, yo creo que es éste el que va a matarme". No bien repitió que se llamaba Ari Skaldaspillir, José Bregante Lúcido me golpeó la desazón como una larga ola de sal entre las olas, porque comprendí que tú misma lo has estado enviando a matarme una y otra vez.

Ignoras acaso cuán áspero es el vino destilado por la carne de una uva que todavía no hemos mordido, ni el sabor de un brebaje que todavía no hemos bebido, pero que deberemos morder y beber irremediablemente.

Desde ese momento fueron llamados a compartir las vicisitudes de este acto doble, de estas dos paranoias en todo semejantes, a ratos muy estoicas, muy irracionales, y sin embargo tan justas en su implacable adivinanza. Pues si bien será verdad que consumarán la agresión mutua, será también verdad que la recomenzarán. No comprenderán entonces que estaban facultados para fraguar sus respectivas muertes de manera continua, por muy largo tiempo, sin respiro, a lo largo y a lo ancho de aquellas, sus eternidades restringidas, hasta dar en la cabeza del clavo. Ignoraban también que toda eternidad es una jodienda. Sobre todo en los últimos minutos.

De la sombra del muerto que evocaba en el Faro la sombra de las Furias

Me temo que el lenguaje verdadero, acabado, justo y profundo, no sea el lenguaje tal como lo entendemos y lo definimos: el lenguaje perfecto se fundiría, se dilataría, se estatuiría sólo en el acto de pensar. Si pudiéramos escuchar el fluir de conciencia del otro, la vastedad, el ruido de su palabra interior, comprenderíamos al otro. Porque las palabras sonoras ocultan las cosas, no conforman sino otro medio de incomunicación. Justamente por esta causa singular —la oposición de las palabras, que más adentro implicó una doble oposición histórico cultural—, Ari Skaldaspillir y José Bregante Lúcido parecían condenados a no entenderse nunca. Probablemente Ari buscó desde el primer atisbo controlar al otro, absorberlo, capitanearlo, someterlo a sus lúdicas excentricidades, explotarlo, agostarlo, dominarlo y, en situación de rechazo o de resistencia, destruirlo. Por su parte, José Bregante Lúcido buscaría el modo de aguantar un asedio permanente, incitándolo, de alguna manera, al mismo tiempo, a comprender. Crearía trincheras mentales y refugios apropiados para su sobrevivencia —que era imposible, pues no se trataba de los duelistas del *Mobinogión*, sino de una variante largamente modificada—. En caso de ataque frontal respondería a base de contragolpes solapados. Era un hombre del sur, de sangre solapada. Si uno pudiera describir tal enfrentamiento, diría que el primero peleaba de arriba para abajo, y el segundo, peleaba de abajo para arriba.

Bien es verdad que se trató de hombres con pasados diferentes, pero en principio ninguna diferencia, sea ella física, intelectual, moral o material, prescribe la incomprensión como regla de conducta, como un mal enteramente malo, sin solución de continuidad. Es de suponer, empero, que ambos tuvieron claro al menos un aspecto de la cuestión: aquél de que el mal existe sólo donde existe el hombre. El mal es una emanación del hombre, es un concepto puramente humano. No es un artefacto congénito sino un instrumento adquirido, perfeccionado, pensado por y para la exclusiva categoría humana, aun cuando se trata de un ultraje moral y de un ultraje intelectual muy tardíamente cimentados. El bien, el concepto del bien, es apenas su complemento indispensable (aunque impracticable no solamente desde el punto de vista de la moral religiosa) para comprenderlo: un blanco lienzo colgado, que destaca la oscura e interminable parafernalia que encarna la noción del mal.

Como en el caso del infierno, el mal son los otros, y a veces es verdad. En Ari Skaldaspillir —a nivel por supuesto de la inconsciencia, o tal vez de la subconciencia— el régimen moral del mal como concepto práctico, correspondía enteramente a esta paráfrasis. Para José Bregante Lúcido la cosa era enteramente al revés.

Pero el drama del mar ocurrido en el Faro no puede explicarse sólo con términos abstractos. Es preciso indagar a fondo en ese pantano subterráneo que constituyó la tipología humana de cada uno, entendiendo por tipología el estrato geográfico, el estrato social, el estrato cultural, y sobre todo, esa forma de estrato intrínseco en que ambos fueron situados en tanto que individuos: esto es, el nivel exacto de un altísimo concepto del sí mismos. Es en el examen de tales niveles que podemos rastrear la clave de sus enfrentamientos.

No bien José desembarcó en la roca —alta, segura, irreductible— Ari Skaldaspillir asumió sus deberes, sus derechos y sus intenciones de inmediato. Procuremos escribir un primer borrador de la escena. José termina de entrar en la planta baja del Faro, bajo el peso del módico equipaje, después de un particular descenso. Sus ojos comienzan a reorbitarse, todavía cargados de desorientación. No contribuye a su recuperación un descubrimiento inoportuno: el vientre del Faro le parece enteramente familiar. (Es decir, esta llegada tampoco es la primera.)

Como podemos colegir, empezó por acomodar sus bártulos en un rincón, operación que cumplió trayéndolos del exterior con la mitigada ayuda del otro. Hurgó en ellos buscando ropa seca para remplazar su indumentaria mojada por la lluvia. Se había sentado ahí mismo, exactamente como antes, apoyando la espalda en el muro de piedra, mientras despegaba de sus pies los calcetines empapados. Esto representó un arduo trabajo, pues los peludos leones estaban ligados a la piel como si los hubieran untado con una pasta adhesiva. Se hallaba bajo el impacto de la conmoción habitual y por eso retardaba el momento de abrir la conversación bajando los ojos y fingiéndose más ocupado aún de lo que se hallaba en realidad. Skaldaspillir había ido hasta el fondo de la sala (si es que puede hablarse de fondo al interior de un círculo, o en todo caso, de un octógono), y buscaba vasos en un armario. El constante mugido palpitaba sin cese al exterior: era la voz del mar, pero era también la voz del viento, agujereadas ambas por las púas de la lluvia. Levantando los ojos vio que Ari cruzaba la estancia con una botella y un par de copas. El gigantón se acuclilló poniéndose a la altura de su relativo huésped y llenó ambos vasos hasta el borde, sin dejar de contemplarlo con una mirada neutra, donde ahora no brillaban ni la amistad ni la confianza, ni siquiera la curiosidad o el divertimiento.

—¿Y bien? —preguntó tendiéndole el brebaje.

—Flor —respondió José—. Mojado, molido, pero flor.

Bebieron un buen sorbo. La lengua de José cató y estimó que aquello era al menos un tío del aguardiente. ("Me ha cambiado el trago con respecto a la llegada anterior, creyó pensar.")

—Recomencemos pues con las variantes previstas —dijo Ari. Y tras un silencio: —Esto será siempre así —agregó, moviendo la mano en dirección del álgido huracán que golpeaba con furor endemoniado la única puerta y las ventanillas circulares del Faro. —El invierno nace aquí, aquí se educa, aquí se propaga y aquí regresa. Pero mientras un invierno recién aparejado sale de viaje por el mundo, otros inviernos nuevos se preparan, se organizan para sustituir a los que van muriendo. Por tal motivo, y puesto que esta es la casa matriz de los inviernos, no esperes encontrarte con el resto de las estaciones convencionales, que probablemente tienen su cuna en otra parte y que nunca se toparán con el Faro.

—Rebuscado y oscuro —dijo José.

—Tú eres un malhechor y no un crítico literario —repuso Ari— aunque en el fondo ambos se parecen. Pero no tienes por qué confundir.

Una risotada hizo temblar los lóbulos de sus cuatro orejas.

—¿Ah, sí?—José no pudo evitar un temblor de desconcierto. —¿Pero por qué te ríes? —preguntó de repente.

—Yo no me río —dijo Ari— en ningún momento me he reído.

Entonces, durante un largo minuto, los dos miraron hacia el techo buscando. Finalmente el barbudo y el barbilampiño desistieron porque no había ninguna explicación a la risa que creyeron oír.

—Muy bien, pues: ahora sigo —indicó el que discurría: —jamás se desplegó la primavera en este punto y el verano es sin duda una antigua leyenda, presumiblemente incorporada a la memoria oral de estas piedras y estas olas por embusteros náufragos sucesivos.

—Los naufragios son aquí cosa corriente —manifestó José tanteando el terreno con cautela.

Ari bebió.

—Ah, no —explicó efusivo—, la misión del Faro, y por ende, la misión de los fareros, es impedir a toda costa los naufragios. Naturalmente puede haberlos cada cierto tiempo, pero no son cosa tan corriente como supones. A causa de la presencia del Faro, los naufragios tienden a producirse más abajo o más arriba. Todo naufragio es una ofensa personal para cada uno de nosotros, como ya te lo dije hace algún tiempo. Supongo que lo estás comprendiendo de nuevo, pues en este punto el texto no ha cambiado.

—¿El texto? ¿Qué texto?

—Aquí estamos, recitándolo —dijo Ari.

En el silencio que siguió, y en cada silencio que se erguía entre ellos, percibieron el fragor de la tormenta circulando en redondo por el exterior de la casi redonda torre octogonal. Con sólo palpar el muro en que apoyaba la espalda, José tomaba conciencia de su estricta fortaleza, de su espesor y de su resistencia. No obstante, el ruido brutal de los elementos desencadenados, como solía decirse en El Túmulo de los Vikings, entraba de algún modo inevitable en sus oídos y en los oídos de su piel, en particular el viento, pegando con su eficacia de desalmado. Si bien el Faro era resueltamente inamovible, por vocación y a causa de su pétrea contextura, todo el mundo de las emociones internas de Bregante Lúcido se agitaba y se desplazaba sabiendo que fuera de ese refugio redondo algo rencoroso estaba hirviendo siempre. Porque —oh paradoja— se sentía protegido allí. Recordaba por supuesto las palabras del capitán Raúl Ruíz, y a pesar de todo, cierta cálida atmósfera, que presidía el espíritu mismo de la gran habitación octogonal, le llenaba el corazón de una secreta seguridad. "Al fin y al cabo es aquí donde voy a habitar." Nada le parecía preocupante en la persona de Ari Skaldaspillir, aunque había reparado en su sugestivo modo de expresarse. Era como si siempre citara otras voces para referirse a sí mismo, como si prosiguiera en el tiempo un trabajo o una actitud comenzada por otro, mucho antes y muy lejos, pensaba, lo que no dejaba de ser, al menos, excitante. Sin mediar esta manía, el gigantón resultaba casi sobrio y muy normal. Pero en los minutos que siguieron recibió la primera campanada de alerta. Ari Skaldaspillir se había levantado para llenar nuevamente los vasos. Hurgó en el repostero, según vio desde lejos, un repostero que estaba sumergido por la penumbra del fondo de la sala, clavado a cierta altura del suelo. Oyó gorgotear el licor y luego el estruendo de algo que caía al suelo rompiéndose en pedazos. Sin un segundo de intervalo y sin el menor recato, Skaldaspillir rugió estentóreamente y propinó un descomunal puñetazo contra el mueble. El sonido redondo se propagó en redondo trueno circundado por una sarta de invectivas. Resultó algo en extremo demostrativo concerniendo la agresividad del sujeto observado, de manera que cuando el otro le tendió el vaso, José lo puso en el suelo, sin declinar la oferta, pero un tanto alerta, pues, se dijo, podría resultar peligroso beber en semejante compañía. Prefería medir con cuidado los imprevisibles meandros por los cuales resbalaba la personalidad de Skaldaspillir. Como puede verse, esta complejidad se desarrollaba siempre, de una manera global, al amparo de la forma más desdoblante del hábito.

—Los cuervos afirman que un solo cuervo podría destruir los cielos —dijo Skaldaspillir, continuando con su manera aparentemente simple de citar alegorías, pero esta vez a la siga de su corto y brusco arrebato de furia. —La cosa es incuestionable, mas no prueba nada contra los cielos, porque los cielos significan precisamente la imposibilidad de los cuervos.

José lo contemplaba ahora con un asombro estremecido por otra vaga forma de pudor y por una explícita aprensión.

—Ya he leído eso en alguna parte —dijo por fin.

—Oh, José, ¿qué importancia pueden tener tus lecturas? No existen los libros, sino el libro, y no existen los autores sino el autor global, como la aldea. Lo único importante es que hayas comprendido.

—Cierto.

—¿Captas tú la naturaleza del problema? Ya no es indispensable escribir, ahora basta con hurgar todo lo escrito, copiarlo en múltiples formas diferentes, extraer de una esencia otras esencias. Los libros se repiten sin cesar, pero la actitud de cada lector frente al libro no. Esta última actitud, recién inventada o encontrada, es lo más original de todas las literaturas.

—He oído decir —admitió José— que si viviera alguien capaz de depositar su confianza entera en los libros, más le valdría que los libros no existieran.

—Un libro es un mal necesario —le replicaron innecesariamente.

Cuando su vaso estuvo agotado, como por arte de birlibirloque y sin la menor intención de pedirlo, estiró la mano y cogió el vaso que José había dejado junto a sí, en el suelo. Incluso cuando lo llevó a la boca, hizo como que no se daba cuenta que lo estaba llevando a la boca y no era el suyo. Se lo zampó de un único mangazo. José Bregante Lúcido inclinó el torso buscando algo entre los bártulos, pero en realidad reflexionaba. ¿En qué dirección se movía Skaldaspillir esta vez? Si sus actos ocultaban una intención, ¿cuál era esta intención? ¿Quería impresionarlo como de costumbre con el espectáculo poco edificante de sus libaciones en solitario? ¿Procuraba hacer demostrativa su agresividad y forzar una prueba preliminar de fuerzas? Creyó comprender que el barbirrojo creaba poco las condiciones para echar a rodar su primera provocación. —"Este pasaje continuará inmutable?" —pensó que cavilaba preguntando. Por ello estimó que, de acuerdo con tal lógica, la primera prueba de fuerza venía en camino —tan sólo una o dos horas después de su llegada, la medida del tiempo comenzaba a flaquear— y era indispensable aceitar las armas, ya que había decidido esta vez afrontar el temporal desde su primer bostezo. Inmediatamente comenzó a preparar argumentos, a elaborar hirientes instantes verbales, a refrescar ideas, a elucubrar asociaciones golpeadoras, a convocar recuerdos, a formular vistosos contragolpes. —"El problema es que la materia de este libro soy yo, no puedo tomar la menor distancia respecto de mí mismo. ¿Cuánto es lo que realmente sé?"

—Aquella fue mi copa —dijo, mostrando el recipiente vacío con un suave movimiento de cabeza y apretando la voz en el pretérito indefinido. Como Ari parpadeara, José estimó que había golpeado blando pero justo.

—Excúsame, he roto la botella y tendría que bajar al sótano para encontrar otra. El descenso al sótano representa mucho trabajo, y hoy he vivido, como pudiste comprobarlo, algo que designaré como un día sinuoso.

—Serpentil —corrigió José con retorcida inocencia.

—No: sinuoso —insistió el otro, que, percatándose de la necesidad de contragolpear se vino con todo. Agachado, mirándolo al centro del rostro, palmeando la rodilla desnuda que esperaba todavía su pantalón, haciendo una mueca de complicidad que era inventada de todas sus piezas, aventuró:

—Tú no tienes aspecto de guardafaro.

José calculó en seguida la cantidad de información que bullía al interior de la frase. Demoró algunos segundos hasta encontrar una respuesta:

—En realidad soy oceanógrafo, como el hombrón de Sweet Thursday. Pero nunca viví en Hediondo. Este es mi primer trabajo de terreno.

Skaldaspillir había enrojecido de satisfacción.

—Imaginaba una cosa así —dijo.

Lo seguía observando con tan extraordinaria intensidad que Bregante Lúcido se vio obligado a toser y su tos sonó inevitablemente incómoda. El otro lanzó sobre mojado:

—Entonces, si mal no comprendo, ¿tú has venido porque todo esto está rodeado de mar?

—En efecto. Nos exigen ciertas experiencias de terreno como anticipación a la memoria.

—¡Vaya terreno! —La exclamación de Ari sonaba socarrona refiriéndose por supuesto al mar que bramaba afuera.

No tuvo más remedio que ignorar la sorna, pero buscando con cuidado un intersticio en el discurso de enfrente para deslizar las primeras perfidias, dijo:

—Encontré en el Noticiario Mural del Instituto una invitación convocando a los interesados en el reemplazo.

La última palabra molestó a Skaldaspillir, que hasta ahí se hallaba con la guardia baja. Frunció el entrecejo, removió inquieto los tacones de sus botas en el suelo, se limpió la morada nariz con un pedazo de manga y sorbió. José lo vigilaba con el rabillo de la insidia. El otro no parecía comprender la dirección precisa que estaba agarrando la ofensiva.

—¿Y? —preguntó locuaz.

—Me previnieron que el Faro estaba muy lejos de la tierra firme, pero aún hoy mismo ignoraba hasta qué punto la tierra firme podía hallarse lejos. Es como multiplicar una serie de distancias y fundirlas en una para expresar lo inútil de todo movimiento de búsqueda.

Ari Skladaspillir lo sabía.

—No existe tierra firme ni ninguna ilusión de tamaña estabilidad —repuso malhumorado—. Nosotros estamos en movimiento, todo este peñón, todo nosotros, en mitad de una oscura corriente, y por más que reconozcamos, por más que sepamos que ella es corriente y que ella es oscura, nos resulta imposible adivinar a qué parajes nos conduce.

Cuando José agarraba la ocasión por los cabellos su mano no aflojaba así no más.

—Me estuve diciendo: quizás puedas hacer algo allá, algo complementario de tu trabajo principal. Quiero decir, aparte de asegurar el reemplazo (cargó un silencio sobre esta palabra, pues su táctica estaba consistiendo en agujerear los fundamentos de la seguridad del otro hasta hacerlo trastabillar, y de ser posible, caer), me propuse observar el mar, es decir, su flora, su fauna, su mecánica de mareas, su régimen de lluvias, en fin, todo aquello que nadie ha podido recordar ni describir claramente cada vez que lo he pedido como complemento de información. Parece que esto es un conjunto muy ambiguo de flora, fauna, mareas y lluvias enteramente extramarino.

Un bandazo de mar, seguramente verde, alcanzó la puerta desde el exterior. Sólo José levantó los ojos deslumbrados creyendo que el agua venía entrando en el recinto. Skaldaspillir no movió un músculo. Se había enfrascado en el examen de las explicaciones del otro, como de costumbre. Bregante lo recordaba así.

—Te irás cortado —aseguró por fin—, la vida no pasa por aquí. No hay seres vivientes en esta roca ni en todo el redondo espacio aéreo y marítimo que la envuelve. La única forma de vida somos nosotros: por ende, la única forma de muerte. Se trata de una situación vegetativa expuesta a variadas mutaciones o repelentes arbitrios. Ignoras cuántas veces la muerte te pasa por el lado, no digamos ya en un año, sino cada mes, cada semana, cada día. No somos nosotros los que pensamos en ella: es ella la que piensa en nosotros. Cuando hablo de condiciones inhumanas, tal definición tiene en cuenta que los hombres, teóricamente, no están dotados para habitar un sitio semejante. Cualquier hombre destacado aquí para montar la guardia de los mares circundantes es en sí mismo un desafío.

José había encontrado por fin sus pantalones secos. Estiró las piernas metiéndose adentro. Gracias a la estufa de carbón de piedra que crepitaba lejos, no hacía frío en la sala, aunque el temblor de las aguas agitadas que remolían afuera le erizaba la piel.

—Muy bien —admitió—, pero tal vez encuentre formas inferiores de vida, o quizás, formas inferiores de muerte.

—Yo veo mal en qué puede servirte la muerte, todavía más cuando te digo que no hay vida aquí, pues al mismo tiempo te estoy previniendo que no hay muerte aquí, al menos, la muerte fósil que tanto parece interesarte.

José Bregante retuvo completo el sentido del párrafo. La mención de la muerte parecía disgustar al otro. No esbozó el menor gesto visible de rechazo, pero el color de sus ojos se modificaba, el tinte de su piel se hacía un poco más claro —era una piel casi tan roja como la gruesa barba—, y las manos hurgaban inquietas debajo de la camisa. José percibía que el otro guardaba a costa de un gran esfuerzo la misma aparente falta de expresión, una carencia de emociones perceptible, que valía lo mismo para el aburrimiento, el interés, la desconfianza o la alegría amistosa. No obstante, vagaba en ella algo indefinible que en cierto modo evocaba recelo o curiosidad, probablemente también una forma de menosprecio, el antiguo menosprecio que Bregante Lúcido recordaba, con algunas variantes, de todos sus hipotéticos viajes precedentes al Faro. Como consecuencia, se decidió un momento antes, desencadenando la procaz agresión a quemarropa.

—¿Me permites? —comenzó, extrayendo un cigarrillo, encendiéndolo lentamente, y arrojando dos volutas al cieloraso. Sin considerar ninguna respuesta, pues trató de impedirle cualquiera reacción, agotó el chorro de humo fingiéndose muy seguro de sí ("¿Qué cantidad de veces habré hecho ya esto?"), aun cuando ignoraba otra vez dónde iría a parar. Pero puesto que se trataba de adivinarlo, disparó el acerbo dardo:

—A propósito de muerte, ¿qué fue lo que ocurrió con el otro guardafaro, ése que, según he oído, desapareció aquí hace un par de meses?

El silencio más tórrido se instaló en la sala. El propio José lo consignaría más tarde en una de sus cartas, cartas que por su naturaleza (la correspondencia nunca enviada a María Parabellum, y por lo tanto no correspondida, aun cuando su destinataria conociera perfectamente el único sujeto tratado en todas ellas, como ya fue dicho), revestirían más tarde para apócrifos investigadores el carácter de un diario de vida o de una bitácora de a bordo. Por otra parte, fue José quien utilizó la expresión tórrido silencio para definir aquel que penetró en la planta baja del Faro después de su pregunta. A este silencio siguió una marejada de violencias confusas y discursos desaforados, coherentes, es verdad, y seguramente más importantes que lo que el propio José Bregante lúcidamente esperaba, pero que le dieron en el acto —como en todas las otras ocasiones— una medida exacta de la vulnerabilidad del gigante.

Se aprestó pues a escuchar invectivas que creía conocer al callo. El rostro, e incluso la barba de Ari Skaldaspillir, habían cambiado de color. Imaginemos. Sus manos cubiertas de manchas solares y pelos rubicundos temblaban. Los ojos giraban en las órbitas explícitamente abiertos. El hombrón se había enderezado: poco después estaba de pie. Una arruga muy honda le agrietaba la frente. Acto seguido, sin decir agua va, arremetió no contra José (todavía), sino contra uno de los muros. Tampoco el recién llegado esperaba aquello, al menos, no una reacción tan desmesurada, pues su anfitrión, presa de una triste voluntad de autoflagelación, propinó puñetazos corridos a las piedras empapando de sangre las coyunturas de sus dedos y revolviéndose así un interminable momento, en tanto la espuma escurría de sus labios y la rabia le estremecía en convulsiones epilépticas.

Le faltaba el aire, no tropezaba con las palabras adecuadas capaces de expresar en cuerpo entero su indescriptible furor.

—¡He martilleado un recabrón informe sobre eso —aulló por fin—, he redactado cien páginas que parecieron mil, y las he escupido —apuntó con su grueso dedo agitado— por el micrófono de aquella condenada caja de la gran puta!

Señalaba hacia el lugar donde habían instalado el moderno aparato de radio que ligaba el Faro al continente. Los ojos de José siguieron dócilmente la dirección que indicaba aquel dedo, sobre todo para evitar la visión del rostro deformado por una inexpresable iracundia, más ancha, más alta y más profunda que el cuerpo que parecía expedirla en erupción. Pensó en un animal que deyectara una cantidad de excrementos superior en volumen y en peso al peso y al volumen de su propio cuerpo.

—¡No volveré jamás a contar esta podrida historia! —gritaba Skaldaspillir— ¿me comprendes? No volveré siquiera a abrir un cajón, a desdoblar un papel, a vomitar una sola sílaba acerca de aquel nefasto embrollo, ¿me has oído? —Golpeó feamente contra la muralla y reaparecieron unas gotas de sangre. —Todo el mundo ha intentado embarcarse en el asunto, como si les concerniera, como si los accidentes del trabajo fueran siempre evitables en este catatónico ataúd vertical agusanándose en pleno mar! ¡Basta! ¡Me tienen hasta aquí con las preguntas!

Posó uno de sus dedos machacados en un punto de la gorra de lana grasosa con que cubría sus largos cabellos rojos, para indicar el sitio hasta donde lo tenían. Respiraba a pleno pulmón. Caminó, y abriendo la puerta de acero, el único acceso de entrada (y salida) del Faro, una puerta pesada, gruesa, claveteada por oxidados asteriscos de hierro, se paró en el dintel observando acezante cómo se organizaba y se desarrollaba una nueva y temible tormenta en la profunda vastedad claroscura. El viento agitaba sus cabellos y sus vestiduras y sonaba al meterse en el Faro haciéndolo silbar una terrible nota que surgía como de flautas oxidadas. La corriente del aire agitaba papeles y manteles, maderos y botellas, utensilios de cocina y cables de alumbrado, los vasos del repostero y la panoplia de los treinta y tres cuchillos. La bombilla eléctrica tambaleaba y giraba en círculos al extremo de un cordón.

Al cabo de un rato, sin volverse, pero ya un tanto más tranquilo, el agitado Ari previno:

—Vamos a hacer un pacto tú y yo: bajo ninguna circunstancia, por ningún motivo, sea cual fuere, volverás a tocar ese tema. En caso de violación de la tregua tendremos un encontrón desagradable y tal vez violento. Entonces no estaré en medida de responder por mis actos.

Se quedó callado de nuevo mirando algo que no existía, algo distante e invisible. Se le juntó otro silencio bien pertrechado también de malos presagios.

—Disculpa —dijo la voz hipócrita del pálido Bregante.

Obligado por el sesgo que tomó la conversación, extrajo de su bolso un par de calcetines secos, dos zapatillas de goma, una camiseta rayada, un silbato de arbitraje, un chaleco de lana, una gorra, una fuente de porcelana, una cuchara, un vaso de greda, un amuleto, una ristra de ajos, la parte superior de una caparazón de centolla —de color anaranjado fuerte que, arrancada al crustáceo vivo, tiene la propiedad de anunciar el mal tiempo cambiando su color al rosa pálido con tres días de avance sobre la tormenta—. Extrajo también algunos libros. Skaldaspillir miraba los objetos acumulándose en el suelo. De repente preguntó:

—¿Has vuelto a traer *Faros, Balizas y Boyas de la Armada Aciaga, para la navegación en los Canales*?

—Es un libro que se me pega al equipaje.

—Veo. Al menos puede ayudarte a encontrar el camino del Faro tantas veces como te hagan venir.

—Me acaban de traer —dijo José— yo no he venido nunca aquí.

—Tú no has salido nunca de aquí, salvo para llevar a cabo cortas desapariciones. Tú naciste aquí, eres de aquí. En teoría, debes morir aquí. Tus idas y venidas no son otra cosa que correcciones al texto, experimentos literarios, búsqueda. Métete eso en la hueca calabaza.

—Entonces, ¿por qué no me reconoces?

—Yo te reconozco. Lo que pasa es que me obligan a jugar el juego de tu aparición inicial repetida hasta el cansancio.

—¿Te obligan? ¿Quiénes?

—Lo sabes tan bien como yo.

—Pégale una patada al enchufe —le espetó José, ya francamente tenso—, estás transmitiendo.

Empezó a vestirse temblando sin saber ya a ciencia cierta si de frío o de ansiedad. Creyó que afuera sangraba un crepúsculo y que su naciente angustia era ni más ni menos la angustia crepuscular de los marinos. Subrepticio, atisbó los enormes hombros de Ari, que otra vez se había ido a la puerta, y miraba, girando la cabeza a derecha e izquierda, toda la masa de la rugiente penumbra marítima que envolvía el peñón donde se asentaba el Faro. El barbirrojo alzaba de cuando en cuando las manos manchadas de sangre —de sangre ya seca— y se estrujaba con fuerza la nariz como si estuviera llorando en silencio. Pero José sabía que no era así.

¿Habrá que deslizar aquí algunos apuntes sobre el Faro mismo? ¿Cómo era en verdad? Tal vez apenas traspuesta la puerta de acceso —una puerta cuyo nivel superior debió ser ovalado, y cuyo cuerpo principal descendería en rectángulo hasta el suelo— se penetraba en la gran estancia donde había acontecido lo anterior. Esta habitación ocupaba por sí sola la planta baja. Conformaba una estructura octagonal, pero en razón de que cada segmento del octógono era muy estrecho, en la práctica se hallaba muy próxima de la circunferencia. El diseño de los ángulos era suave, apenas perceptible. Precisamente esta cuasi forma circular forjaba la ilusión, convirtiendo la sala en una estancia de grandes dimensiones, impresión a la cual aportaba lo suyo la ausencia de muebles. En realidad los había, pero diseminados un poco por aquí y un poco por allá. Las paredes estaban cubiertas, así como el piso, por una capa de cemento de interminable color gris. Encima de esta capa los constructores habían enmaderado el piso y una parte de los muros hasta la altura de un hombre. Una ventanilla del tipo ojo de buey (forma que resistiría mejor el impacto del viento y de la lluvia, así como, eventualmente, el golpe de las olas; y además hace redondo lo observado) se abría en el centro de cada segmento del octaedro. Los ojos de buey se situaban a poco más de un metro del suelo de modo que podía vigilarse el mar estando por ejemplo arrellanado en una silla. (En realidad se vigilaba el paso de los barcos.) En uno de los tantos costados, alejada del muro, emplazaron una maciza estufa de hierro colado, que funcionaba, como ha sido escrito, con carbón de piedra. Detrás de la estufa, suspendidas, dos grandes alacenas —armatostes de madera y lata— y debajo una cocinilla eléctrica alimentada por el grupo autógeno del Faro. Próximo a ella, en el suelo, se dibujaba el recuadro de la puerta-trampa, con su aldaba. José sabía ya que por esta puerta-trampa podía descender al inevitable sótano, y que en dicho sótano, se almacenaban, entre miles de objetos, el carbón de piedra, las vituallas, las amables y peligrosas botellas condecoradas por el polvo, el combustible que alimentaba la gula de la luz. Pero también extrañas cajas sospechosas, inmóviles bultos secretos, incontable soledad guardada en barricas y barriles, sacos y latas cerrados a machote con desconfiados medios de alambre, clavos y soldadura, cajones repletos de una cierta atmósfera, atmósfera que podía preludiar los contraproducentes terrores augurados por el capitán del barco de aprovisionamiento. También una única pala y una única picota, escapadas de un libro de Stevenson, Mary Shelley o Poe, aptas para sepultar el menor de los fetos de un deseo animal o el cadáver de cada guardafaro muerto. En suma una colección de armas temibles.

Para reducir la tensión tan desdichadamente creada, José quería bajar a aquel sótano y subir otra botella. Sin embargo, yendo hacia la puerta-trampa, tropezó con una que Skaldaspillir había abandonado detrás de la cocinilla, conteniendo por lo menos una mitad de ese brebaje alcohólico que habían probado y que no resultaba en absoluto repudiable. El hallazgo de esta botella capital impidió para siempre que descendiera al sótano, y lo comprendió inmediatamente. Llenó dos vasos conciliadores y dándole uno al farero preguntó de la manera más afable, señalando el aparato de radio:

—¿Es por ahí que te comunicas con los amigos?

Ari se había apartado de la puerta luego de cerrarla y se había acercado a la pared para accionar el conmutador de la luz. Con ella todo se hizo más humano. Después regresó para sentarse cerca de José, llenando de nuevo su vaso y secándolo mediante un majestuoso golpe de lengua. Parándose, lo abandonó encima del repostero. Por supuesto, había oído la pregunta. Agarró dos grandes pedazos de carbón de una caja ennegrecida que yacía cerca, y los arrojó adentro por la abertura lateral de la estufa. A continuación encogió los hombros. Sin volverse murmuró de un modo muy lúgubre:

—La soledad, la única soledad conocida, comienza por la dependencia. La amistad es una forma de dependencia. Como no me gustará jamás sentirme solo, no tengo amigos.

De las escaleras en doble espiral que permiten huir por tiempo indefinido en un espacio cerrado

Habían entablado conversación hacía ya largo rato, después de concluir la merienda. Devoraron el contenido de una lata de carne de buey y un frasco de cebollas agrias, y las acompañaron con galletas saladas, sendas tajadas de queso de membrillo, y sorbos de vino morado. Mientras preparaban esta cena, José tropezó —no la recordaba— con la panoplia de los cuchillos. Se hallaban dispuestos por tamaño en un ancho madero barnizado, al cual habían practicado varias ranuras profundas, correspondientes a la dimensión de cada hoja. José contó treinta y tres cuchillos. A la izquierda del madero se concentraban los más pequeños, creciendo paulatinamente hacia la derecha. Pensó que la circunstancia de estar reunidos y ordenados allí le permitiría controlar con facilidad la ausencia de cualquiera de ellos. Porque —a causa de experiencias anteriores— en el curso de las horas que siguieron a su llegada inventarió en secreto todos los utensilios aptos para dar muerte que se hallaban en la gran estancia de la planta baja, comenzando por los robustos atizadores del fuego y concluyendo en los treinta y tres cuchillos de la panoplia. Cabía añadir no obstante armas tan imprevisibles y potenciales como los trozos de carbón de piedra, durísimos, de lados afilados, un abridor de latas fabricado en acero, cada botella llena o vacía que merodease por las inmediaciones, un cortapapeles de tamaño inusual que yacía sobre la mesa del aparato de radio, dos o tres sillas desparramadas al azar de los rincones, una corbata negra colgada de un clavo, un grueso cordel, enrollado y engrasado, que se hallaba junto a la única puerta, y cuya utilidad le sería confiada otra vez más adelante. Calculó también las armas posibles dispersas en el subterráneo, al que nunca conseguiría descender, pues hechos aparentemente casuales, independientes de la voluntad del otro, se lo impedían o lo hacían renunciar una y otra vez a tamaña empresa. Por su cualidad de misterio estricto, el sótano era lo que más mortificaba sus aprensiones. ¿Sería acaso el comienzo de la paranoia descrita por el capitán? No podía saberlo en realidad, y le costaba trabajo concentrarse sobre este punto en tal momento, pues el giro que tomaba el discurso de Ari Skaldaspillir, como todas las noches, excitaba poderosamente su atención y mitigaba en forma equivalente su fatiga.

—Este Faro es el mundo —sentenció la voz del otro.

—Un mundo querrás decir.

—No, no: el mundo he dicho. El mar que lo rodea es el universo, la tierra que no vemos, la nada. Todo está aquí.

José Bregante Lúcido observó que Ari desplegaba una grandilocuencia creciente, como si articulara su propia representación teatral. Los vocablos caían de sus labios, lentos, breves, espesos, precisos. Su cuerpo permanecía a menudo rígido, escogiendo actitudes propias de la escena. Inflaba un poco el pecho para insuflar a su voz la vibración y la potencia adecuada: en efecto, la voz se abría vibrante y parecía estrellarse patética contra los muros, descascarándolos, sacudiéndolos, abriéndoles grietas invisibles pero probables. Un sentimiento extraño asaltó de repente a José: ahora la voz de Skaldaspillir venía inexplicablemente de muy lejos, resonaba distante en algún punto del globo y rebotaba desde allá para estremecer insondable su desmedrado corazón muerto de sueño. Entonces el significado del texto que oía dejó de ser trivial, se transformó en una evidente sucesión de afirmaciones categóricas cuya profundidad exacta le escapaba, y por lo demás, tal vez a causa de eso, lo incitaba a una atenta indiferencia, pero cuyo efecto físico lo atosigaba de misterio y le sugería una invencible, una irrevocable capacidad de destilar más de un significado, cada vez que se revolvía en el asiento pensando en alguna de ellas.

—La nada es anterior al universo —observó José por lo pronto—, si el mar que nos rodea es el universo, no hay ninguna necesidad de la nada.

—El universo está a su vez ceñido por un cinturón de nada.

José vaciló. ¿Cómo podía él refutar parecida afirmación? ¿Dónde se provee uno de los argumentos irrebatibles?

—Pero esto no termina aquí. Las nubes que ocultan el Faro en permanencia, cubren a su vez la Luna, el Sol, las estrellas, toda esa chatarra celeste, y al mismo tiempo, todo destello de no importa qué dios. Aunque esta luz apenas pergeñada sea tal vez la sombra definitiva de Dios.

Esforzándose por comprender, José tartamudeó incrédulo:

—¿Cómo? ¿La luz es la sombra de Dios?

—Dije: tal vez —hizo notar el comediante Ari Skaldaspillir— porque hay que hacer avanzar la reflexión con cierto tacto, ya que jamás la realidad deja de ser mayor que el mayor deseo, y en cualquiera de los casos, mayor que el sueño mayor.

Bregante Lúcido pestañeó desamparado.

—La palabra jamás es ya una falta de tacto, Ari.

—En efecto. Pero hay cosas de las cuales uno puede estar seguro.

José buscaba, de repente golpeado por la fatiga de tamañas vigilias.

—¿La muerte?

—La muerte, por ejemplo —aprobó Skaldaspillir, el astuto despojador de escaldos.

La tormenta había proseguido su trabajo imperturbable afuera. José tiró las latas vacías de conserva y los frascos y botellas en el tacho de los desperdicios, los sacó al exterior y los aseguró entre los duros cinchos de alambre clavados en la pared, para que el viento no mordiera su contenido. Guardó también las galletas sobrantes en una de las alacenas detrás de la estufa y metió la jarra de agua en el refrigerador. Aparte de su natural inconstancia para reflexionar acerca de cosas profundas, volvía a hallarse fatigado. Creyó que acabando la magra cena subirían a acostarse. Pensaba que ya era noche. Pero de repente, Skaldaspillir había comenzado a disertar. No pudo sugerirle que podían continuar hablando cómoda y extensamente después de dormir un poco. Lo turbaba la elocuencia del otro. Supuso que mientras él se instaló en la letrina, el barbirrojo cogió una rápida botella por el cuello y la bebió de medio sorbo, aunque no descubrió el cadáver ni sobre la mesa ni en el tacho de basura. Por lo demás no le parecía hombre tan arriesgado como para beber a solas. El gigante habló un rato por radio limitándose a detallar las condiciones meteorológicas imperantes en la región, a la intención de barcos siempre invisibles, y luego apagó el artefacto. Para despedirse dijo Bye Bye, en lugar de Hasta mañana, o una cosa así. Ni siquiera estaba fumando. Todo aconteció de repente. Ahora vagaba por la planta baja exponiendo sus aparentes incoherencias sin mirar a José, muy seguro de que éste se hallaba allí y lo escuchaba. Entonces fue que José Bregante Lúcido comenzó a reflexionar en las palabras de Ari Skaldaspillir y reparó en que no constituían incoherencias. Parecían el fruto de una larga meditación, aunque su modo de exponer no facilitara para nada la comprensión de sus tesis. Pero semejante técnica oratoria era enteramente congruente con una inconmensurable gana de hablar, de comunicar, contenida o imposibilitada durante mucho tiempo.

"Ha estado extensamente sólo", pensó.

—Este Faro —y los objetos que contiene— es apenas visible. A través de estas cosas tan trémulamente visibles podemos explicar las cosas tan trémulamente invisibles.

José dio un minúsculo respingo y sus ojos asaetearon al otro con una redonda y enciclopédica curiosidad, pues había identificado los marmóreos fundamentos de la afirmación.

—¡Los griegos! —susurró trémulo.

Skaldaspillir hurgó con el pulgar y el índice de su mano derecha en su púrpura barba. Ni siquiera consideró la acusación de plagio arrojada contra la sonora prestancia de su hondura por el bastardo Bregante, incapaz de comprender la belleza espectral de los espléndidos héroes de la espada y de la pluma. Por lo demás, su propio apellido —despojador de los poetas escaldos— admitía tácitamente la legitimidad literaria de sus probables exacciones, avalado a pesar de todo, por una solidísima, antigua y necesaria tradición de continuidad cultural. El tímido resplandor que manaba de la estufa incendió sus robustos rizos rebeldes con un aura de carácter dorado. Sobre esta bella cabeza de contenida histeria resonaba el profundo lamento del cuerno de niebla. La sangre de José se erizó embestida por la fascinación del espectáculo.

—La lluvia, el viento, el granizo, el trueno, el relámpago, el rayo, el ciclón, las sangres aurorales y crepusculares, encarnan la violencia —prosiguió el narrador— y es a causa de esta extrema, permanente e inenarrable violencia, inacabable, inexterminable e inextricable, que podemos comprender la soledad del Faro, esto es, del mundo. Sin embargo se trata aquí de la violencia justa. Podemos asimismo comprender la impotencia de sus ocupantes (sus habitantes) para exorcizar la pesadilla de la Historia que es su historia.

—Todo tiene fin —había retrucado José, con modorra conciliante, ahogando su primer bostezo.

—No has comprendido la inutilidad de creer en un comienzo y en un fin —le reprocharon—: Puesto que el Faro está inmóvil, enclavado en la roca, le es imposible cambiar su rumbo, primero porque carece de rumbo, y luego porque carece de movimiento. Es la roca la que se mueve y es la misma roca la que lo contiene.

Guardó silencio. José bostezaría esta vez a cuchillos tirados perdiendo así la ocasión de darse cuenta cuán íntimamente concernían estas palabras a su persona y a su caso. Pero Ari se vio obligado a tomar nota del bostezo.

—Tu cuarto está ahora en el piso de arriba —explicó, sin modificar ni su voz ni su expresión. Y fue sólo en ese mismísimo instante que José percibió el relampagueo de su intuición en el acto de relampaguear. Sintiéndose pequeño y delgado y soñoliento, recogió algunos de sus bártulos con torpe mano y miró hacia el gigante para atender sus instrucciones.

—Iremos por aquel hueco —dijo Ari, señalando, mientras con su otra mano giraba el interruptor extinguiendo la luz en la planta baja. José dejó escrita su impresión. He aquí lo que vio, según el testimonio que incluyó en una de las cartas nunca enviadas a María Parabellum, pero que levantaron en el pecho de ella una ola de cálido y largo contento, pues la descripción ininterrumpida de aquellos lugares le permitía asentar los pies en cierta materia literaria muy segura: primero, la gran sala octogonal a oscuras. En un costado, el leve resplandor agonizante de la estufa, un resplandor que lamía los muros con lengua a todas luces muerta por la sombra. En otro costado, un surtidor de luz verde, inmóvil y opaca, aunque todavía activa, permitiendo al ojo su oficio.

"¿Pero por qué esta luz biliar, fea, arrugada, justo en este punto?", se preguntaría.

¿Qué significado tenía todo aquello? Ari Skaldaspillir le precedía y José Bregante Lúcido calculaba con inquisitiva pupila la anchura bamboleante de sus hombros. El anfitrión se paró en un rellano y volvió a extender el brazo guiador: allí parecía comenzar el camino que llevaba no sólo al piso superior, sino a las altísimas alturas del Faro, alturas que José no recordaba aún y a las cuales Ari no había hecho ninguna referencia explícita. Ahora el huésped respiraba verdaderamente asombrado.

—¡Ay, mi madre! —se limitó a resoplar su sorpresa, su aturdimiento: —Y esto, ¿qué cosa es?

—¿Estabas ciego? —preguntó Ari, el ojo del águila—. Todo lo que ves no se ha movido nunca de allí.

—Lo supongo, pero he creído que en este punto existía una escalera con atributos humanos, como todas las escaleras de todos los faros del mundo.

—Eso no. Acabo de revelarte que este Faro es el mundo. En él están contenidos todos los faros, pero siendo el Faro Mayor, el Faro por antonomasia, el Faro Capitán de su Especie, el Faro padre del Faro de Virginia Woolf, su perfección propone en primer lugar la dimensión insuperable.

El Indio José, el Mestizo José, el Negro José, José el Menor, el Sudestal, el Bárbaro, el Contrito, oprimió su rostro con ambas manos para aliviarlo un poco del aturdimiento. Preguntó en franco retroceso, aplastado por la excesiva frecuencia de las revelaciones y los descubrimientos que —lo adivinó— no hacían sino comenzar:

—¿Quiénes y cómo concibieron la idea de estas dos escaleras en trenza?

Naturalmente Ari debería haberse ofuscado. En cambio dijo:

—Los historiadores constructores, que no ignoraban la importancia de la espiral en el fundamento de los terrores cósmicos del hombre. Este faro es a los faros lo que la Gran Pirámide es al resto de las pirámides, incluida aquella del Louvre. La Gran Pirámide divide todas las tierras emergentes del planeta en dos puñados de caca estrictamente iguales si tomas en consideración la longitudinal que pasa por ella. El Faro divide las aguas del planeta en dos charcos de orina estrictamente iguales si tomas en cuenta la latitudinal que pasa por él.

El huésped del eterno retorno movió dubitativo la cabeza.

—De todos modos no llego a comprender la utilidad de dos escaleras interiores para un mismo faro —admitió.

Treparon por la espiral derecha. Al tacto, bañado apenas por la fría luz verde, la mano de José, la yema de los dedos de José, el pulso de José palparon el hierro. Supo en el mismo instante que no era hierro cromado sino una esbelta forma de metal carcomido por el óxido. Le resultaba fácil seguir las estrías, ciertas vetas agujereadas, ciertas fracturas expuestas al aire, ciertos duros bulbos de áspera estirpe, y al mismo tiempo, cierta erecta ferocidad que reptaba en la sombra. Todo eso concedía a la escalera una extraordinaria y fascinante textura.

—Es para evitar que tu mano y que tu pie resbalen —dijo la voz de Skaldaspillir arriba, como si estuviera leyendo los interrogantes en el peludo libro de la cabeza de José—. Y no cuentes los peldaños: serán siempre 444 en cada una de las escalas.

El corazón de José Bregante tuvo una corazonada.

—¿Por qué no 440? —preguntó elevando la cara.

—Porque en la secreta ciencia de los números el ocho es el símbolo de lo infinito. La suma de estas dos escaleras espirales es una ventana sobre lo infinito.

Skaldaspillir había alcanzado otro gran rellano circular (pues allí también los ángulos del octaedro eran suaves y poco perceptibles). Hizo signo a Bregante.

—He aquí la planta superior. En ella se encuentra el tablero de control automático que desencadena la alarma si algo anómalo paraliza los sistemas de iluminación o afecta la sonoridad del cuerno de niebla. Te encuentras en el corazón del Faro. Los verdaderos navegantes sueñan con este rellano circular cuando cruzan dormidos por las inmediaciones. Como puedes ver —prosiguió— ambas escalas recomienzan en este punto, una de aquel lado, la otra de éste, y ya no vuelven a reunirse sino en el cuello anterior al Dodecaedro. ¿Recuerdas el Dodecaedro? Se enlazan inmediatamente encima de nuestras cabezas, ascienden juntas, pero jamás se tocan ni jamás comunican entre sí. De tal modo, si trepas o desciendes por una de ellas, no podrás acceder a la otra sino alcanzando o la cúspide o la planta baja.

—Veo —dijo José con muy poca convicción— pero qué sentido debería tener todo esto?

—Varios. Por ejemplo, si un día, a causa de un incidente particular o un cataclismo, el interior del Faro es dañado, una de las escaleras puede quedar fuera de servicio, aunque es imposible que ambas sean bloqueadas o destruidas en la misma forma al mismo tiempo, puesto que sus soportes son distintos y están compartimentados con mucho rigor. Salvo —aquí la voz no abrió el menor espacio a una nueva pregunta— que sea el Faro entero el que se derrumbe.

—Se trata entonces de un problema de seguridad.

—Yo diría de un complejo problema de seguridad brillantemente resuelto. Pero está todavía en condiciones de prestar otra clase de servicios memorables, y nadie podrá probar que en el pasado ello no ocurrió —añadiría clavándole los ojos penetrantes, que herían como un estilete, hasta la médula, los recelos de Bregante—. Ya sabes que siempre hubo aquí —y deberá haberlos siempre— dos fareros. La soledad es peligrosa para aquellos que dependen de mucha compañía.

—¿Cómo?

—Lo has oído. En caso de un repentino acceso de locura, en caso de amenazas de muerte de un guardafaro hacia el otro, el amenazado puede refugiarse en el sistema de escaleras y huir tanto tiempo como el tiempo que su potencial agresor emplee en perseguirlo. Esta persecución puede ser infinita. Pronto verás algo extraordinario: cada cierto trecho, una de las escaleras espirales da acceso a una ventana. Tú puedes salir al exterior en cualquier punto a lo largo de toda la altura del Faro. Bajo cada ventana hay una grada anular, y a la altura del pecho de un hombre, un sistema de barandales de hierro para ambas manos, lo que permite contornear el Faro al nivel de todos los ojos de buey. Pero como cada ventana —lo notaste cuando sobrevolabas el Faro— está a un nivel distinto, jamás, viniendo de una de las espirales alcanzarás la otra utilizando las ventanas. En buenas cuentas, quiero decir que alguien puede huir eternamente sin abandonar nunca el interior del Faro —hizo recalcar Ari Skaldaspillir, el diabólico evocante, con su voz lenta, honda, ronca, casi gutural— y esto, admitiendo que nadie venga en su socorro, lo que constituye la más segura probabilidad. Puedes imaginar entonces que el Faro es infinito de mucha maneras, y comprobarás cada día que no exagero, pues su construcción te reserva innumerables sorpresas. Así regreses en quinientas ocasiones, el Faro no dejará nunca de asombrarte.

José reprimió un desagradable escalofrío y miró hacia arriba: ambas espirales se perdían en una indecisa penumbra verdosa trepando por el infinito universo tubular al que habían ido a parar sus trasnochados huesos. En ese punto de sus cavilaciones el otro dio por concluida la jornada.

—Tu cuarto es aquél —dijo— el mío es éste.

Sin otra palabra, sin decir buenas noches o buenos días o bye bye, abrió una de las puertas laterales y se esfumó. José Bregante Lúcido, abandonado en el verdoso rellano circular, miró, escuchó. Como todo movimiento había cesado, recogió sus bártulos y los arrastró hasta la entrada de la habitación que Skaldaspillir le indicara. De repente, creyó que escribiría más tarde, un cansancio globalmente negativo se le vino encima. Buscaba la perilla de la puerta con mano torpe y la encontró casi por azar. Abrió y escrutó su nuevo cuarto sin llegar a verlo a causa del espesor de la penumbra. Entró a trastabillones, con las manos estiradas, chapoteando en la negrura. Habría pensado: "Qué importa si no veo. Al fin y al cabo, cuando despierte, me ocuparé de mirarlo y revolverlo todo." Sus dedos tocaron a tientas el cable de la luz en su mesa de noche, y haciendo resbalar su mano accionó el interruptor. La cama era muy ancha, estaba cubierta de pieles oscuras. En realidad, tenía dos mesas de luz, una a cada lado, como si alguna vez hubiera dormido allí una pareja. ¿Era posible? Lo inundó una suave sensación de calor por lo cual creyó que el cuarto estaba calefaccionado. Todo le parecía tibio y se sintió acogido. Procedió a desnudarse ordenando sus ropas al pie de la cama. Por fuera, una ráfaga de viento estrelló su cabeza trashumante contra la redonda ventana y sus invisibles fragores vinieron en sucesión para rozarle la piel de la espalda con dedos malqueridos. Como en un doble sueño terminó por meterse bajo las coberturas haciéndose un ovillo. Estiró una lentísima mano y apagó la lámpara.

"Tengo que apagar la luz para mirar tu cara", pensó. Los rumores externos —el viento, el agua marina convirtiendo las rocas en arena— eran así mucho mejor percibidos, pues todos sus sentidos parecían concentrarse ahora en sus oídos moribundos. No había tenido hasta entonces la impresión de hallarse tan distante de la costa, tan desamparado en el vasto corazón del mar. (Pero sí: yo recuerdo todo eso.) Y sería tal vez aquella sensación, la sensación verdadera de una muerte en alta mar.

“Desamparado, desnudo, como Signy Huld”, creyó que murmuraba muy quedo todavía, y quería deslizar la palma de la mano a lo largo de su pecho apenas velludo.

De repente se abrió la puerta. Él no había escuchado nada. Sin embargo, con la piel, con el pulso de su sangre, sabía que la puerta estaba abierta de par en par y que alguien lo contemplaba parado en el quicio.

“No puede ser otro que Skaldaspillir —pensó— y he olvidado bestialmente correr el cerrojo por dentro.”

En efecto, volvió un poco la cara y vio a Skaldaspillir —su sombra— perfilándose en el umbral, flanqueado por la luz verdosa que día y noche anegaba el rellano. El otro seguía inmóvil, como si colgara de una cuerda, como si lo hubieran ahorcado de la misma manera que al capitán Triggvason, nuestro padre. Pero en verdad lo estaba mirando con el rostro sumergido en lo negro y la lamentable claridad biliar latiéndole en los hombros, iluminándolo vagamente por la espalda. Tras un largo silencio su voz lenta dijo:

—El soldado trepó a lo largo de la muralla del castillo. Otros lo esperaban, al pie del foso. —Calló un instante. No parecía sentir el menor embarazo. —A propósito: ¿cómo has dicho que te llamas esta vez?

—José —dijo José, con acento nasal, con voz atormentada, anegada de aprensión, traspasada de sueño. Lo acababan de arrancar de un sitio muy hondo, muy sumergido, muy tranquilizante y reparador.

—Así pues, José, el soldado aquel trepó a lo largo de la muralla del castillo, por una escalerilla de madera que sus compañeros sostenían abajo. Iba riendo de su hazaña. Cuando asomó la cabeza y los hombros por la tronera más próxima, el guerrero, amo de los lugares, le clavó la lanza en la mitad del pecho y lo arrojó al vacío. Fue a dar a tierra después de un prolongado vuelo en el curso del cual la sangre que escapaba de la herida solía flamear al viento. Los otros vinieron a socorrerlo preguntándole:

—¿Está el guerrero en el castillo?

—El guerrero no sé —repuso el soldado— pero en cambio sé que estaba su lanza.

El nocturno despojador de los poetas escaldos volvió a callar. José escuchó otro poco, y como nada acontecía, musitó:

—¿Y entonces?

—Entonces murió —dijo Ari, juntando las hojas de la puerta y yéndose.

Alguien muy tímido, muy sombrío, muy pequeño y muy grande, muy sonoro y muy callado, muy desamparado y muy protector, me narraba una historia cada vez que retornaba del mar para hacerme dormir —recordó su moribunda, su filial memoria—. Lo hacía en una casa que tal vez ha muerto, José, porque de eso hace ya tanto tiempo.

¿Tanto tiempo?

El pulpo de ocho brazos infinitos le derramó en la conciencia ocho bolsas de tinta. El cuerno de niebla bramó llamándolo, llorando en lo oscuro, lo frío, lo perdido, lo lóbrego, lo nebuloso, arriba, afuera. El viento repartía su voz entre los cendales, el mar lamía las rocas resonando sin jamás abrirse paso hasta el otro lado de sí mismo, que esperaba lamiendo las rocas, detrás del peñón. El cuerno lo llamó toda la noche con la sollozante intención de precaverlo. Tampoco el capitán Triggvason ni Signy Huld ni María Parabellum se dieron por llamados y prevenidos. Y José no lo oyó, no distinguió esa advertencia que le estaba destinada, entre todas las otras advertencias que también le estaban destinadas.

De ciertos papeles, ciertos nombres y ciertos hallazgos, que evocan el origen de la recurrencia paranoica

La curiosidad derrama, de causa a efecto, una secreción estimulante para la vida de los hombres. Ella contribuye con brío a aderezarla en razón de los conocimientos y diversos hallazgos que convoca. La curiosidad es una de las fuentes de la poesía y de los crímenes por causa de adulterio. Es a la vez la fuente del sueño que desencadena poesía o crimen pasional. La curiosidad soñante es por sí misma una expresión bajo otra forma de la curiosidad indagatoria en estado de tacto y en ánimo de niebla. La curiosidad llevada a su propio curioso extremo es también una de las raíces progenitoras de la ciencia. Los siete sentidos disponen de un capital de curiosidad inagotable —diríase que su oficio es la curiosidad— aunque las respectivas manifestaciones de ésta sean de muy distinto orden. Sin embargo, en ese movimiento conjunto, que involucra tesón de vivir, alegría del descubrimiento, e incluso, fragor del encontronazo, la curiosidad reserva en los pliegues de su seno secreto ciertos inconvenientes que van desde los menores, los simples atolladeros en los que el curioso puede embarbascarse, hasta el desaguisado mayor: la muerte. Ella está capacitada —ella sola— para destituir al curioso definitivamente de su curiosidad. Por tal motivo se dice siempre que es preferible observar sin ser visto.

Aclarado lo anterior, estiró el brazo despreocupado y atrajo hacia sí la palanqueta de la ventana: el ojo de buey giró sobre su eje central horizontalizándose. Horrísono, un chiflón de viento, escoltado por su ráfaga de cierzo, penetró en el cuarto. Volaron epopeyas de papel, dos affiches pegados en la pared fueron arrancados de cuajo y dispersados, un reloj despertador y la lámpara de la noche perdieron pie hundiéndose con estrépito. También cayó un cuchillo de cocina no perteneciente a la panoplia que estaba sobre la mesa escritorio, se clavó en el suelo y quedó allí temblando. Rodaron lápices y plumones, una tijera juntó las piernas entreabiertas, naufragó otra vez un modelo a escala del Aldebarán, la puerta se estremeció crujiendo hasta hacerse cartílago, y un ronco bramido tremolante se escabulló, aleteando por el interior tubular del Faro. La estentórea naturaleza de Ari Skaldaspillir despertó de este modo:

—¡Cierra esa ventana, nefasto raigón de estupidez!

José Bergante Lúdico volvió a ajustar la ventanilla mediante grandes esfuerzos y terminó por restituir a su plaza la vertiginosa palanqueta, de tan herrumbrada inocencia. En ese preciso instante falleció el huracán degollado por la misma mano que le había otorgado la vida. Suspiró con desaliento. La mañana (o la noche) comenzaban mal. No supo de dónde vino la voz de Skaldaspillir, pero creyó que procedía de su cuarto, situado creo haberlo ya establecido por una anterior corazonada, justo enfrente del suyo, del otro lado del rellano circular. O tal vez en el momento mismo de la apertura del ventanuco, Ari se aprestaba a descender por una de las espirales. Sea como fuere, debió comprender de mala gana que afrontaría una bien verosímil tempestad apenas pusiera los pies en la planta baja. Procuró retardar un poco aquel difícil entrevero.

Cuando decidió abrir la ventana para airear el cuarto estaba examinándolo. La excéntrica disposición de ese dormitorio había despertado su curiosidad. La ancha cama parejera resultaba extemporánea. Y luego aparecieron otros detalles que golpeaban la imaginación desbocándola un poco. Primeramente la pared que daba al rellano circular (u octogonal) era recta. En el centro se situaba la puerta por donde había penetrado horas antes, la puerta desde donde

Ari Skaldaspillir le había narrado una historia acentuando ese substrato de sombría comicidad que la empapaba. Era, por lo demás, la única puerta. La otra pared parecía curva, algo así como el fragmento de un círculo. La parte principal comprendía dos de los segmentos del octaedro, formando en su eje un ángulo pequeño apuntado como la proa de un barco hacia adelante, o hacia el exterior. Luego, un tercio de otro segmento en cada uno de los costados unía esta pared con la otra. Más que un cuarto de dormir, evocaría a mi juicio la cabina de pilotaje de ciertos navíos. El todo ofrecía un extravagante equilibrio estructural a pesar de que uno solo de los segmentos completos estaba provisto de ventana. El otro era ciego, lo que convertía la totalidad de la pared en un muro tuerto. Más bajo que el común de los techos éste había sido pintado de blanco, como las paredes. Cuatro vigas de madera ennegrecida lo sostenían, lo que bien pudiera parecer aberrante pues todo el Faro integraba una sola estructura de hormigón y acero. Pero es así como imagino aquella habitación. En los maderos, diversas iniciales separadas por puntos y rayas, los adornaban. Probablemente habían sido grabadas a cuchillo. Se hallaban en la cara posterior, la cara de las vigas que permanecía oculta si se miraba desde el dintel de la puerta, y sin ninguna duda, José Bregante Lúcido las atribuyó a letras iniciales de diversos nombres. ¿Pero nombres de quiénes?

—Guardafaros muertos —precisó en voz alta.

El piso desaparecía enteramente cubierto por una alfombra de cañamaza blanquecina, introduciendo en el todo una grata claridad. Situándose en el centro de la habitación y mirando hacia la ventana, José Mirante Lúdico descubrió que en realidad las proas eran tres, a causa de los otros dos ángulos. Conocía la razón por la cual dos ventanillas no eran posibles: ninguna se hallaba a nivel de la otra en el sistema general de iluminación natural del Faro. Sus agujeros vidriados reptaban también en espiral hacia la cúspide, siguiendo las circunvalaciones de las dos escaleras.

Según él, apenas abrió los párpados y miró en derredor habría pensado:

"Así pues, aquí viviré (¿y moriré aquí?). Este es el cuarto del otro, del muerto, del desaparecido, de quien se afirma que soy yo mismo, pero ya no está más. Aquí yació, como yo mismo yazgo ahora. Leyó a la luz de esta lámpara mientras afuera se reiteraba la tempestad. Aquí soñó, aquí escuchó más de una extravagante historia, aquí fue tal vez despertado a grandes voces, probablemente insultado también o maldecido, quizás apuñalado en la alta noche o en el bajo día. Como yo mismo, abrió la ventana buscando escapatoria. Como yo mismo, se aferró a la creencia de que la vida había pasado por aquí. Como habrá de sucederme a mí, un día habrá llorado de emoción en presencia de una tela de araña polvorienta."

Con tan severo rebaño de premoniciones pastándole en el pecho, no bien se levantó comenzó a buscar trazas de sangre por todos los rincones. Inútilmente, la verdad sea dicha. Hurgó en las sábanas, las miró al trasluz. Olió y lamió el cuchillo. Revolvió los obscuros cobertores de piel, pero nada indicaba que una escena de violencia, de odio, de pasión y de sangre hubiese tenido jamás lugar allí. El aposento era simplemente translúcido y aséptico.

"Y sin embargo he desaparecido —se dijo— ya no estuve más en este Faro."

Era en verdad lo único que sabía: un hombre había desaparecido en circunstancias imprecisas. Fue declarado muerto accidentalmente después de la lectura y el análisis de las deposiciones de Ari Skaldaspillir. Aun cuando todo sindicaba a Skaldaspillir como el asesino potencial, fue absuelto. No obstante, poco antes de separarse del farero para dormir, horas atrás, José había recibido —a causa de las revelaciones de Ari sobre la estructura del Faro— la semilla de una nueva duda. Esta duda podría expresarse así:

—¿Y si el otro se hallaba en verdad oculto en uno de los innumerables escondrijos del Faro? ¿Y si había emprendido la fuga para siempre ocultándose en el interior de la torre, ese interior enigmático, inconmensurable, infinito, a pesar de su circunstancial pequeñez?

Desde entonces comenzó a reflexionar en ello con insistencia. De acuerdo a las precisas descripciones del barbudo viking, uno podía vagar indefinidamente por el vientre de la torre sin encontrar a nadie, o sin ser encontrado por nadie, que representa lo mismo. Racionalizando su desconfianza terminó por hilvanar dos o tres hipótesis que convergían sobre su espíritu de un modo natural. Por ejemplo, si alguien optara por permanecer oculto mientras los guardafaros acometían su vigilia, y sólo abandonara su guardia (que aparentemente podría cambiar a voluntad durante las horas de reposo de los otros), utilizando el reposo para bajar hasta las alacenas, e incluso hasta el sótano, sustrayendo alimentos, agua y alcohol, podía en efecto hacer de su vida un vagabundeo infinito en un espacio cerrado, lo que no es poco soñar. Errar sin ninguna responsabilidad social, sin absorber la más mínima agresión o sentimiento de culpa, pues, en lugar de sufrir la reprobación reservada a los haraganes y a los zánganos, a los antisociales y a los marginados, el desaparecido sería en realidad llorado (como estaba ocurriendo), y su muerte aparente pesaría ancha y dura sobre la conciencia culpable de todos los otros (como estaba ocurriendo). José Bregante Lúcido frunció el ceño. Comprendió sin dilación que la añagaza era perfectamente posible. Se reprochó la personal precipitación, pues hasta allí, imputaba una acción criminal al barbudo farero tormentoso, en circunstancias que carecía de la menor prueba que fundamentara sus sospechas. No obstante, el sentimiento de desconfianza que experimentaba (y había desarrollado) hacia su anfitrión le habitaba una región del pecho donde por lo general alojaba ciertos porfiados fantasmas que jamás querían acostarse en otra parte y que su razón no lograba digerir.

Lo más interesante en el cuarto lo constituía sin duda la mesa de trabajo, un grueso escritorio de madera provisto de nueve cajones: cuatro a cada lado y uno en el centro, situado frente al estómago del escribiente o del dibujante. A partir de los diferentes objetos allí abandonados (que fueron barridos por el viento cuando abrió el ventanuco, pero que restituyó en seguida a sus plazas) era indiscutible que alguien lo utilizó hasta pocos días antes de manera regular.

Materiales de escritura y de dibujo, libros de consulta, un toca cintas, tijeras, carpetas, se apilaban en la superficie. (Es todo cuanto puedo imaginar por el momento.) Observándolo antes del viento con ojo alerta comprendió que desde la desaparición del utilizador nadie había tocado los objetos. No realizó esta observación a partir de una supuesta capa de polvo acumulada allí: en el Faro no existió el polvo. Simplemente las cosas guardaban tal desordenada disposición que podemos probar que este caos organizado fue el asunto de una misma mano.

Hurgó con distracción en los papeles, trajinando al azar, sin buscar nada preciso. Leyó fragmentos de escritos, trozos dispersos aquí y allá, interesándose muy poco en su sentido. Barruntó que hojeaba manuscritos de un primario poeta esforzándose por construir vagos poemas aprendices. En prosa, sin embargo. Algunos pasajes parecían resultarle conocidos: con toda probabilidad, el hombre había copiado frases que resonaban en su espíritu con ecos bien particulares. O, en otra perspectiva, estimó tal vez que copiándolos accedería con mayor facilidad a su sentido último. José Vichante Look y Co. contempló un estante dispuesto al costado del escritorio, en el que campeaba una docena de volúmenes rancios. Habían sido alineados con escrúpulo por altura de lomo, pues eran dispares. Distinguió una *Historia General del Reino de Elich*, de Selasor, escrita a fines del siglo XVI, pero publicada por primera vez en Utsavalipak a fines del siglo XIX, obra que le era muy familiar. Desde donde se hallaba no podía ver el resto, mas se alegró pensando que contaba con material de lectura para la larga noche invernal que atravesaría. Tropezó luego con diversos croquis del Faro. Equivocadamente no concedió ninguna importancia a los dibujos ni se esforzó por determinar a qué sección correspondían con exactitud. Sólo una hoja recabó toda su atención. Se trataba del encabezamiento de una carta, ya que figuraban allí, sobre el margen izquierdo, una fecha, una dirección, y debajo estas ocho palabras:

Mi secreta María Parabellum: hoy es el día...

El proyecto de carta se interrumpía en este punto, y sin

embargo nada dejaba suponer que ello hubiera ocurrido en razón de un hecho particular, de un acto de coacción. Apreció la cuidadosa caligrafía (sin reconocerla aún) pero, por encima de todo, el extraño nombre le había herido los ojos (y el entendimiento, y más que nada, la memoria) con un destello súbito, muchas veces multiplicado: María Parabellum.

—¿Qué significa esto? —mascullό.

Su espíritu registró una extraña curvatura a causa de la muy profunda y repentina turbación. Sospechó por de pronto que el desaparecido había estado gestando un poema en forma de carta, o redactando una carta con veleidades de poema.

—Porque ese nombre es imposible —habría repetido en voz alta el desconcierto de José— no puede corresponder al de una mujer real, una mujer de carne y hueso.

La voz interior con la cual dialogaba a menudo en situaciones de confusión intensa, le previno que en el Faro ninguna mujer podía aspirar a la realidad, que ninguna sería capaz de despojarse de su exigua e inalterable condición de fantasma ahijado a duras penas por la tibia memoria balbuciente, lo cual confirmaba su hipótesis. Releyó el papel, revisó la fecha. Lo asaltó, acto seguido, la paradoja crucial del proverbio latino: *Si vis pacem parabellum*. Consideró tal remembranza como un descubrimiento. Partiendo de aquellas palabras todo resultaba admonitorio y premonitorio. En efecto, la nebulosa destinataria de la carta en cuestión se llamaba literalmente María-Prepara-La-Guerra. Entonces, a causa de esto, su nombre podía adquirir múltiples connotaciones. Desde luego, el nombre de María posee en sus tres sílabas diptongadas una relevante vocación evangélica, pero al mismo tiempo, se remite a la madre por antonomasia: la madre errante a lomos de asno, la madre que pare en los establos, la madre que abandona al hijo impródigo dejándole partir hacia un enigmático lugar durante treinta años, la madre que recupera el cuerpo desvalido, ulcerado por los tormentos, al pie de dos altos maderos unidos en la perpendicular, la madre que lava las heridas y limpia los trazos de aquella sangre diferente de la suya, escapando por los cuatro indelebles agujeros de una muerte célebre: en suma, el mayor mito femenino de la historia moderna del hombre. Unido a María, Parabellum correspondería a su contrario exacto. Para la conciencia mitológica de José, muy aguda, en Parabellum se establecía de inmediato la amazonía de la mujer, su bravura, su estruendo. Brillaban en cada fulgor de un mandoble, las espadas de las santas combatientes, tiraba en los manglares el fusil de las guerrilleras de América Latina, acometían la madre-coraje, la madre-estampida, la madre-rencor, la madre-sufrimiento, la madre-sepultu-rera, la madre-nutricia, la madre-tierra, la madre-trigo, la madre-leche, la madre-agua, la madre-sangre. Pero también planeaban las sombras belicosas y antiguas de Pallas Atenea y Diana de los Bosques, de Mata Hari y la Mujer Sigilo, de Fresia, la Épica, lanzando su hijo a los pies del héroe-padre capturado, considerando su captura como un rasgo de cobardía. Y sobre la marcha, las chilenas arrojadas al mar desde aviones en vuelo, atadas de pies y manos con alambres de púa, con el vientre abierto de una cuchillada para que no flotaran, de las argentinas, partidas de dos como una fruta bestial por los facones carniceros, de las uruguayas, violadas hasta morir por botellas rotas, de las brasileñas, columpiadas hasta cesar de aliento en el pau de arará. Y todavía, de Manuela Sáenz galopando a los costados de Bolívar por las cordilleras y los llanos de Sudamérica en llamas. Todo se mezclaba de repente en su corazón, pero por lo mismo, la enormidad de las siluetas evocadas añadía más sombras que luces al cuadro que procuraba descifrar. José Bregante Lúcido se contentó por fin con oler la carta inacabada, abandonándola sobre la mesa. Intentó luchar contra el enjambre de fantasmas fascinantes que pugnaban por poblarle la angustia a partir de la compleja sugestión que emanaba del nombre.

Caminaba desorientado por el cuarto. Desde el ojo de buey no podía ver gran cosa.

"Uno se vuelve ciego en este Faro", pensó.

Ignoraba la hora (el reloj que cayó de la mesa no servía:

se paró tiempo atrás, a las cuatro de una mañana o de una tarde). Preparó los utensilios para afeitarse como si amaneciera, o fuera ya de día claro, aunque no estaba seguro de nada. Acomodó la escudilla, el hisopo y el tubo de jabón instantáneo sobre el hueco de la ventana y trajo el espejo rectangular. Vertió jabón en la escudilla. Revolvió pacientemente hasta que la espuma creció lo justo como para embadurnar la totalidad de su mandíbula inferior. María Parabellum, murmuraba, acercando la aguda navaja a su piel, en verdad muy poco poblada: José perteneció más bien a la secta de los barbilampiños. Mientras deslizaba con largos movimientos la lámina de acero por su mejilla, miraba a través de la ventana traspasando los dobles cristales: niebla, niebla, niebla. Una luz macilenta, muy parecida al opaco reverberar de ciertos crepúsculos incoloros, inundaba la visión exterior. Conjeturaba a propósito de la luz. ¿Era ésta la leche de la aurora? ¿Era ésta la orina del atardecer? Reconoció que no tenía respuesta. "Y sin embargo debe haber aquí días y noches —reflexionaba— un color de tiempo que en determinado momento será diferente de otro color de tiempo en otro momento." Obligatoriamente racional, su mente se obstinaba en rechazar los nuevos hechos, las otras realidades, perpendiculares a nuestra realidad, las inimaginadas posibilidades de las cosas que estimaba recién descubiertas por causa de ignorancia secular. Tampoco le convencía la inexistencia de las gaviotas, aunque no logró percibir siquiera la sombra de un callado vuelo en el seno de la trémula mortaja que titilaba ante sus ojos. Ya había oído decir a su anfitrión, casi de manera casual, que la vida en el arrecife no existía. Escuchándolo, había decidido revisarlo todo, incluso los huecos más recónditos de la piedra por donde el agua marina entraba a machetazos, rascando la superficie de las rocas, y donde el sol no ponía jamás los pies. Investigaría también las gradas anulares que, como círculos duros y anchos, ceñían el Faro desde la base hasta la cumbre, para averiguar si habitaba en ellas el excremento inconfundible de los pájaros: es decir, las huellas dactilares de la vida volante. No podía permitir que su realidad se viera trastrocada por otra realidad, que su costumbre del mundo fuera suplantada por un mundo inhabitual, descarado en su desamparo incontestable, inquietante por su porfiado escapar a los sentidos oriundos de otras latitudes. Se interrogaba: ¿es posible encontrar en el planeta un lugar, reducido o vasto, donde la vida no exista, donde las algas, los cardúmenes, las alas no alienten jamás? ¿La razón se allanaría a habitar un tan improcedente, un tan lunar reparo? Lúgubre, el cuerno de niebla sonó sobre su cabeza llenando el cauteloso espacio con el sombrío canto de su garganta muerta, de su única voz corroída por el óxido.

Apiló sus artefactos de aseo envolviéndolos en una toalla y abrió, al azar, el primer cajón de la derecha, en el escritorio, para meterlos ahí. El cajón estaba atiborrado de papeles, notas y dibujos. Reparó distraído en que la primera hoja contenía una frase escrita con un plumón grueso, de trazo rojo, y mucha prisa. "Al fondo debajo de todo", decía. En ese primer momento José la habría ignorado, juzgando por sus propias confesiones. Cerró el cajón murmurando distraído:

—María Parabellum.

Se hallaba listo para descender. Fue ahí que retornó la frase y le rebotó de lleno en la curiosidad. ¿Dónde? ¿Qué? Regresó agitado y tiró de la manilla del cajón. Apartó con cuidado los papeles, para no cambiar de sitio las páginas, y cogió la última.

—¡Eh, José! —gritó desde lejos, abajo, la voz insistente de Ari Skaldaspillir.

José vaciló, tenso y torvo, porque otra vez lo asaltó la desagradable sorpresa de que el escandinavo sabía siempre qué estaba pensando o qué estaba haciendo. Abrió la puerta del cuarto y respondió con otro grito perentorio:

—¡Voyyy! —alargando la y griega como un navegante en trance de espiar desde su puesto de vigía, en la punta del mayor, apariciones y desapariciones de tierras en el horizonte.

Trabó las dos hojas de la puerta con cerrojo. Fue hasta la suave luz del ventanillo examinando la hoja de papel. Contenía algunas frases desmañadas, que tuvieron sin embargo, la fuerza de detener por un instante la sangre en su excitado corazón:

"Es curioso —leyó— pero apenas estreché la mano de Ari Skaldaspillir y contemplé el fondo de sus ojos, me he dicho: 'Este hombre mata, estoy seguro de que es éste quien va a matarme". Y me dije también: 'Por sus ojos veo que él piensa lo mismo de mí'."

—¡Mi madre! —gimió José, como cuando se encontraba cazado en una trampa feroz, de la que no podía liberarse solo —¡nada de todo esto es posible!

Empero, las frases continuaban allí, imperturbables, claras, como si él mismo las acabara de escribir y las continuara analizando, fascinado por su roja escritura.

Soy yo, es mi cerebro el que ha pensado esto, esta frase es mía, pero nunca antes he pisado este Faro, sólo anoche penetré en este cuarto y no he empuñado todavía un puñetero lápiz.

Aunque pudo comprobar algo más extraordinario aún: la caligrafía estampada sobre el papel era su caligrafía. Escribió en una hoja separada el texto del otro y comparó: no había ninguna diferencia. Fue pues su mano la que redactó aquello y lo ocultó en el fondo del cajón. ¿Pero cuándo? ¿En qué momento, en qué estado, si no lograba recordarlo? Debajo de las frases que releyó varias veces el otro (¿él mismo?) había añadido con caracteres muy pequeños, pero siempre en rojo, cuatro palabras, en principio de significado enigmático: "Guardarropa. Abajo. Fondo. Derecha". Sospechó con súbita intuición que quizás la tinta roja tenía una razón específica de ser.

Probablemente Skaldaspillir sufre de una particular forma de daltonismo, de lo contrario habría hallado los papeles y los habría destruido.

Miró instantáneamente hacia el armario guardarropa empotrado en la pared, y en ese breve lapso creyó que lo recordaba, que una vez había ocultado algo en un ropero semejante, algo que no podía precisar ni definir, pero de lo cual guardaba cierta oscura conciencia, y la convicción de que en su momento era una cosa que debía esconder a todo precio de los ojos y de las manos de otro. ¿Quién? ¿Ari? Se dispuso a buscar. Pero cuando se aprestaba a abrir la puerta izquierda del viejo guardarropa:

—¡Baja de una vez, por los públicos cuernos de tu padre! —aulló abajo, en la sala octogonal, el tempestuoso paladar de Skaldaspillir, archicínico plagiario de los muertos poetas escaldos.

Del Norte que es el Padre.
Del Hijo que es el Sur. De una cantinela atribuida a la Licorna

El Faro dispuso de una superficie exterior considerable. Mirado desde cierta altura, aquello estuvo constituido por un islote rocoso de color pardo, surcado de arrugas. La torre fue erigida en el punto más alto del islote de manera que resultaba visible a veinticuatro millas. La base del Faro pudo ser más ancha que el cuerpo tubular que disparaba hacia arriba. No había vegetación: la roca simbolizaba un desnudo o un olvido de la naturaleza, sometida a la violencia climática que se traduce, sin solución de continuidad, por lo que los marinos llaman un cielo entoldado, viento y lluvia revolcándose en el seno de un temporal de fuerza diez, y olas que barrían noche y día la superficie de piedra. El choque de las olas contra los arrecifes levantaba una fina ceniza, húmeda, salobre y yodada, que lo impregnaba todo. A menudo el agua potable tenía ese mismo sabor. Las vestimentas se impregnaban, los rostros, los labios, la madera, el hierro, sabían todo el tiempo a sal y a yodo.

Cincuenta metros más lejos de la única puerta ya descrita implantaron la antena radio, tan alta como el Faro y profusamente sujeta al suelo volcánico con cables de acero. Ella aseguró las comunicaciones. Frente a la puerta, los sucesivos guardafaros labraron una pequeña meseta para permitir trabajos de reparación. La meseta era estrecha: circundándola, las curvas de nivel descendían en ásperas gradientes y se cortaban sobre un acantilado de cuarenta metros de altura. Éste marcaba los límites del islote. La forma de la masa rocosa evocaba una concha de ostra, con sus sinuosas estrías y su color pardo verdoso. Como la de la ostra, la atmósfera interna del Faro debió ser ostensiblemente hermética. En la eventualidad de una aproximación más ceñida, el Faro encarnaba una deslavada perla que, en lugar de ocultarse al interior de su valva, desafiaba las perfidias del clima, enhiesta como un vigía en el esmaltado vientre de la concha.

En el mismo costado que dio acceso a la puerta, los hombres montaron una armazón de hierro. Sobre tal armazón, cuarteada por la corrosión y la herrumbre, gruesas vigas entrecruzadas avanzaban a lo largo de la línea de ruptura entre la piedra y las aguas revueltas, como un muelle perpendicular al océano: un cuello delgado de madera y de hierro, un cuello sin cabeza. La estructura fue provista de gavietes y bancadas reforzadas, aptas para levantar pesos considerables. Cuando los chalupones que reaprovisionaban el Faro dos veces al año se allegaban lo suficiente, los guardafaros arrojaban a lo largo del acantilado, y hasta tocar el agua, una red de encordadura gruesa. Era así como los tripulantes de los chalupones podían escalar el farellón, y era así como los bultos llegaban hasta la meseta. La red se combaba como una canasta, los hombres arrojaban las vituallas en la comba, y el sistema de rondanas atraía hacia la altura el extremo más bajo de la red. El desembarco podía intentarse dos o tres veces por año, en días y noches impredecibles.

Como por azar, no bien Bregante se instaló en la mesa para desayunar —al menos eso creía— el viento amainó. Pudo ver a través de las ocho ventanas que la niebla, prosiguiendo su asedio, había adelgazado un tanto, de tal modo que le fue dado observar la forma y la superficie de la roca que se acaba de describir (aunque es probable que tal descripción no corresponda a la realidad). José quería salir al exterior inmediatamente, pero como Skaldaspillir merendaba con gran circunspección, desistió, retrasó su proyecto, y escanció café en el gran tazón de porcelana adornada con flores grises que Ari había colocado en su puesto. No cesaba de escudriñar por los esféricos ventanales, pero en el momento mismo en que cogió su taza, contuvo el aliento.

"Mi vida parece repetirse inexplicablemente" —pensó—, ya he bebido café en este tiesto antes de ahora. Y pensándolo bien, he llegado antes de ahora al Faro. Por eso es normal que una carta autógrafa mía se halle entre otros papeles, en los cajones del escritorio de mi cuarto. Antes yo he estado aquí, he encontrado a Skaldaspillir, he montado la guardia. Pero sólo recuerdo una escalera en espiral y no dos como en esta circunstancia. Y entonces, ¿cómo pude haber estado aquí y no guardar en la memoria sino fragmentos de esa visita? ¿Cómo pude venir y no haberlo inventariado todo antes, encontrarme al volver con cosas que no vi en el pasado? Cosas que desconozco enteramente. ¿Por qué razón ignoraba hasta hoy la existencia de María Parabellum?

"¿Por qué ese nombre lo siento resonar en mí y sin embargo no puedo asociarlo a ninguna cara, ninguna pierna, ninguna mano, ningún sexo conocido."

Sumía la mirada en la vastedad brumosa del océano adscrita a desconsoladas honduras. Se hallaba lejos en pensamiento. Le pareció que alguien hablaba. Sin moverse de la silla retornó como un soplo.

—El Norte es el padre, el hijo es el Sur —decía Ari Skaldaspillir, mientras engullía un portentoso bocado de atún untado en aceite. En ese momento al menos no lo aureolaba la extravagante luz que se le había pegado a la cara en el curso de su representación teatral de las horas anteriores. (Representación que desarrolló galanamente, excluyendo toda interjección, cosa que no era en él una costumbre.) El cambio de luz —pues de algún modo la calidad de la luz había cambiado— lo marcaba bestialmente. Parecía envejecido. El cabello desgreñado no brillaba con la misma fuerza mágica ni el intenso resplandor que habían cautivado el interés de Bregante en horas anteriores. Dos bolsas inmisericordes cernían sus ojos azules, y sus ojos azules miraban torvos, velados por una mortaja conjuntiva de gasa sanguinolenta. Ambos masticaban su pescado y sus galletas apenas observándose de reojo, muy al pasar, evitándose por alguna razón que ninguno deseaba analizar en aquel momento.

—Así es: Norte y Sur, padre e hijo —repitió Ari con un ademán sonámbulo. Alzándose, fue hasta el rincón donde habían instalado un televisor, y a su lado, un equipo estereofónico para reproducir discos y bandas magnéticas. Fue una banda magnética lo que escogió Skaldaspillir. Apretó un botón, luego otro botón y volvió para sentarse frente a su poción de cafeína. Tras algunos segundos escucharon el acorde de cierto instrumento de cuerdas, probablemente un laúd, sobre el cual se levantó, desplegándose, el inconcebible, el álgido, el perturbante palpitar de una voz de mujer. José estimó, tras contener el golpe de su emoción primigenia y oír las primeras medidas, que el registro correspondía al de una mezzosoprano. Ari, inmutable, tragaba más atún, más galletas y más café, pero ambos estaban mirando la mesa. La voz ascendió lentamente y multiplicó sus resonancias golpeando en los muros desnudos. Cantaba en un idioma desconocido para José, aunque probablemente familiar para Skaldaspillir, porque ahora su rostro variaba de expresión en forma constante tras cada resolución de las estrofas. La canción hizo amago de comenzar como un canto gregoriano, escuchándose sólo la voz tras el primer acorde de situación tonal. En seguida se añadieron un corno y el laúd. José experimentó una sobrecogedora emoción, próxima a la sobrecogedora emoción del orgasmo, y ciertos dedos fríos le recorrieron la espalda tibia, descendiendo impetuosos hasta el coxis.

"Voz insondable —pensó—. ¿Quién canta con tan mortífera eficacia?"

—María Parabellum —respondió Skaldaspillir, mirándolo a los ojos como si hubiera escuchado su pregunta.

—¿Quién?

—María Parabellum.

José Bregante escondió la cara tras la enorme taza de café fingiendo beber sin atragantarse. Comprendió de un modo muy vago todavía que ninguna de sus emociones debía aflorar a la superficie y ser percibida por el otro.

"Es el secreto de la sobrevivencia —continuó pensando, mientras hacía esfuerzos para tragar, solapado y contrito, abrumado por este crucial conjunto de asedios que le estaba flagelando el entendimiento desde todos los ángulos y con todos los látigos—: Así pues, ella canta. ¿Qué canta entonces? ¿Cómo averiguar qué es lo que la maldita está cantando?"

—Una balada acerca del fantasma del Faro de los Evangelistas —informó Skaldaspillir, señalando con un movimiento de cabeza hacia la región de procedencia de la canción: —Se titula *El desorden en un cuerno de niebla*.

Entonces le pareció oír de nuevo, con absoluta precisión, la risa distante, un poco ahogada, atormentada por un gran dolor, de una mujer. Esta risa no procedía de la banda que estaban escuchando y tampoco brotaba del interior de la canción. El moreno José enrojeció como un escolar sorprendido en falta, aunque logró conservar su reserva y acomodó a la situación un obstinado silencio protector.

"Me ve el cerebro? ¿Acaso tengo el cuesco transparente?"

Tragó un nuevo sorbo de café. La voz describió una parábola para concretar otra modulación a la tonalidad inmediatamente superior. Fue entonces que se fundió de repente y por completo con el sarcástico mugido del cuerno de niebla instalado en la parte más alta del Faro. Un terror cósmico se apoderó de su corazón: la canción y la voz del cuerno de niebla encajaban perfectamente armónicas. Espió la máscara púrpura y velluda de Ari, pero ella, como las máscaras no sometidas a luces y sombras particulares, no había cambiado de expresión. Observaba en cambio una púdica reserva, distante y casi objetiva en relación con las emociones que pudiera injertarle en el espíritu la voz que inundaba el octaedro.

—Nunca leí nada sobre fantasmas en el Faro de los Evangelistas —observó José Bregante Lúcido informalmente.

—Una canción no es una afirmación, una constatación

o un reportaje —recordó Skaldaspillir muy doctoral—, una canción es el sollozo del sueño, es el estertor del soñador. Los fantasmas pululan en los sueños como los gusanos en un cuerpo muerto, pero la canción se yergue y te penetra a causa de que está compuesta por un tanto de música y un tanto de poesía. Y sabes perfectamente bien que la poesía es una erección del sueño.

—¿Pero por qué el Faro de los Evangelistas y no este Faro?

—Primero, aquí no hay fantasmas. Segundo, aquí nadie ha soñado jamás. Los espíritus que habitan este Faro son espíritus insomnes. Por ejemplo yo mismo, y en consecuencia mi espíritu, dormimos tarde, mal y nunca.

—Muy bien —José admitió las palabras del otro con aquiescencia— pero ¿quién trajo esta banda con una canción sobre fantasmas cantada por una mujer que dice llamarse María Parabellum?

Ari Skaldaspillir en persona.

¿Comprada en un mercado? ¿Sustraída de un escaparate? ¿Robada tal vez a un coleccionista? ¿Encontrada sin duda en una caja de zapatos abandonada por azar en los muelles de Utsavalipak?

—Es un simple regalo, un regalo de María Parabellum.

José vaciló, según creyó escribir alguna vez, antes de musitar como una confirmación:

—Luego existe.

—Espiritual y carnalmente.

Guardaron un efímero silencio pero Bregante arremetió casi en seguida a causa de su creciente desasosiego, librando una de sus inenarrables reflexiones:

—¿Cómo puede dormir con ese nombre?

Y Ari:

—Quizás no duerme —dijo.

Pero la vacilante metáfora intimista de José Bregante Lúcido tuvo la virtud de sorprender a Ari Skaldaspillir, por lo que se vio obligado a confesar:

—Es tal la intensidad con que la recuerdo que ella ha optado por habitar efectivamente el Faro.

—Qué duda cabe. Al menos su voz lo hace.

—La memoria, Bregante, tiene un poder terrible. Cuando ella evoca, y sobre todo, cuando evoca frenéticamente, con terror de haber olvidado, termina por proyectar el acontecimiento en el lugar donde se desenvuelve la acción de la evocante contrariedad, del desapacible acontecimiento. En el presente caso, el acontecimiento se llama María Parabellum.

La voz había comenzado otra canción. Sugería un soneto musicalizado de un modo melancólico y zurcido por el metálico lamento del laúd. Se había agregado un cello y se había suprimido el corno. El efecto intimidaba. La intimidación que desliza en el corazón del oyente es, en una obra de arte musical, la primera medida de su grandeza. El cello multiplicaba prodigiosamente ciertas resonancias propias del grave registro de María Parabellum. La música resplandecía entonces hasta tal punto que José no tuvo más remedio que interrogarse en dos ocasiones acerca del desolador contenido, traducido en palabras como éstas, que creía recordar de algún modo:

He enterrado mi casa en su propio patio
Mi caballo en su estribo
Mi perro en su ladrar furtivo
Y he escrito encima: *Mors ultima ratio*

He sepultado mi padre en su ombligo
Mi amiga en la oquedad de su cuaderno
He acomodado lo violento y lo tierno
De todas estas muertes untándolas conmigo

He enterrado por fin en mi zapato un camino
En su médula mi osamenta
Todo el espacio estelar en un único astro intrauterino

He embutido su barco en el ojo de la cerradura
Y me he dormido al fin bajo una noche de mangas harapientas
Abandonada bocabajo sobre mis sepulturas.

—¡Pero este es casi el soneto leído por su padre con la cuerda al cuello! —exclamó asombrado. Ari, rellenando todavía su grandiosa taza de café, ignoró este aparente descubrimiento.

—En otro de sus textos canta la historia de dos fareros abandonados en la alta mar de su faro, que se fueron a las manos una noche de tormenta. A causa de la riña descuidaron la vigilancia de la luz, y la luz se apagó. Y a causa de la extinción de la luz un barco se estrelló contra los arrecifes próximos. Sobrevivieron muy pocos navegantes. Alcanzaron el Faro aferrados a los maderos flotantes o a horcajadas sobre barriles provistos por el naufragio.

"Descubrieron a los fareros durmiendo la más rotunda de sus borracheras después del descomunal combate, que uno de los náufragos, más sabio que los otros, asimiló al combate de *Los Mobinogión*. En efecto, era el primero de los días de mayo. Mataron a uno partiéndole la cabeza con un hacha. Al otro lo ahorcaron en lo alto de la gavia atándole las manos a la espalda con alambres de púa. Desde entonces nunca más volvió a encenderse la luz del faro y los barcos cambiaron de rumbo para evitar los mortíferos arrecifes y también el olor de la muerte que parecía habitar en los parajes próximos llevada y traída por la lengua del viento.

José lo estaba escuchando apenas (y cuán poca razón tenía). Tascaba su multiplicado freno, su cuádruple impaciencia, el creciente fragor de sus interrogantes sin respuesta. ¿Cómo plantear toda la cuestión sin herir susceptibilidades y, más que nada, sin transgredir la regla pactada con referencia al muerto? ¿Cómo pedir explicaciones sobre el nombre de la cantante, trazado en una hoja de papel, oculta en un cajón del escritorio del cuarto del otro (ahora suyo), y más que eso, escrita con su propia caligrafía? ¿Cuál había sido la relación real del otro con María Parabellum? ¿Fue Skaldaspillir el que trajo la banda magnética o era Skaldaspillir sólo el heredero de la banda? ¿Existía María, y, si realmente existía, cómo se llamaba el puerto donde había establecido su morada? ¿O era un invento de Ari? ¿En ausencia de ambos —Ari y el desaparecido —para quién cantaba? ¿De dónde procedían las canciones? ¿Cómo registraba sus bandas? ¿Quién la acompañaba en laúd, en corno, en cello? ¿Por qué un farero no podía vivir con su mujer en el faro, y si podía, si ello le estaba permitido, por qué Skaldaspillir no la condujo derechamente al Faro, en lugar de tragarse día con día la inquietud de su ausencia? ¿O acaso, como Mebd la Celta, Parabellum no vivía un solo día sin un hombre en la sombra de otro? Entonces, ¿eran todos los hombres de María Parabellum una sola y única sombra? ¿Tenía ella el poder de persuadirse a sí misma de la legitimidad de tales substituciones? ¿La colmaban? ¿No tenía más remedio que aceptarlas? ¿Estaba él celoso del desaparecido que escribía cartas de amor inconclusas a María Parabellum? ¿De Skaldaspillir, que disponía de un registro de su voz viviente? ¿Se encontraba también en camino de convertirse en una de las lóbregas sombras substitutivas? ¿Cuándo? ¿Cómo? ¿Dónde? Y lo más extraño: ¿por qué Ari Skaldaspillir no reconocía el soneto leído por el capitán Triggvason el día de su ajusticiamiento en el Patio del Almirantazgo de Utsavalipak?

Atisbó furtivamente la caparazón facial de Skaldaspillir: aquel permanecía silencioso, engullendo aún mientras escuchaba con aparente displicencia. Como un cazador taimado, José quería capturar en ese rostro un signo particular que le adelantara las señas conducentes a sus días venideros, un sólo rasgo tirante que le revelara las intenciones ocultas del formidable contractor de sus mandíbulas trituratodo. Pero Skaldaspillir el Viking, el airado despojador de la poesía de los escaldos, el rubio anfitrión de barba púrpura y grandes manos amenazantes, el de los ojos azules y la mirada turbia, el agorero, el violento, el vagabundo amante inmerso en la niebla de puertos perdidos, esperó correctamente que Parabellum concluyera su canto funerario. En seguida, preparó el pesado ambiente para una de sus locuaces greguerías, esforzándose por recitar dos versos que parecían corresponder a una paráfrasis de CH.L.D. Carrol, con la boca llena de atún y la comisura de los labios empapada en aceite. Incluso, por momentos, su voz ronca, de bajo profundo, cantaba la frase, frase que José no comprendía, pues creía que nada tenía que ver con sus múltiples preocupaciones. Y el otro lo miraba socarrón y proseguía repitiendo letánicamente, como si el día le fuera benéfico y la noche plácida:

Te estamos soñando, Licorna:
apenas despertemos morirás.

De una probable disolución de la personalidad

—¡El rayo es el mismísimo esperma de Dios!

La interjección arrancó poco a poco al durmiente de lo que supuso un sueño muy tenaz. Por un instante el grito brusco continuó resonando en sus oídos, y sobre todo, en la oquedad acurrucada de su espíritu, muy al fondo del cual comenzaron a parpadear con prudencia los primeros vagidos conscientes. Creyó que oía retumbar un estruendo fragoroso y sólo un momento más tarde adquirió la convicción de que era exactamente así. A través de los párpados, en forma simultánea, cierta vivísima luz, repetida a intervalos regulares, le hería los ojos. José Bregante Lúcido movió la cabeza pues tuvo la convicción de que una atroz pesadilla lo había hecho su presa. Además el mundo entero parecía remecerse y crujir.

—Ari —susurró—, Ari Skaldaspillir.

Dos voces diferentes penetraron por su oreja derecha, en ordenada sucesión, y diciendo, la una después de la otra, lo siguiente:

—Entonces, el trueno es el sonido del mismísimo orgasmo de Dios.

—Por fin despierta. Óigame: le queda poco tiempo ya para hacerse humo.

Una mano dura le estaba tocando el pecho como si golpeara en una puerta. La mano abundó con fuerza remeciéndolo. José entreabrió por turno los ojos, primero el derecho, luego el otro. Con ambos vio lo mismo: el semblante arrugado del capitán del barco que lo había dejado días antes en el Faro.

—¿Qué pasa? —preguntó incorporándose.

—Nada, hombre, nada. Se agarró una borrachera de doble ancho y sin costura.

—Venga a tomar algo caliente.

—Yo no he bebido, capitán.

—¡Carajo, caballero! Lo he visto con mis propios faroles, y por lo demás, eso está muy bien. Venga.

Al lado del capitán se hallaba parado otro tipo que le sonrió y lo tomó del brazo.

—Yo lo ayudo, caballero, la cantina está aquí al lado.

—Un café me hará bien —admitió Bregante— pero le prevengo, capitán, que yo no puedo estar aquí, sobre su barco, pues ya nos hemos despedido y he partido. O mejor dicho, me he quedado y usted ha partido. Estoy en otro lugar ahora.

—¿Qué otro lugar, hijo? —murmuró el capitán con aparente inquietud.

José pestañeó. Sus ojos fulguraban de asombro.

—El Faro. Usted lo sabe perfectamente. Su misión era conducirme al Faro.

—Quizás sea la fatiga del viaje, lo comprendo muy bien. Estamos completamente de acuerdo. Sólo que mi misión es conducirlo al Faro, pues todavía no lo he desembarcado allá, y eso es lo que estoy haciendo, ¿me comprende?

Los tres hombres guardaron silencio pues la situación no resultaba fácil para ninguno.

—Entonces a lo mejor lo he soñado —aventuró José—, ha sido un sueño absolutamente delirante, ya que he conocido gente, he escuchado historias y canciones.

Miró en torno y recorrió la cubierta del barco con pupila perpleja. Olas muy altas lo zamarreaban. Había niebla y lluvia y con mucha frecuencia restallaban los relámpagos y se desgarraban los truenos. José recordaba estas olas, pues creía haberlas ya visto —y palpado en la práctica— no hacía todavía muchas horas. Volvió a revolotear en su cabeza la desagradable impresión de estar reviviendo ciertos instantes de su vida inmediata. Aunque admitía que no todo era idéntico.

Siguió a los dos hombres de mar, abandonando de un salto la hamaca que ocupaba, tras el amparo roto de una toldilla. Los tres penetraron corriendo en el bar para escudarse bajo el techo. Continuaba lloviendo.

—Lo mejor para este hombre será un carajillo —dijo el capitán al mesonero— y al resto inyéctenos la medicina de costumbre.

José recibió un buen vaso de café con coñac. El capitán estaba ahora sacudiéndole el codo.

—En media hora nos pondremos al pairo del Faro —informó—. ¿Cómo va la resaca?

—Perfectamente.

—Flor. Después del trago vaya a preparar su equipaje. Yo le explicaré en seguida cómo vamos a proceder para arrojarlo a tierra.

Preguntó José:

—¿Está listo el helicóptero?

El capitán y el otro se miraron atónitos. Bregante agachó los hombros y sintió de nuevo que meaba fuera del tiesto. Pero la verdad es que no lograba situarse, no podía comprender.

—Le he oído mal —aseguró el capitán, resolviendo el problema en forma práctica al allegarle una oreja.

—¿No me enviará allí en helicóptero como la otra vez?

—Usted está divagando todavía, muchacho. Nunca, en memoria de ningún hombre escapado a gatas de entre dos respetables nalgas, un helicóptero se ha acercado siquiera al Faro. ¿No ve acaso la lluvia, los rayos, no oye el viento, no siente los truenos, las olas? ¡Sálgame un rizado pendejo femenino en la sabrosísima sopa si miento! Por lo que veo, usted no ha visto el mar ni en pintura.

—Quizás lo estaba soñando —repitió José en tono de excusa, sacudiendo desolado la melena— no sé qué brebaje me ha dado para tener una pesadilla de este porte.

—¿Quiere que se lo diga? —Era el mesonero que terciaba ahora sumándose a los dos coloquios, pero José declinó ceñudo. Palmeándole el hombro, el capitán añadió con acento paternal:

—Si yo le enviara allí en helicóptero, perdería dos hombres, usted y el piloto, más la máquina. Pero no hay helicóptero en este barco, no ha habido nunca ni habrá jamás, pues es un barco encargado de la conservación de las balizas y del avituallamiento de los faros en estos saltarines mares de esta saltarina región. Tampoco hay piloto de helicóptero, por si se atreve a preguntármelo. —Atajó toda interrupción con una mano y dijo: —Lo estoy viendo venir.

Encarándolo directamente añadió esta pregunta:

—¿Quién es Ari Skaldaspillir?

José vaciló acurrucándose a la defensiva por dentro.

—¿Por qué?

—Porque usted acaba de nombrarlo cuando resucitó.

—No puedo decírselo, capitán.

—¿Pero usted sabe que así se llama el otro farero, el que lo espera, el que será su única compañía en varios meses?

José bebió su alcohólico café antes de responder. Dijo entonces:

—Afirmativo.

—¿Y cómo lo sabe?

—Nos conocemos, me lo ha dicho varias veces él mismo.

—¿Él se lo ha dicho? ¿Puedo saber en qué circunstancias?

—En el Faro, donde usted mismo me llevó ya no sé cuándo.

—¡Pero si nunca ha estado usted en el Faro!

—Es su problema. Si yo no hubiera estado en el Faro, no podría conocer el nombre de Ari Skaldaspillir.

El capitán refunfuñó arrugando el ceño y haciendo girar la gorra entre las manos.

—Pues ha tenido una pesadilla premonitoria —reconoció—. Una pesadilla premonitoria es lo único que puede explicar este misterio.

Le pidió que preparara el equipaje. José partió pero regresó al cabo de algunos minutos con las manos casi vacías.

—No llevo equipaje, capitán, todo lo que tengo es esto.

Le mostró dos guantes de goma y una gorra de lana gruesa, del tipo pasamontañas. El capitán comenzaba a ofuscarse de manera visible. Dio dos o tres pasos junto al mesón y luego vació su copa de un tal trallazo, que el líquido, al irse adentro, pareció resonar en algún punto de la ciclópea cueva que la naturaleza había tallado en el fondo de su paladar.

—¿Puedo saber cómo vivirá seis meses con una gorra de lana y un par de guantes?

—Debe haber allí un equipaje que me está destinado —cavilaba Bregante, también muy incómodo—. La verdad es que no me atrevo a asegurar si embarqué mis pertenencias o ellas me serán enviadas más adelante, pero he soñado que todo lo mío ya está en el Faro, y que yo mismo lo he dejado allí. ¿Quiere escucharme, capitán? Tengo una enorme confusión. Es como si diversos sucesos me estuvieran ocurriendo dos o más veces casi de manera idéntica, y que a estos sucesos se añaden otros nuevos que no he vivido nunca. Pero voy a decirle algo peor —se volvió para mirar al capitán en plena cara—: Cuando estaba soñando, al interior del sueño tuve también la misma impresión. Dos o tres veces soñé que me estaba diciendo: esto lo conozco, esto lo he visto antes, lo he vivido antes. Oí decir en alguna ocasión que el empleo de determinadas hierbas produce en el cerebro una confusión como la mía.

—Puedo jurarle a usted que no se ha movido de mi barco ni de día ni de noche. Hemos recalado en un puerto ayer por la mañana y usted no quiso descender a tierra, incluso por algunas horas, pese a que le previne que era el último puerto que tocaríamos antes de alcanzar las inmediaciones del Faro. Es decir, el último puerto que usted tendría la ocasión de beberse al menos en el próximo medio año. ¿Estamos claros?

—Oscuros —respondió José.

Muy delgada, muy lejana todavía, llegó a sus oídos la voz del cuerno de niebla. La reconoció en forma automática, pero omitió hacer mención de ello al capitán, pues las cosas estaban ya lo suficientemente complicadas como para insistir con nuevos elementos perturbadores. El capitán estaba comandando otra corrida al mesonero. Se volvió diciéndole:

—¿Tiene usted alguna experiencia en Faros?

"¡Otra vez! Lo está preguntando otra vez!" pensó Bregante con un resabio de angustia en la garganta. No obstante bebió, en apariencia calmo, y dijo, repitiéndose también:

—Precisamente no.

—Pues la adquirirá usted con cierto pago de su persona —observó el capitán, sin percatarse que ya había formulado la misma advertencia en otro momento. Acto seguido le endilgó todo aquello que José recordaba acerca de lo físico y lo psíquico. Preguntó por supuesto cómo iba su psiquis y José respondió que correctamente. El uniformado se vino entonces con el otro párrafo acerca de la convivencia en el mar, el hombre débil, el hombre fuerte, la paranoia, las cosas imaginarias, los peligros aparentes, las fuentes de amenazas, las amenazas reales, hasta rematar con el comentario acerca de las circunstancias en que habría desaparecido el otro guardafaros. Entre los sonidos de su perorata José Bregante Lúcido continuaba escuchando la voz sombría del cuerno de niebla, pero el capitán, muy enfrascado en sus explicaciones, simulaba no oírla, hasta que finalmente, interrumpido por el estruendoso lamento, elevó un dedo en el aire y le gritó:

—¡Ahí está el cuerno de niebla! ¡Embárquese ahora mismo en uno de los chalupones!

Sobre la cubierta el agua barría todo a su paso impulsada por salvajes vientos.

Los rayos iluminaban aquello que parecía una madrugada pero también un crepúsculo. El fragor de los truenos, muy repetidos, hacía casi imposible la conversación. Dos chalupones estaban descendiendo desde sus respectivos gavietes. José estrechó la mano del capitán, hizo un sobrio ademán de despedida al segundo de a bordo, acomodó el pasamontañas sobre su cabeza, enfundó las manos en los guantes de goma, y a trastabillones y encontronazos, logró caer por fin en el fondo del bote. Allí lo esperaba media docena de marineros y otra media docena ocupaba la embarcación contigua. Las quillas chocaron contra las olas y los cables fueron desamarrados. Los motores rugieron. José se vio impulsado de repente hacia una estopa húmeda y revuelta a través de la cual nada era perceptible. Avanzaron en formación durante diez minutos. De un solo golpe vio encima de su cabeza el ojo giratorio del Faro rasgando la semipenumbra lechosa.

—¡Por ahí anda! —gritó elevando el brazo.

—Eso es lo que usted cree —le contestaron los marineros, casi como un coro.

—¿Qué cosa creo?

Uno dijo:

—Mire, gancho: ni usted ni nosotros estamos acá. Métase eso en la cabeza. Nosotros somos un invento suyo y usted es un invento de nosotros.

—Yo no he inventado a nadie —dijo José fríamente, pero después guardó silencio para evitar la discusión. Creyó que todos estaban borrachos.

Modificaron un poco el rumbo. La lluvia les golpeaba con fuerza en pleno rostro hasta hacerles sentir en profundidad la acerada condición de sus frías agujas. Aquello corcoveaba de una manera soberbia. José percibía encima del mar una mortaja azulosa, en contacto con la cual se entrecruzaban, una sobre otra, y en todas direcciones, largas, anchas y potentes, tumultuosas y amedrentadoras estampidas de agua. Aferrados con terquedad a los maderos y cuerdas, a lonetas y a hierros, los marineros conducían impertérritos sus esmirriados botes sobre esa grave forma del mar que José creía no haber soñado todavía, pero de la cual tenía un porfiado recuerdo. Incrédulo lamía sus labios empapados de yodo y sal, y un intenso olor a yodo y sal, que sólo aquel océano despedía como un signo, le embargaba el olfato entusiasta. Tal encabritamiento de las costumbres del agua produjo en su espíritu una milenaria asociación de ideas proferidas dos mil quinientos años antes:

—Hecatombe de toros y corderos —dijo quedamente, imaginando sin saber por qué, que este mar descabellado, estos rayos y estos truenos eran la perfecta ilustración sonora y móvil del festín homérico. ¿Pero había leído él a Homero? Lo recordaba como para citarlo textualmente? Como un relámpago le vino al espíritu la primera gran duda de su vida.

—¿Quién piensa todo esto por mi cuenta? ¿Quién me mete en tales situaciones y me sumerge en tamañas asperezas?

Entonces vio surgir con lentitud el áspero perfil del islote en mitad del áspero perfil de la bruma. Visto desde el agua era más impresionante que visto desde el helicóptero, aunque el Faro sólo podía distinguirse por la base, pues a causa de la neblina, toda la parte superior quedaba fuera de la vista. De cualquier modo, el ojo giratorio del Faro resultaba siempre visible.

El hombre a cargo del timón de su lancha disparó un bocinazo largo y una linterna de intensa luz roja respondió alta, desde el borde del acantilado. Aminoraron la velocidad.

—¿Ve la red? —le preguntaron gritándole.

—¿Qué red?

—Esa que cuelga allá, a lo largo de la roca. Allá, en el farellón.

José miró aguzando el ojo y por fin la encontró.

—La veo —dijo.

—Flor. Usted mismo ayudó una vez a colgarla ahí. —Sin permitirle la menor palabra siguió diciendo: —Nos pondremos al pairo y nos acercaremos poco a poco de costado. Usted se parará aquí y se afirmará en dos de mis hombres. Cuando yo le grite: "¡Ahora!" salte y cuélguese de ella tratando de escalarla unos dos metros. ¿Me está comprendiendo?

—Cabalmente.

—El tipo que está allá arriba, con el anorak rojo, curvará la parte baja de la red para que si usted resbala, caiga en la comba del vientre escondida y no sobre las rocas y las olas. Entonces se me va despacito para arriba y el otro irá recogiendo la red. Él le dará las instrucciones. Más claro cagan los patos.

—Sí, claro.

—Buena suerte, gancho. No tenga miedo que la red es gruesa y no hay cómo pifiarse. —Y agregó con sorna: —Además, usted ya está arriba.

Le dio la mano y acometieron la operación. Diez minutos más tarde José Bregante Lúcido trepaba agarrado a la red como una delgada araña lánguida, mientras en lo alto un hombre, cuya cara estaba recordando ya, le miraba hacia abajo con atención expectante y combaba poco a poco la red para evitar que en caso de pifia, como dijera el otro, perdiera apoyo y cayera entre los bestiales remolinos espumantes que maceraban las rocas. Ambas lanchas parecían haberse marchado, porque miró atrás, abajo, y no vio nada atrás, abajo. Ni siquiera hicieron resonar sus bocinas. Más allá de la niebla el barco parecía haber hecho lo propio pues no divisaba sus luces.

Ari Skaldaspillir lo agarró por el guante derecho y le pegó un tirón atrayéndolo hacia la superficie rocosa, que creyó recordar con precisión, aunque ahora no había pista de helicóptero. El otro terminó de embobinar la red accionando el gaviete y amarró la palanca. Después se volvió para mirarlo con rostro inescrutable y hacerle justo la pregunta que estaba esperando, en mitad de su mojada resignación y en el extremo mismo de su no comprender:

—¿Dónde diablos te habías metido? —le dijo.

De la responsabilidad intelectual de lo imaginario en trance de escritura soñada

Estaba sentada en el borde del camastro, los pies colgando, los ojos cerrados, cuando alguien empujo la puerta.

—Dos hombres comparten mi sombra en la mitad del mar, Yonalda Vutamapu. No me tienen amarrada, no me ven, pero me han presentido. No me tocan, pero ya me reconocen, y reconocen en mi cuerpo el aroma de los almendros que florecen sobre las colinas de Utsavalipak, en el Túmulo de los Vikings. Han comenzado a amarme pero de manera imperfecta, en ánimo de disputarme como una manzana o un trofeo, y a causa de esta disputa de mi sombra, de mi aroma, del siseo de mi camisa suelta, ambos están mirando siempre la panoplia de los treinta y tres cuchillos. Uno cree saberlo todo de mí, el otro cree no saber nada. Uno ha inventado mi voz y me ha hecho cantar una vieja canción marinera que mi padre trajo de Reykjavik. Ninguno de los dos puede descifrar el texto. Estamos los tres en un Faro que vimos en la noche de alta mar, Signy Huld y yo, con sus luces apagadas y su sórdida historia de fareros muertos. El Faro —me lo dijeron entonces— se alza sobre un alto peñón de superficie plana. En esa superficie hay huecos repletos de agua clara, y en uno de eso huecos escondí mi zapato derecho, la tarde en que ejecutamos al verdugo de mi padre en el borde norte del Pantano de Hossegor, un sátrapa llamado Augusto Aciago de las Fosas, cabeza de Gobierno en

Utsavalipak. El zapato es negro, de caña un poco alta, y está manchado con sangre, pues para huir pasé a la carrera sobre los cuerpos acribillados de los jóvenes escoltas muertos por su ceguera. Pero el Pantano de Hossegor está cerca del mar y algunos pescadores que oyeron las ráfagas de metralla y el estampido de las granadas, se acercaron a mirar. El coche se empantanó y los otros tuvieron que empujarnos para que pudiéramos salir, ayudados por los pescadores. Y puedes creer, Yonalda, que uno de ellos, pobrísimo, analfabeto, aprendió de memoria mi placa de inmatriculación y cuando lo interrogaron la recitó sin olvidar un sólo número. El pueblo es a veces un abismo sin fondo. Otro recogió del fango mi Kalachnikov, que yo no había podido recuperar, y en lugar de entregármela, la ocultó para sí. Yonalda Vutamapu, no permitas que ningún pescador sepa que duermo.

—María, aquí no hay pescadores.

—Pero yo siento el mar debajo de mi cama.

—Tu inventas tus propios mares y mareas debajo de la cama, y te será útil no inventar pescadores. Ponte bocabajo. Es la hora del dolor pequeñito.

—Ay, Yonalda, creo que escribo, sueño que escribo, pero no sé por qué escribo ni sé lo que escribo. Es un gran desorden esto, y yo he sido metódica hasta cesar de aliento. ¿Puedes decirme la hora?

—Las seis. Te acabo de pinchar.

—Han sonado sólo dos campanadas.

—Cuando suenan dos campanadas es que son las seis.

—¿Se ha ido ya?

—¿Quién se ha ido?

—El joven caballero de armadura. Dormía sobre el jergón del cuarto vecino. Sangraba del pecho. Tenía en la mano su yelmo adornado por dos plumas, una negra y una roja, que confundí con los símbolos de la noche y del día. Dímelo: ¿se ha ido?

—Eso, mi niña María, resuélvelo tú misma. Eras tú la que dormías mientras su caballo pastaba cerca de tu cama.

—¿Caballo? Nunca nadie me ha dado un caballo.

—Los caballos no se dan, se inventan. Son la prolongación de los jinetes que vuelan, para que las botas de los jinetes toquen la tierra, para que la sangre de los jinetes sienta la tierra a través de la estampida de los cascos calientes.

María calló y Yonalda estrujó el agua de su frente.

—Nunca había imaginado la altura de los caballos.

—El caballo es la alianza, un rápido anillo por el que pasan las corrientes entre la cabeza desbocada y la tierra quieta. No vengas a jurarme que no lo sabías.

—No, no lo sabía. —Y después: —Así es que los caballos tienen en verdad una razón de ser.

—Sin caballos la historia sería muy lenta, Parabellum.

De un zapato sin par y sin pie.
De la presencia de María Parabellum en el azogue de un ojo de agua de mar

Cumpliendo las órdenes de Skaldaspillir, José llevaba puesto un anorak amarillo. Junto a la puerta del Faro, antiguos fareros habían embutido un grueso aro de hierro. Al pie del aro yacía un rollo de cuerda impregnada de aceite negro, con un gancho en cada extremo. Estaba provista también de un cinturón de fibra metálica, con maciza hebilla y una argolla a la altura de la cadera derecha. José enganchó el extremo de la cuerda en la argolla embutida contra el muro, y el otro extremo en la argolla de su cinturón.

—Para evitar que el condenado viento y el grosero mar te lleven cuando trabajas afuera —explicó Skaldaspillir con su estilo de ventarrón.

José recogió las bolsas con basura, acumuladas en el curso de la tormenta, y endilgó sus cautos pasos hasta el acantilado. Los huecos llenos de agua salobre abiertos en la piedra ofrecían seguros puntos de apoyo para una andanza matutina (porque Ari sostenía que acababa de amanecer y en consecuencia comenzaba el trabajo). Arrojó las bolsas, cuyas bocas ató con cordeles, al mar retinto y sucio. Las bolsas flotaron un instante en la cresta de la resaca y desaparecieron. José Gozante Plácido probó la resistencia de la cuerda tensándola un poco. Satisfecho, en lugar de retornar al Faro, abandonó el reborde y caminó sobre la roca, manteniéndose fuera del alcance provisorio del agua. El mar resplandecía agitado, como de costumbre, pues era a no dudarlo un mar potro, aunque, en ausencia del viento, los bandazos del oleaje trepaban apenas por la gradiente. Respiró el aire fresco, puro, yodado. Su olor era salobre. Escuchó, distante, la voz de María Parabellum que se filtraba a través de la puerta entreabierta, y su corazón volvió a sentir la extraña comezón amarga que despierta entre nosotros lo indescifrable.

Porque él no comprendía el sentido del texto. Esas palabras escogidas le sonaban llenas de significados ocultos, de mensajes poéticos, como una ruptura de cáscara. Él hubiera dado pulgadas del propio tiempo de su vida por saber. Pero era inútil, pues seguramente Ari tampoco comprendía nada, aunque lo fingía. Instalándose entre dos rocas, rozó con las yemas de los dedos el fondo del agua quieta, procurando que esa suave textura le llegara hasta el cerebro. Sospechó de repente que la textura variaba, encrespándose, y aguzó el ojo. En efecto, halló un manojo de algas casi microscópicas, que apenas distinguía, incluso mirando de muy cerca. Pensó maquinalmente que las afirmaciones de Ari acerca de la ausencia de vida en ese punto del planeta carecían de todo fundamento. Pero, ¿cuándo había formulado el otro tales observaciones si él acababa de llegar? El hecho era que si las algas crecían en la roca, debajo de la superficie del mar la vida obviamente pululaba. Se acostó mirando desde el borde del acantilado, hacia abajo, y al cabo de un momento vio una pequeña centolla que se deslizaba por una peña hasta que una ola la arrastró. Algas y crustáceos. Esto cambiaba todo. Esto confirmaba todo. Una de las características de la vida es su porfía, su conmovedora capacidad de adaptación al medio más hostil. Decidió atisbar los huecos de agua quieta en la superficie del islote con la esperanza de hallar pequeños cangrejos, arañuelas de mar, estrellas anaranjadas o caracolas adheridas a las paredes de piedra. Observó varias excavaciones que servían de ánfora al agua inmóvil y formaban desorientados ojos encarando interminablemente el cielo con su órbita vacía, un cielo que no veían jamás a causa de los nubarrones, la niebla, la lluvia posesiva, la neblina lechosa, y que tan a menudo cegaban los relámpagos.

—¡Vamos a subir! —gritó Skaldaspillir señalando hacia la cúspide del Faro.

El cuerno de niebla había dejado de sonar en ausencia de niebla. La luz del Faro fue extinguida en razón de la abundancia de luz natural. El techo de nubes estaba muy alto y la visibilidad a ojo desnudo podía alcanzar tres o cuatro millas. En ese momento José mordió su labio inferior, incrédulo, para ahogar un grito de sorpresa: en el fondo del ojo de agua que inspeccionaba dormía un zapato. Un zapato solo, negro. Juzgando por el tacón y la media caña, correspondía al pie derecho de una mujer, pero nunca una presencia femenina había siquiera visitado el islote y ellos, los guardafaros vivos o muertos, utilizaban grandes y gruesas botas de goma. Este zapato, al menos, era una prueba de que alguien lo había arrojado allí. Villano y perturbador, demostraba lo indemostrable. Lo extrajo con sumo cuidado del agua, y su primera constatación fue que el zapato no llevaba sumergido así más de cinco o seis días. Es decir alguien lo había perdido, ocultado o expuesto a propósito muy poco antes de su última llegada. La suela y los rebordes estaban cubiertos de sangre. El agua fue incapaz de lavar aquella sangre. Se inclinó observando el fondo con mucha atención, pues creía que podría encontrar allí la clave de tan insólita presencia. Y entonces vio, como en un espejo, reflejado junto al suyo, el rostro de una joven cuya cabeza estaba coronada de espigas. Divisó asimismo la enorme cicatriz surcando la sien derecha de la imagen, lo que debía corresponder en la realidad que se encontraba fuera del espejo, a la sien izquierda. Comprendió que no debía moverse. Su corazón golpeaba duro. Esperaba que la aparición dijera algunas palabras. Los ojos de ésta se limitaron a mirarlo risueños, y su boca quería sonreír, aunque a causa del dolor en la sien le resultara imposible.

Pero de repente dijo en voz baja:

—Así que están ustedes soñando a la Licorna y apenas se despierten ella morirá.

—No, no, nunca he soñado a la Licorna.

—Yo los he oído cantar un verso en el cual confesaban

estar soñando a la Licorna. Aunque es seguro que ya lo saben: el soñador posee un poder de dominación, poder que ejerce contra el soñado. Por eso la amenazaron con despertarse para matarla.

—Si se trata de eso —dijo José Bergante Impúdico— yo no me despertaré, te lo garantizo. ¿Cómo dijiste que te llamas?

—No he dicho nada. ¿Pero cómo quieres que me llame? María, María Parabellum.

—Ah sí —dijo José— no debería haberlo olvidarlo. ¿Te quedarás al menos un poco más aquí que tu zapato en el agua?

—No lo has olvidado, José. Te he dado el tiempo suficiente para que lo recuerdes.

—¿Eres tú la que me das el tiempo?

—Yo. Pero no te metas en mis asuntos.

—¿Y tus asuntos son qué cosa, si puedo saber para no meterme?

—Mis asuntos tienen que ver con la escritura de un libro. Un libro de sangre, fuego, viento, tierra, mar y niebla. Hay también hombres, aunque parecen fantasmas. En el libro puedo vencer o ser vencida. Debes saber también que tanto en la victoria como en la derrota yo soy intratable.

—¿Quién te ha herido en la cabeza?

—Los mismos que te deportan periódicamente al Faro.

—Pero es que he matado, el Faro es un castigo.

—Tú has ajusticiado a un torturador que antes entregó a muchos de los suyos, José. No es la misma cosa ajusticiar que matar. —Hizo una pausa ceñuda, agregando: —Yo también he participado en una acción de ajusticiamiento.

—¿Te has visto también con Ari Skaldaspillir en el azogue de este ojo de agua de mar?

—Una vez. Como tú. Sólo me verás una vez.

—No sé que pensar. Desde un tiempo a esta parte me has llenado de confusión. No sé si soy, si voy en camino de ser, ni siquiera sé quién soy o quién quieres tú que sea. ¿Puedes aclararme el panorama?

—Ese tiempo, José, no tiene más que cinco días. Por lo

demás, yo me hago las mismas preguntas, pero hay un gran desorden al interior de este cuerno de niebla.

—¿Cinco días?

—Ahora cierra los ojos porque tengo que partir.

—¿Qué cuerno, María?

—La única manera de verme es con los ojos cerrados.

Obediente, José cerró los ojos. Temblaba de pies a cabeza. La voz de Parabellum preguntó con alguna sorna:

—¿No será que la Licorna los está soñando y serán ustedes los que morirán cuando ella despierte?

—¡Ay mi madre! —gimió la despabilada conciencia del guardafaros.

Apenas abrió los ojos descubrió que el zapato había partido. Ignoraba naturalmente que aquel negro artefacto muerto, manchado con sangre, que parecía ir y venir, fue para la categoría de su angustia el objeto primario. Desencadenó en su fuero interno una paranoia decidida a controlar el emplazamiento exacto de las cosas. Abrió en su espíritu la necesidad de vigilar los lugares reservados para cada objeto, la observación del movimiento inusual de aquellos, el peligro asociado a un misterio inminente que la ausencia de un objeto entrañaría en cualquiera de las horas por venir. Es a partir de situaciones fútiles que la mente humana construye progresivamente, pero con tenebrosa eficacia, el universo ciego de su desasosiego, su paranoia y su locura.

Del Dodecaedro, que es la cabeza del Faro, y de los mundos visibles e invisibles a partir de él

El Dodecaedro: es ésta la figura geométrica fundamental: un sólido convexo con doce caras pentagonales, el arquetipo ideal del crecimiento dinámico. Hundidos en el corazón de un profundo pasado, ciertos hombres forjaron una vez pequeños dodecaedros de escarcela. Sospechaban que esta extraordinaria derivación del Pentágono: —el Dodecaedro está integrado por doce figuras pentagonales, unidas en uno de sus lados y enlazadas en espiral. La espiral, al alzarse, las despliega en el espacio organizando una tercera dimensión—; sospechaban, digo, que bien podría tratarse de una condensación geométrica del cosmos. En consecuencia, sospecharon también que podrían llevar el cosmos en la escarcela. No es inusitado que esta clase de objetos, habitados por el misterio y el halo de un voluminoso y secreto saber, originaran operaciones mágicas. En los hombres, la tentación de deslizarse por el hueco del conocimiento, para transmutar el conocimiento en poder, es invariable. El empleo mágico de los objetos, sea a través de la manipulación, sea a través de las facultades paranormales, es una acostumbrada perversión que procede de la percepción del símbolo.

Una hora más tarde, apenas, Ari Skaldaspillir, el cercanísimo vecino de los druidas, diría que sus ancestros, mitad celtas, mitad escandinavos, asimilaban el Dodecaedro a los huevos de serpiente. Según Ari, estos huevos dodecaedros habrían sido formados con reptiles enlazándose anudados en bola. Aquello les concedería toda suerte de virtudes benéficas. No obstante previno que la asimilación del mágico Huevo Dodecaedro era fruto de un puro y preciso razonar: tanto el uno como el otro simbolizan el desarrollo del Universo.

—¡Vamos a subir! —dobló Skaldaspillir desde la puerta del Faro, señalando hacia arriba, hacia la cúspide. Estaban juntando algunos utensilios y se dispusieron a trepar. —El Dodecaedro representa la cabeza del Faro y allí se va cada mañana para asegurar la conservación de la luz.

Estaba muy locuaz. No había vuelto a repetir la pregunta inquiriendo dónde había estado José todas esas horas, días o semanas de ausencia inopinada. Al llegar a las escaleras en espiral se detuvo y frunció el ceño.

—Cada día tengo una elección y esta elección es importante —explicó—. ¿Treparemos hoy por la espiral derecha, o lo haremos por la espiral izquierda? La vieja Biblia judeocristiana observa que mirar a la derecha es mirar del lado del defensor, pues su plaza está allí. Es también el lugar en que se reunirán los elegidos el día del Juicio Final. El lado izquierdo está reservado para los condenados. Algunos comentarios rabínicos precisan que Adán fue no solamente andrógino: era hombre del costado derecho y mujer del costado izquierdo. En realidad Dios debió partirlo en dos para crear un hombre y una mujer. Todas estas consideraciones hay que tomarlas en cuenta antes de subir cada mañana al Dodecaedro. Siendo el lado izquierdo la hembra, el lado derecho, por oposición perfecta sería el macho. Ya sé que querrías trepar por la izquierda —continuó Skaldaspillir— pero deberé informarte que el cristianismo medioeval consideraba que siendo la izquierda hembra, encarnaba por ello mismo la nocturnidad y el satanismo, en circunstancias que la derecha guardaba para sí la diurnidad y la divinidad. Así, las misas negras comportan un signo de la cruz hecho con la mano izquierda, y el diablo marca a los infantes, hembras y varones, que les son consagrados, en el ojo izquierdo, con la punta de uno de sus cuernos.

—Hoy he visto a María Parabellum —dijo José.

El otro simuló no haber escuchado. Inició la ascensión por la espiral izquierda y José, el interlocutor de María, lo siguió silenciosamente. Cada uno cargaba una pesada caja metálica repleta de herramientas y de frascos llenos de líquidos diversos.

—Sobre el particular, un día te referiré con mayor detención el tema desarrollado por los celtas, de quienes, como debes saberlo ya, desciendo en línea recta —era siempre Skaldaspillir el que continuaba su monólogo, precediendo a Bregante por la escalera—: Para los celtas, la derecha es favorable, de buen augurio, y la izquierda es nefasta, de mal augurio. Aunque existen contrasentidos en todo esto: en los métodos de orientación célticos, el observador se coloca frente al sol levante, y de ese modo, el sur queda a su derecha y el norte a su izquierda.

—Entre los amerindios —dijo José— por ejemplo en el templo incásico de Coricancha, en el Cuzco, la efigie de Huiracocha Pachacámac está flanqueada, a su derecha por el Sol y a su izquierda por la Luna.

Esta frase simple tuvo la rara virtud de restablecer el silencio. Acaso para Skaldaspillir la ascensión tenía un puro valor de soliloquio. Felizmente sus reflexiones comenzaban a avivar el espíritu de Bregante. El paseo hacia la altura del Dodecaedro que era, ya lo sabía, la cabeza del Faro, parecía lento y largo, y más que nada, cansador, pues cada una de las escaleras espirales contaba 444 peldaños, por lo que se vieron forzados a descansar un buen número de veces. Pero, como creería escribirlo más tarde a Parabellum, el acto de trepar por el lomo de este caracol de hierro, evocaba en el espíritu de José un curioso cúmulo de informaciones y deducciones, cuya fuente no hallaba en su interior, lo que lo sorprendía, pues consideraba que su memoria era a prueba de balas. Si el Faro entero fue un túnel excavado entre el cielo y la tierra —imagen que creyó recordar, sin estar seguro de que fuera así, rebotaba a menudo en su conciencia tentadoramente poética— ambas escalas espirales eran la relación entre el cielo y la tierra, pues una escala puede representar el símbolo de la ascensión y del descenso, atada, como vemos que está, al simbolismo de la verticalidad. Pero la manera de subir propuesta por la forma de la escala es gradual (a causa de las gradas y peldaños). Prácticamente ella refiere una comunicación inmutable en los dos sentidos capitales, lo alto y lo bajo. Al mismo tiempo ella puede encarnar una completa simbología de la valorización. Se afirma que todo progreso en valor debe ser conceptuado como una subida. Toda subida puede ser descrita por una curva que va siempre de abajo hacia arriba. El hecho vertical —estimó José que estaba pensando— correspondería entonces al signo de lo cualitativo y de la elevación, el hecho horizontal, a aquel de lo cuantitativo y de la superficie. La conceptualización de la altura representaría así un objeto o un ser vistos desde afuera. La conceptualización de la profundidad, la misma perspectiva, observada desde adentro. En el ejercicio de las artes, la escala conforma el soporte imaginativo de los atributos ascendentes del espíritu. José estimaba haber reflexionado más de una vez en este bello conjunto de situaciones, a saber: la virtud ascencional es una, la forma de las escalas es múltiple. En el flanco de una montaña la escala se organizará a partir de pequeñas picas de hierro empotradas en la roca. Alguna leyenda de Oceanía (probablemente maorí) habla de una escala construida con flechas sucesivas que forman una cadena, la punta de una incrustada en la base empenachada de la otra, ordenándose como una larga cuerda cuyo extremo superior —la flecha originaria— está hundida en el vientre de la bóveda celeste. El arco iris es ciertamente una escala, aunque María Parabellum soñó que era una cuerda con la cual podía ser ahorcada. Escala imaginaria por inmaterial. Pero también representan una escala para la conciencia los conquistados peldaños de la perfección interior. Numerosos pueblos hicieron suya la noción de un contacto entre el cielo (la altura) y la tierra (la base). Este contacto parece haberse roto en un punto preciso del tiempo, en un momento de la eternidad que todos conservan de una u otra manera en la memoria. Es entonces que se establece la presencia de la escala como una reanudación de ese contacto. Si bien los ángeles subían y descendían por la escala de Jacob —lo que para el espíritu cristiano de José excedía los simples linderos de una fábula— los montañeses de Vietnam, los arroceros de Laos y toda la imaginería del Shintó, donde Amaterasu utiliza la escala del cielo, guardaron también en el espíritu la sombra de la escala para conservar el contacto con la sombra del estrellado prado de la altura. Los hombres de todos los rincones imputaban a sus dioses su estupenda manía de las gradas y de los peldaños. El mismísimo Buda empleaba una escala hecha de dos nagas cuando descendía del Monte Meru. Los Chamanes siberianos disponían de un abeto con siete estribos tallados en la corteza para encajar el pie, trepar y abandonar la tierra. El emperador vietnamita Minh-Hoang extendía una escala entre las nubes y tocaba la luna. Pero más de un pensador previno que la verdadera escala es invisible y que, en realidad, ella está oculta en el interior del hombre. Que toda la vida espiritual del hombre se expresa por el acto de subir, de trepar, de escalar. Se escala desde lo visible hacia lo invisible. La escala no sería otra cosa que un substituto de las alas para el hombre, despojado por largo tiempo de la prerrogativa de los vuelos. No obstante, José estaba íntimamente convencido de que estas cosas no podían circular en forma tan libre por los corredores de su espiritual menos sin la ayuda de una conciencia —y una sabiduría— externas.

("Entonces, continúo soñando que voy y vengo al Faro, que me alejo, que me traen siempre, que Skaldaspillir cambia cada vez el color de su anorak, que me reconoce en el acto, y que para trepar al Faro la escala es una red.")

Cuando hubieron alcanzado el primer rellano circular, Ari hizo signo a José y ambos se detuvieron. Sin permitir que el otro mirara hacia el interior, el escandinavo penetró en su aposento y juntó la hoja de la puerta con gran violencia desapareciendo en el acto. Un buen rato transcurrió. José reparó ahora en que la puerta de su cuarto no existía. El singular y gigantesco energúmeno no cesaba de sorprender la singular candidez del inquieto Bregante. Este percibía cada uno de los movimientos del otro, sobre todo cuando recordaba las advertencias del marino, como una posible fuente de amenazas, sin tomar en cuenta que, en verdad, la amenaza la había proyectado en su imaginación el incógnito escribiente de la carta a María Parabellum, su predecesor, uno que también era el otro en tanto que otro, y del cual, paradojalmente, desconocía todo salvo que no participaba para nada del principio del tercero excluido. Ari Skaldaspillir terminó por abandonar su cuarto, y sin pronunciar palabra, recogió la caja de herramientas y caminó hasta la escalera precediéndolo para continuar la ascensión. ¿Qué sabía Skaldaspillir del simbolismo de las escalas? José Bregante Lúcido se vio ahora forzado a cambiar el curso de sus reflexiones mientras lo taloneaba hacia la altura. ¿Pero por qué Skaldaspillir guardaba tan celosamente un aparente secreto escondido en su habitación? ¿Qué ocultaba en el interior? ¿Un muerto? ¿El muerto? ¿Por qué esa necesidad de penetrar allí a solas constantemente? ¿Y por qué la puerta de su propio cuarto había desaparecido?

De modo muy inesperado, Skaldaspillir voceó hacia atrás:

—Puesto que vivo de memoria, me basta cerrar los ojos para abrir los ojos.

José levantó trémulas las manos desconfiadas y las apretó contra el rostro de su desconfianza. Sin embargo, uno que era el otro, en tanto que otro, guardó silencio.

"En efecto, pensó, cerrar los ojos, abrir los ojos: viejos calzoncillos para el mismo viejo culo."

A causa del esfuerzo los dos acusaban cierta agitación, en particular a nivel respiratorio. Bufaba el más grande, resoplaba el más pequeño, tal vez como el propio Amaterasu, o Buda trepando en su redonda carcaza, hasta que hicieron alto junto a un ventanal. Como se sabe, la escalera tenía en todos los descansos una abertura frente a cada ventana circular. Algo que recordaba un rudimentario puente levadizo o bajadizo las unía. Ari Skaldaspillir abrió el ojo de buey y un vigoroso silbo de aire chasqueó su lengua moviendo la penumbra verde en el vientre del Faro.

—Actúa como el tiraje de una chimenea —rumió José.

Ari lo consideró severamente.

—La chimenea puede ser el eje del mundo —dijo en seguida— eje a lo largo del cual descienden los flujos terrestres y por el cual se alejan las almas de la tierra. Ella relaciona dos mundos: el humo que escapa por ella testimonia de la presencia de una respiración y por ende, de una vida dentro de la casa. No digas palabras recogidas al azar como si fueran huecas de toda significación, pues ninguna palabra ha sido interpuesta en vano entre el hombre y el objeto.

—Es el cansancio, no quise agredirte con ese mísero sustantivo.

Mirando hacia arriba, las observaciones de Ari le parecieron de súbito tanto o más poéticas que las palabras platónicas describiendo la ascensión del alma por una escala que partía del mundo sensible y se elevaba de grado en grado hasta lo inteligible. Almas igual humo, humo igual respiración, igual vida.

Pero Ari Skaldaspillir lo estaba mirando a la cara con malévola sospecha. Atravesó el pequeño puente a fin de recoger una cuerda y su gancho de la caja metálica, similar a la que emplean los andinistas cuando reptan a lo alto de la erección de las moles: una cuerda de seguridad como la empleada por los buzos también durante el largo proceso de inmersión. José se aprestaba obsequioso a asegurar la cuerda por su extremo, con el propósito de ayudarlo, cuando Skaldaspillir se la arrancó violentamente de las manos.

—¡No la toques! —gritó— y quédate ahí donde estás que tengo apenas para un minuto. Este puñetero trabajo no te concierne.

Enganchó el garfio en una argolla y pasó primero las piernas y luego el tronco por el agujero silbante desapareciendo. José observó inmóvil el crujir de la cuerda tensándose, lo cual indicaba con precisión que Skaldaspillir marchaba a horcajadas sobre el peldaño circular, prácticamente colgando encima del vacío.

—Un cuchillo, un tajo y ¡paf! —pensó inocuo.

Su malhechor imaginario reprodujo el carnoso y óseo rumor del impacto de un cuerpo sobre las agudas aristas de las rocas.

El imaginado golpe lo sentó, turbado y contrito, en una de las gradas de la escala. Sin quererlo golpeó con el pie la botella vacía, que no había visto, y que alguien había dejado allí. La botella rodó despedazándose hacia abajo, a lo largo de la espiral. Fragmentos de vidrio relampaguearon carniceros tajando el sórdido espesor del aire acumulado en el fondo.

—¡Caramba! —mugió—: Uno que no es el otro, sino otro, estuvo aquí.

Escudriñó durante un buen minuto hasta aguzar la mirada. Encontró apagadas colillas de cigarrillos. Alguien, evidentemente, aguardó un día allí a Skaldaspillir. ¿O fue Skaldaspillir quien aguardó a que el otro maniobrara en el exterior para cortar su cuerda con un tajo? En todo caso, el esperante había bebido y fumado. Al mismo tiempo su pensamiento rezongaba: "¿Entonces, lo que no me concierne en el trabajo de Skaldaspillir tiene que ver con el otro? ¿El otro está ahí afuera? ¿Vivo? ¿Muerto? ¿Colgando de una cuerda sobre el oscuro vacío? No —rechazó moviendo la cabeza negativamente— no me traería aquí, no es tan bestia, hubiera venido solo. Por otra parte el propio Skaldaspillir pudo haber sido el autor del basural descrito, pero con circunstancias variantes". A veces querría venir a meditar sentándose en la penumbra de la escalera —recapacitaba para tranquilizarse—, sobre todo, antes de mis dos llegadas, cuando estuvo abandonado, cuando para espantar la soledad se embriagó y subió hasta el Dodecaedro y desde allí se echó a morir diariamente ante el sol imperfecto, oculto para el ojo por la niebla espesa.

Ahora la silueta de Skaldaspillir ocupaba de nuevo el redondo hueco de la ventana. Pasó primero los pies, como antes, aferrando ambas manos al reborde superior y de pronto, en dos segundos, estuvo a su lado, erguido, resoplando. Estimó que algo había cambiado en su rostro, en su aspecto general, en su actitud.

—Si hubieras tocado la cuerda yo lo sabría por las manos —dijo con torvo acento de advertencia.

—No la he tocado.

—Nunca la toques —era una áspera recomendación. Y de pronto, José miró las manos de Skaldaspillir y esas manos estaban completamente cubiertas de sangre. Al menos, estaban cubiertas por una sustancia roja que parecía sangre. Pero notando la mirada fija del otro resolvió ocultarle que había visto ese color premonitorio. Pues, ¿qué hizo Ari entonces a horcajadas sobre el vacío? ¿Qué cosa, qué animal, que mamífero o rumiante tan desvalido puede ser desangrado en un tan corto espacio de tiempo, en ese lugar sin tiempo y sin espacio? También la rodilla del pantalón de Skaldaspillir estaba rota, y había regresado con un trozo de cadena delgado y largo envuelto en el puño, y una bolsa, al parecer de cuero, llena de algo liviano y macizo que crujía al moverlo.

Skaldaspillir recobró el aliento durante un buen minuto. Pero en ciertos casos, ¿qué es exactamente un minuto?

—Mi violencia es la garantía de mi sobrevivencia y de mi libertad —dijo de repente.

José asintió, moralmente deshidratado después de todo aquello y tanto. Pero juntó un poco de decisión para contraatacar:

—Esto está lleno de colillas de cigarrillos aplastadas. ¿Tienes la costumbre de venir a fumar en lo alto de la escalera por la noche? También he echado a rodar una botella que no vi a tiempo.

—Una manera de rodar hacia la muerte es caer por una escalera. Por lo demás, ya estaba muerta.

—¿Muerta?

—La botella. Y este Faro fue construido antes que llegara el tabaco por la zona. De lo que puedes colegir que no fueron los obreros constructores quienes abandonaron aquí colillas y botellas. Pero ha habido muchos otros fareros antes que nosotros y probablemente dejaron restos de vida y muerte en todos los rincones.

Bregante estimó que Skaldaspillir le estaba sacando el traste a la jeringa. Una manera de responder incorrectamente era emplear la elipse, la parábola, la metáfora, la pachotada, el dribling, el pluscuamperfecto.

—¿Lo dices por las colillas que alguien apagó aquí mismo, justo en un lugar donde desapareces, para regresar en seguida con las manos llenas de sangre, las rodillas rotas, una cadena para atar perros rabiosos y un saco que cruje? ¿O por la botella vacía? ¿O lo estás diciendo para no hablar de otra cosa?

Ari estaba iniciando de nuevo la ascensión. Se volvió un poco para decir con voz sonámbula:

—Soy un tipo gradualmente sincero cuando trepo.

Repitió la operación tal y como fue descrita antes en otros dos puntos del ascenso. No admitió ayuda alguna de parte de José, pero tampoco volvió a amonestarlo ni a proferir destempladas amenazas en su contra. Se mostraba apagado y sombrío, como si hubiera vivido una noche de perros otra vez, saboreando a placer el rencoroso insomnio. La luz verdosa, al untarle el tinte ceniciento del rostro, producía una extraña y directa impresión de podredumbre y descomposición. ("Como si acabara de quitar la sepultura", pensó José). ¿Y si fuera Skaldaspillir el asesinado y anduviera su matador escurriéndose por el interior infinito del Faro para evitarlos? Puesto que a José se le hizo evidente que cuando el farero alzaba su lámpara, precediéndole, su cuerpo no dibujaba ninguna sombra. Un hombre sin su sombra es un hombre muerto, y de un modo u otro, José decretó que Ari había muerto ya repetidas veces. La sombra es aquello que se opone o procede de la luz, y es, al mismo tiempo, la mismísima imagen de las cosas irreales, cambiantes y fugitivas. Pero Ari se detuvo mirándolo con alguna conmiseración y diciéndole:

—Tú tampoco tienes sombra. Compruébalo por tí mismo. Ello se debe a la posición del Faro, y no a otras razones. El Faro, como el Árbol Kien, es el eje del mundo, de nuestro mundo, y no tiene ni sombra ni eco. Su posición es solsticial, como aquella de la hora exacta del mediodía en que ni las almas ni los espíritus pueden proyectar sombra. En este Faro nosotros sólo podemos alimentarnos de la sombra de las cosas, y es por ello que se quiere para nosotros una vida de sombras. De tal modo, siendo directamente sombras, no necesitamos proyectar otra sombra: tú y yo constituimos ya enteramente una proyección, y es por tal motivo que debes esforzarte en no pisar mi sombra (que soy de todos modos yo) como debo esforzarme en no pisar la tuya (que de todos modos eres tú).

Como si nada ocurriera, y le pareciera normal leer en el cerebro acongojado del otro, Ari Skaldaspillir continuó escalando su camino hacia el Dodecaedro. José asimiló en toda conciencia que su espíritu atravesaba por recónditas parameras. Recordó que sus relaciones con Ari se fundaban casi exclusivamente en la desconfianza y el temor, y evocó en apoyo de tal certidumbre el que hubiese imaginado un poco antes un cuchillo decisivo que eventualmente cortaría la cuerda de la que dependió la vida de Skaldaspillir. Reflexionando en todo esto, admitió para su descargo que la extraña estructura mental del farero, sus innegables facultades paranormales, su humor cambiante, ora obsceno, ora agresivo, ora paternal, su teatral fantasmagoría, el halo general de misterio y de fuerza que convocaba para cada uno de sus actos y de sus palabras, no contribuían en nada a empujar sus propias reticencias en dirección de una relación más placentera, o por lo menos, más tolerante. Al cabo de otro rato llegaron a la cúspide, el punto que Skaldaspillir entendía describir como la cabeza del Faro. A la altura del cuello, ambas escalas convergían sobre una habitación octogonal otra vez, porque el Faro adelgazaba hacia lo alto y, súbitamente, luego de un estrechamiento que recordaba a la perfección el cuello de un hombre en el conjunto del cuerpo, se abría en forma de violenta y magnífica corola el Dodecaedro. La primera parte de este ensanchar lo constituía una golera de piedra y hierro. Correspondía a un balcón circular. Su constructor había hecho escapar de la base de la cabeza, gruesas vigas de hierro, sobre las que dispuso algunas docenas de planchas agujeradas. Los agujeros permitían que el agua de la lluvia y la esbelta espuma secretada por el choque de las olas escaparan hacia las rocas de abajo. Al mismo tiempo, permitía el paso del viento en todas direcciones para aliviar su presión. Éstas eran de hierro, por cierto, y José no terminó de maravillarse contemplando los óxidos dorados y ocres que las patinaban. Hasta la altura del pecho de un hombre, una baranda curva y sola circundaba la golea. Dos pequeñas puertas daban sobre el balcón, una al oeste y otra al norte. Al este y al sur se abrían dos ventanales circulares y relativamente bajos. Sin mucha tardanza Skaldaspillir mostró a José el interior, significando que éste era el único acceso a la cabeza, esto es, al Dodecaedro. Treparon hasta allí. Desde él, el islote en que había sido edificado el Faro era completamente visible en su conjunto. El costado opuesto de la terraza delantera que daba a la puerta principal del tubo, era escarpado y trepaba reptando hasta cierta altura. Luego caía a pico. Grandísimas olas procedentes del oeste asestaban allí encontronazos inenarrables. El asedio oceánico había socavado la dura pared rocosa logrando perforar polifemas cavernas. El agua hervía en perpetuo espasmo.

—Nunca nadie ha trepado por allí —murmuró Skaldaspillir— y sin esa pared el Faro no resistiría en pie.

José arrimó la cara a un fragmento vidriado del Dodecaedro.

—Este mar tiene por delante un hercúleo trabajo —dijo, con alguna flojedad. Se amonestó en secreto porque barruntó que sus palabras carecían de consistencia. Pero bajo el insoslayable influjo de Ari se veía casi obligado a mascullar todo el tiempo palabras huecas, muchas veces vacías de sentido, para responder de alguna manera al histórico levantador de pesas míticas. Era preciso rellenar el silencio que ondulaba entre ambos. Además, ya no soportaba el fuego de la enorme pregunta que le cocía la lengua. Se iban girando pegados a las ventanas, con las narices apretadas contra los gruesos cristales triples, mirando a lo lejos. En verdad, la cabeza del Faro era una sola ventana compuesta de doce partes iguales. Estos lados estaban dispuestos en dos corridas de cinco pentágonos, una a partir de los ojos de un hombre y hacia arriba, la otra a partir de los ojos de un hombre y hacia abajo. En el techo se acurrucaba el onceavo pentágono. El piso comprendía el doceavo, y por un agujero practicado en él se penetraba a la cabeza.

José lo dejó acercarse y cuando lo tuvo a tiro de saliva dijo:

—Ari: ¿verdaderamente he venido antes al Faro?

—Tres veces.

—Tres veces? ¿Estás seguro de que no son dos veces?

—No. Son tres veces.

—¿Cuándo he estado aquí por primera vez?

—Hace seis días, seis días del Faro.

—¿Y después me he ido?

—Después desapareciste. Nadie te encontró jamás tal como eras entonces. Se dijo que moriste en un accidente y que el mar te llevó. Se dijo también que yo te he matado. Nadie sabe a qué atenerse con respecto a ti.

—¿Me han sumado de esa manera al otro muerto?

—No hay otro muerto. El muerto eres tú. Por causa tuya he sido sometido a proceso, he sido degradado, he sido castigado profesionalmente, pero ellos ignoran que has vuelto.

—¿Nunca les hablas de mí?

—No hablo de fantasmas. Aunque raramente eres el mismo que vuelve, nadie que te conozca podría confundirte con otro. Sin embargo, me sorprendí cuando descendiste de un helicóptero, pues no te reconocía. Digamos que siempre eres alguien físicamente próximo, pero no igual. No sé quién corrige constantemente tu físico, tal como si fueses el personaje de un libro en proceso de escritura.

José carraspeó confuso.

—¿Y luego?

—Desapareciste de nuevo, aunque esta vez sólo por unas cuantas horas, o quizás días. Días del Faro. Regresaste antes de que yo pudiera comunicar tu desaparición al continente, caso contrario estaría enfrentando un segundo proceso por volver a matarte.

—Pero tú nunca me has matado.

—Todavía no.

—¿Cómo y cuándo desaparezco?

—Por ejemplo, acabamos de desayunar. Estamos escuchando una banda con canciones de Parabellum y nos preparamos para comenzar nuestro trabajo. Estoy diciéndote, o recitándote o cantándote, una paráfrasis de Lewis Carrol que dice: "Te estamos soñando, Licorna: apenas despertemos morirás..." En ese preciso momento, sin transición de ninguna clase, tú y yo somos separados por una tercera voluntad, alguien que no es el otro, sino otro todavía.

—¿Una voluntad? ¿O una voz, una presencia, una mano?

—No. Una voluntad. Si imaginas un film en curso de proyección, comprenderás lo sucedido. Digamos que nos hallábamos observando una secuencia. En un momento dado alguien detuvo el proyector (es un decir) y rebobinó la cinta. Yo fui a parar a mi cuarto de manera instantánea y hacia atrás. La voz de Parabellum comenzó a cantar su canción al revés. De ti sólo volví a enterarme cuando el barco me comunicó por radio que te traían al Faro (de nuevo). Al comienzo supuse tontamente que habías sido encontrado flotando en alta mar, lo que no es posible en este mar. Pero después acepté el hecho tal como ellos lo presentan cada vez: tú nunca has estado aquí pero te traen constantemente, como si se tratara de una novedad. Apareces entonces con algunas variantes físicas. Esta vez, por ejemplo, eres un poco más pequeño y oscuro de piel que antes. Hace ya largo tiempo que he cesado de plantearme preguntas a tu sujeto, pues cada día tengo menos capacidad de respuesta. Por lo demás, es un oficio inútil: nunca he visto un barco en las inmediaciones que necesitara de la luz y del cuerno de niebla que poseemos, salvo una noche en que avizoré al *Ona Trek*. Estaba al pairo frente al Faro, y había gente que miraba con catalejos. Yo había apagado las luces, pues venía descendiendo del Dodecaedro. Escuché carcajadas borrachas y risas de mujer, aunque era o fue un barco de la Armada y eso resultaba casi impensable. Es una larga historia que conozco entera y que ya te contaré. Volviendo entonces a lo tuyo, tengo que aceptarte tal y como eres, es decir, tal como te envían.

—¿Quién me envía?

—¿No es un Instituto Oceanográfico?

—Ahora no lo sé, Ari. Estoy confuso.

—Sea quien fuere, te envía aquí, a veces por el aire, a veces por el agua como ayer, aunque la primera vez viniste caminando.

—Estás medio loco, Skaldaspillir.

—No más que tú ni que los otros. Cuando marchabas hacia el Faro te filmé de varios ángulos, desde distintos puntos del islote. Me pareció que el sueño se estaba tomando demasiadas atribuciones. Sin embargo, podrás reconocerte fácilmente, toda vez que había una luz muy infrecuente desplegada ese día sobre el lecho del mar. El mar, te lo he dicho, cada cierto tiempo se retira por kilómetros, y deja grandes monstruos saltando sobre el fango y agonizando a vista y paciencia del que habla.

—¿No eres tú quien dijo que aquí la vida no existía?

—Jamás dije eso. Todo esto está lleno de vida.

—Y me viste venir.

—De repente te vi. Venías de lejos.

—¿Sabías que era yo?

—No. Pero tú eres inseparable de mí. Ignoro el porqué, pero es algo que nos sucede a ambos. Tú me aconteces, yo te acontezco. Sé también que voy a matarte y que tú me matarás a mí. Pero a pesar de todo, abrigo la impresión de que por ahora yo sé más acerca de ti que tú de mí. Y como creo que no desean que te diga todo, nos vigilan —Ari miró en torno con cara de desconfianza (José relacionó de inmediato su gesto con aquella vibrante teatralidad que lo acompañaba en toda circunstancia, eso de no saber nunca a ciencia cierta cuándo su comportamiento era lúdico e irresponsable, cuándo era sincero)—. Te propongo que sigamos hablando de las otras cosas trascendentes hasta que pueda mostrarte el film de tu primera llegada.

—¿Puedes explicarme al menos por qué no tengo ningún recuerdo de esa primera llegada, y en cambio, mi memoria ha grabado las otras dos?

—Lo ignoro, aunque como te digo, te he filmado. Por tal arbitrio sospecho que la consideran suficientemente memorizada y no han estimado indispensable que también la recuerdes.

—¿Sabes que en el espejo de un ojo de agua vi la cara de María Parabellum?

—Lo sé.

—Me ha reprochado que cantaras aquello de que estábamos soñando a la Licorna y que apenas despertáramos ella moriría. Lo consideró una amenaza.

—¿Para la Licorna?

—No obstante, al irse invirtió los términos del concepto, y me preguntó si nunca habíamos pensado en que era la Licorna quien nos soñaba, y que al despertarse, seríamos nosotros quienes debíamos morir.

Sin ninguna transición, Skaldaspillir dijo:

—A causa de las aristas del Dodecaedro, el viento reparte mejor sus múltiples presiones, o si lo prefieres, divide de otro modo esa presión en cuarenta y ocho subpresiones, como dispersándolas. Si la cabeza fuese simplemente una esfera de vidrio, la fuerza del vendaval vendría a desquiciarla y arrojarla al vacío, desplomarla por allá —señalaba con la ancha mano roja: la ancha mano roja atrajo los ojos oscuros hacia el profundo vacío tenebroso y esperante, la cabeza de José quería rodar desarticulada por el viento de la confusión—. Hacia allá —prosiguió Ari, el rubicundo conocedor imperturbable— se encuentra la Angostura Celta. Su correntada y los cambios bruscos que ella opera son proverbiales. Juzga tú mismo por los nombres de las boyas que la balizan: Lookout, Mindful, Zealous, Caution.

Habían concluido la primera ronda y ya el novato tenía una visión global, verdaderamente, del contorno que servía de soporte a los ojos fareros. La bruma espesa se aglutinaba pegada a las olas pero el viento había apaciguado su trabajo y reposaba en alguna parte de la viscosa inmensidad. Era cierto: había pájaros. Ari Skaldaspillir se abocaba a cubrir de aceite los mecanismos del ojo luminoso (que estaba apagado ahora) situado justo en el centro del Dodecaedro. En realidad, estaba aceitando el eje, a causa de cuya eficacia el ojo de la luz giraba toda la noche, todas las noches. O tal vez toda la oscuridad, todas las oscuridades.

—Su girar se expresa de derecha a izquierda —explicaba— con una disponibilidad de luz de nueve segundos y un eclipse de veintiún segundos. La luz es visible en todo el horizonte. Como es curva, dobla incluso el horizonte.

El artefacto recordaba un gran mecanismo de relojería, con sus múltiples ruedas dentadas, sus poleas conductoras del movimiento, sus gruesas cabezas de acero atornilladas, sus cables empapados de lóbrego aceite.

El despojador de escaldos proseguía:

—He aquí el potenciómetro cristalizado que multiplica muchas veces el alcance de la luz. Es por eso que ésta llega más lejos que las luces de todos los otros faros juntos, aunque no comprendo por qué, su luz es tan inútil.

José rió.

—Los faros son innumerables —previno. Como si el otro, en tanto que otro, no hubiera abierto la boca, Skaldaspillir adujo nuevos detalles técnicos, exaltándolos, naturalmente. A simple vista podía constatarse su indudable afecto hacia el Faro de los faros, capitán de su especie. No obstante, por razones que desistía de comprender, el eterno recién llegado rehusaba considerar a Skaldaspillir como farero.

"Él vino a este oficio por azar —pensó— o por una necesidad que no comprendo todavía. Pero es sin duda un farero de fresca data, lo que significa que, como yo, no es farero. A él lo han puesto aquí arbitrariamente también."

—Cada día —precisó Ari— es necesario subir al Dodecaedro y aceitar el mecanismo que permite la producción y la circulación de la luz. El aceite se inutiliza al cabo de corto tiempo. Sin embargo, como lo has comprobado, el ejercicio es muy placentero y puedes matar varias horas cotidianamente sin que te tiemble la mano.

José lo miró girando la cara con mucha brusquedad, pero el otro, que no era el mismo en tanto que otro todavía, le daba la espalda con entera confianza.

"Matar, mano —anotó lúcidamente, brigantemente. Incluso añadió: —Tiempo."

Ari Skaldaspillir ordenaba sus útiles disponiéndose a descender. En lugar de hacerlo en seguida, indicó, mostrando con la mano en alto:

—Es por aquella parte del mundo donde se encuentra un fondeadero, relativamente próximo del Faro. Lo llaman Cuarenta Días. Cuarenta días representa el tiempo mínimo que debe aguardar un barco allá antes de contar con algunas horas sin viento y mar favorable para venir hasta nosotros, cubriendo con poco riesgo las dieciséis millas que nos separan.

Ignorando el porqué, José Bregante Lúcido, que jamás leyó nada acerca de Cessair la Antiquísima, que nunca tropezó con un escrito consagrado al mito fundacional de la raza gaélica, que recordaba apenas el punto preciso del mapa en que se halla Irlanda, que no sabía nada de Fintan y sus cubas, y que sólo conocía (por otras causas) la lluvia torrencial que cayó sobre el mundo seis mil años antes, anegándolo todo, formuló esta pregunta realmente asombrosa:

—¿No lo llaman Cuarenta Días Antes del Diluvio?

Metáfora del sur

En el origen creyó que marchando hacia el oeste del sur terminaría topándose con las alambradas. Preguntó por el rumbo que llevaba al oeste del sur. Inquirió por los atajos, los caminos recónditos, las cordadas, los vados que cortan las parameras frías, la flecha posible de los ventisqueros glaciales, y sólo entonces acompasó a la trocha su andar de gacela ciega, yéndose. Habían hecho hincapié sus informantes en que no debía extraviar las puestas de Sol. Que se fuera siempre derecho contra el fulgor de la muerte del Sol dijeron. Alguno le reveló que la muerte del Sol recibe el nombre de sol poniente en las mesetas y en las tierras altas, y de crepúsculo en las tierras hundidas. Que en más de una comarca se lo designa como atardecer. Pero que en definitiva, la ruta eficaz se hallaría cada vez frente a la frágil y furtiva ría de sangre que cuaja encima del mar al caer la tarde, debajo del amargo tañido de las campanas verdeoscuras.

Esta primera parte del periplo fue cubierta solamente en otoño. Una docena de otoños anduvo Victoria forzando el itinerario. Esto representa tres años apenas, cada uno de ellos ocupado por cuatro otoños. Ella estaba ciega todavía. Pero como en aquella estación del año los atardeceres tienen una tan singular importancia, son tan vistosos, tan globales, tan simétricos, y más que nada, tan melancólicos, en la eventualidad de que Victoria dislocara un tramo o remontara una huella ya pisada perdiendo así, por azar, el camino del crepúsculo, podría reencontrarlo siempre, metódicamente, valiéndose apenas del seguro olfato de su angustia. Inició pues la bajada hacia el oeste del sur desde su centro. Era factible hacerlo, pero sólo abriéndose paso de través por el vientre de un único otoño y un interminable y amarillo viaje. En su transcurso, ya fuera en mitad de las noches, ya fuera en el eje de los días (no le era posible diferenciar sino por los aromas y los rumores) atendió a dos recios sonidos guiantes: el tañer de las campanas (pues caminando hacia el crepúsculo no podía evitarlas) y la voz de las grullas salvajes, cuya única pata vespertina no distinguiría sino hasta mucho tiempo después. La grulla simboliza la estupidez y al mismo tiempo la longevidad. Es de tal modo que una grulla representa en tercera instancia el símbolo de la longevidad de la estupidez. Victoria lo sabía por causa de conseja, y escuchando el distante graznido se sentía estúpida. Recordaba con la trémula sangre el trémulo clamor de mucho símbolo, pero este vocablo le sonaba a su desmedrado entendimiento, en esa hora, más bien como un presagio. Caminando hacia las alambradas, creía que las señales procedentes de las campanas y las grullas le anunciarían diversos acontecimientos, algunos de categoría favorable, algunos de categoría contraria. O tal vez que las señales aludidas la estaban preparando para una grávida forma de adivinación, de prevención, de cabal conocimiento de cosas futuras, a causa de la agitación interior del ánimo que las precede.

Los hombres, las mujeres y los niños, concentrados en el vasto Campo de Exterminio, habitantes de innumerables villorrios malhadados y pestilentes, contemplaban su pasar con curiosidad extrema. Apreciaban su reptar, su acelerar, su detenerse, su recobrar aliento, su juzgar el rumbo con los ojos cerrados, las narices anchamente abiertas, las tensas orejas sonámbulas chupando del propio viento los cinco sonidos cardinales. Esta curiosidad se explicaba de una manera fácil: estaban convencidos por toda una eternidad de sórdidas experiencias, que cualquier movimiento resultaba inútil, pues siendo redondo el mundo, caminar representaba únicamente el mejor modo de moverse en círculo. Pensaban que nunca pie alguno fue en verdad a parte alguna. Que el hombre no es superior al árbol ni a la piedra, porque todo crece, todo respira, todo habla y todo está inmóvil. Que el movimiento, en suma, es una percepción ilusoria de nuestros sentidos: el moverse —y por ende el fugarse— no deja de ser una paradójica emoción que procede de su sola conjetura. En segundo término, admitiendo que las altas y lejanas alambradas pudieran alcanzarse, aquello abría sólo un conjunto de interrogantes sin respuesta. ¿Cómo podía trasponerse una alambrada? ¿Cuándo y para qué se debía trasponer una alambrada? ¿Quién garantizaba que del otro lado no existiría asimismo un Campo de Exterminio? ¿No eran acaso las alambradas simples divisiones de un único Campo de Exterminio? Le preguntaban entonces, en mitad de ese incalculable otoño de su viaje, con sorna, con piedad, con preocupación, si de verdad había partido en busca de las alambradas del lado del crepúsculo. Se lo preguntaban niños que almorzaban de su liendre, mujeres pastando, hombres que cantaban en fondas, otros hombres que volvían de los entierros con los puños apretados, hombres que soñaban con un vaso o una cuchara, otros hombres que dibujaban una lengua, y que reaccionaban en conjunto al verla acercarse y al no percibir por ahí las botas y los fusiles de los Aciagos de la Tierra. Hasta que ante sus compactas y reiteradas afirmaciones, un sesquicentenario le dijo cierto día:

—El crepúsculo es la imagen del instante suspendido, pues el espacio y el tiempo se dirigen juntos hacia otro mundo y otra noche. No podrías caminar en mejor dirección. Desde la antigüedad se sabe que la marcha hacia el poniente es una marcha hacia el porvenir.

Otro vino para aconsejarla que se alimentara con almendras.

—La almendra es lo esencial oculto en lo accesorio —le reveló con voz asordinada—. Esto quiere decir: la profunda realidad que enmascaran ciertas apariencias. Cada vez que el ser migratorio alcance su convicción personal, las almendras se proclamarán maduras y estallará la cáscara.

Era un pueblo pequeño, blanco, con iglesias de barro y cementerios rurales atestados de huesos y despojados de flores y de arbustos.

Un tercero llegó agregando:

—Por lo demás, el almendro, que florece muy temprano, es un verdadero ojo abierto a todos los signos anunciadores de la primavera. Apenas lo veas florecer sabrás que ha llegado.

Ella contestó:

—Soy ciega todavía.

—No importa. Su raíz es profunda, su tronco alto y esbelto, su flor blanca, y su aroma especioso y comprensible, pues ha sido pensado como heraldo.

Y alguien aún:

—La almendra es el Cristo, pues su naturaleza divina está oculta por su naturaleza humana.

En semejantes circunstancias, para Victoria el caminar se fue convirtiendo en un oficio y también en una clara escuela. Pero un oficio de vida, toda vez que su voluntad de andar representaba un duro combate contra la muerte. En el Campo de Exterminio, al interior de las alambradas que nadie recordaba haber tocado jamás con las manos, los pueblos eran diferentes entre sí, o al menos, no exactamente iguales entre sí. Sumisos algunos, lentos otros, conocedores los de acá, supersticiosos los de allá, estremecedoramente tristes los de acullá. Pero todos tenían en común el mito de las alambradas, que apretaba sus conciencias inertes y sus corazones desamparados y sus carencias de libros y de gritos, como un sarcástico círculo de púas. En un distantísimo momento habían aprendido a nacer y a organizarse. En otro momento particular, a combatir y a defender lo conquistado. La primera derrota fue la única y el vencedor les inoculó la sumisión. Con el tiempo, esta sumisión sufrió humores diferentes, y para restringir la capacidad subversiva de la unión de muchas sumisiones, se alzaron las alambradas, se propagaron los Aciagos de la Tierra en armas, se organizó el enorme Campo de Exterminio, y al ritmo que crecieron los sembrados crecieron también los cementerios. Cuando

Victoria emprendió su viaje, la esperanza había claudicado. Rezando soportaban el terror y las muertes cotidianas, rezando se quedaban inmóviles, soñando con escalas, con ventanas, con puertas escondidas, detrás de las cuales estaba el aire libre. Rezando esperaban por pan, por agua, por pescado y por vino. Rezando iba, cada día, cada cual a su cementerio.

Victoria se detuvo una vez en lo que creyó era la mitad de la noche. Con gran esfuerzo separó los párpados a punta de dedos y se esforzó por ver, aunque como de costumbre, sus ojos cancelados chocaron apenas con la sombra.

—Dios mío —murmuró quedamente— creí que había visto caer una estrella fugaz.

A partir de entonces, mientras continuaba bajando hacia el oeste del sur, repitió el ejercicio muchas veces, abriendo los párpados en momentos imprevistos. En un comienzo tropezó todas las veces con la vieja danza de las tinieblas, pero su corazón le susurraba sin respiro que la ceguera es un hábito del ojo, y que ver, el acto, el antojo, la ambición, el prurito, la pasión de ver, es sólo fruto de un voluntarioso ejercicio de aprendizaje. Educaba pues el ojo andando, mientras escuchaba, mientras sonaba la grulla en el pantano, mientras una campana general taladraba el pecho de generales atardeceres. Memorizó poco a poco la historia global de los ocupantes del Campo de Exterminio, y se dio cuenta entonces que aquella era una historia única, indivisible. Se arrepentía de su lóbrego no haber sabido. Vio con toda claridad una noche la lluvia de estrellas que cayó sobre el distante mar. Tanto duró la visión de la caída que tuvo tiempo de pedir. Soñó con viejas palabras de sumisión, gastadas por el uso, y en el sueño asistió al ritual sacrificio de una aldea: los Aciagos de la Tierra entraron a culatazos. Los condujeron a todos amarrados —jóvenes, viejos, altos, pequeños, claros, oscuros— hacia un lago hermosísimo extendido al pie de un volcán. Los hombres se hundieron primero, a causa de que les habían abierto el vientre a cuchilladas para que no flotaran. Las mujeres después, a causa de que sus senos fueron cercenados y rodaron como medias manzanas sobre las piedras de la orilla. Los niños fueron devorados allí mismo, inmediatamente después de ser violados. Los huesos aflautados de los viejos flotaron sobre las olas delgadas mojándose, empapándose de tarde, y entrechocando sus estertores. En el sueño escaló las laderas del volcán y se asomó al cráter majestuoso: por allí estaban llegando de nuevo los masacrados, los asesinados, los sangrantes, pero esta vez de pie, esta vez furiosos, esta vez desencadenados.

Justo en aquella parte del otoño se topó con una piedra. Como su mano estaba acostumbrada a palpar, conoció de inmediato que era una piedra pulida por mano de hombre. A esa primera piedra estaba ligada otra piedra, tan finamente, que el cabello más delgado no entraba en la juntura. Bajo un cielo frío y altísimo, sujeto por enormes estrellas, entre montañas ciclópeas que respiraban con fragor cordillerano, se vino por un puente de madera que cortaba el pulso coloquial de un arroyo espumante. Desde allí el angosto camino comenzaba a trepar. Lo hurgó con el pie, un poco mirándolo, un poco a tientas. Millares y millares de angostas y cortas víboras culebreaban por toda la montaña. Se anudaban en las inmediaciones del vado, en los bordes rocosos del sendero, entre la hierba alta, junto a la piedra que se unía a otra piedra y otra piedra, multiplicando un prodigioso cascabeleo: la mágica música iniciática tintineaba sonámbula amplificándose en la gigantesca cuenca de piedra. Victoria del Tránsito escaló y sus manos toparon otras piedras, cada vez más perfectas, cada vez más pulidas, cada vez más altas, más intencionadas, más pesadas y unánimes, cada vez mejor dispuestas por el hombre, aquel hondísimo escultor, pastor y labrador que ya no estaba allí. ¿Quién habita pues esta ciudad? ¿De quién es esta calle torcida, acosada por la hierba salvaje, por el peso de un tiempo numeroso? Ella veía ahora claramente: era una verde ciudad de espesa piedra, ordenada de acuerdo con una geometría volcánica, dibujada al frío conjuro de una sublime impertinencia, calculada según los fragmentos de miradas que se desprendieron y rodaron hasta hacerse invisibles sobre el pasto mojado por la noche. Iba de aquí hacia allá rebuscando y oliendo. Su pie tocó en lo oscuro del barro reseco, en un rincón interior, un bulto que bullía: era una placa de sedimento amasado con múltiples sueños, con variadas respiraciones, con vestigios de frases, y aun de palabras, pronunciadas en el curso del apogeo. Levantó el hospitalario pedazo de greda somnolienta y lo acercó a su oído: oyó el quehacer de cópulas contritas, el fragor de los gemidos gozosos, y percibió el chorrear del cósmico esperma. Su pelo se enredó entre los vapores de la chicha, que se esforzaban por untar todavía un invisible y sin embargo ennegrecido techo que había huido para siempre. El tiempo se llevó consigo al hombre milenario, escultor de la piedra tremenda, señor de la montaña, pastor de la alpaca sifilítica, labriego de la tierra inexistente, fundador del maíz, creador del riego de las cumbres, que ya no estaba allí. ¡La carne del rústico alfarero duró tan poco, tanto la rústica carne de su greda! La totora torrencial se reprodujo tantas veces en tantos siglos, no así los sediciosos arquitectos que construyeron pirámides y templos, antes, muchísimo antes que los primeros hombres llegaran a soñar su pirámide y su templo. La chicha ha continuado esparciendo su fragancia y su niebla, pero el sabio, el antiguo bebedor entusiasta, perdió la sed contemplativa hasta momificarse sin retorno. ("Es acaso sobre esta muerta estrella de piedra que yo debía comenzar a ver?") Comprendiendo, ella lloró. Victoria del Tránsito acababa de recobrar, con los pies de su poesía analfabeta, la inconcebible historia de su pueblo, la inconcebible vastedad de su raza. No bien el alba le dio en la cara y pudo ver la sombra del Sol tendiéndose allá abajo, sobre los desesperados, los eriazos valles, y echó a andar de nuevo hacia el oeste del sur, su corazón le confirmó por fin que la poesía es una forma de transporte.

Porque bastante más lejos, ya cerca del mar, después de mucho, mucho otoño, vinieron a hablarle los representantes de tres pueblos de la costa. Eran enjutos, eran amarillos y retenidos, pero estaban escuchando el rumor de su gesta que se propagaba por todo el Campo de Exterminio.

Le dijeron, pausados y en este orden:

—Para ir donde vas no nos movemos.

—Nos contentamos con devorar el espacio.
—Mientras aquí nos desayuna el tiempo.
Victoria del Tránsito quedó preñada un otoño antes de alcanzar hasta las lejanas alambradas del oeste del sur. Comenzó a transformarse en una almendra, imperceptible y pálida primero, perceptible y más pálida, más activa, más andadora después. Bebía agua de lluvia, cascaba el envoltorio de los duros y pequeños frutos hasta comerse el corazón. Sus ojos se llenaban de luz. Distinguía la forma de las cosas y memorizaba la forma de las cosas. Aprendía el nombre de las cosas y retenía el nombre de las cosas. Desde lejos divisaba ahora la silueta ocre y verde de los Aciagos de la Tierra, y había aprendido ya a sumergirse con mucha presteza en las oquedades del país cuando éstos se aproximaban en tropel. Comprendió primero el sentido de la noche (en razón del miedo secreto que ocasiona el ostracismo de la luz). Luego comprendió el sentido del día. Después comprendió las semanas y los meses. Aprendió a contar educada por la tardanza del hijo. La gente de los poblados le preguntaba maliciosa, mostrando hacia la almendra perfecta de su vientre:
—¿Quién es el padre? ¿Un aciago o un hombre?
Y ella respondía siempre:
—Su padre es mitad cóndor y mitad huemul.
Y murmuraban los poblanos persignándose:
—Esta mujer no es un misterio sino una anomalía.
Victoria del Tránsito llegó a las alambradas del oeste del sur cuando ya había dejado establecida como suya la imagen de una totalidad en movimiento. Al pasar por las barrosas calles de los pueblos cautivos, descubrió las murallas. Las había en todas partes. Eran murallas anodinas, derruidas, imperfectas, pero estaban cubiertas de signos. Con el dedo seguía sus circunvoluciones. De tal manera éstos se fueron grabando con trazos de buril, gracias al naciente descubrimiento de la forma, en su facultad interior de ver. Cuando su cerebro creció lo suficiente, cupieron sin esfuerzo en él todos los signos que encontró a su paso, a veces trazados con tinta, a veces con sangre o con pintura. Los aldeanos contemplaron a Victoria del Tránsito y movieron las unánimes cabezas oscuras reprobando:

—Miren cómo aprende de memoria el discurso de los muros.

En efecto, no sólo aprendió de memoria, sino que comprendió. Una vez, ya cerca del mar, su índice deletreó en un muro lo siguiente: Cuarenta días antes del Diluvio. En otro lugar no tan distante, su mano leyó esto: Nosotros te estamos soñando, Licorna: No bien despertemos morirás. Naturalmente no tenía la menor idea de lo que tales frases podían significar, pero desde entonces, cada vez que pasó cerca de un muro, buscó en él signos anunciadores.

Mirando por primera vez las alambradas comprendió que jamás podría pasar del otro lado, en primer lugar porque parecía que no había otro lado. Eran aterradoras alambradas infranqueables, erizadas de púas y electrificadas. En torretas de hierro se emboscaban los Aciagos de la Tierra con armas de gran alcance. Del cuello les colgaban binoculares infrarrojos. Las revueltas hebras del alambre conformaban amasijos paralelos. Entre ambos, los Aciagos de la Tierra habían excavado zanjas y las habían transformado en pantanos. En las torretas ondeaban banderas enemigas. Reflectores equipados de focos halógenos y aguda luz barrían sistemáticamente un vasto perímetro. Centenares de satélites a mucha altura sobrevolaban la línea de las alambradas. Ningún movimiento podía escapar a sus ojos delatores. Jaurías de perros alimentados con carne untada en dinamita y sangre, arremetían frenéticos contra las flores, las sombras, los susurros, las reverberaciones, los aspavientos. Pero lo que más turbó a Victoria del Tránsito fue la siguiente constatación: los Aciagos de la Tierra no sólo vigilaban el Campo de Exterminio, del cual ella era presa y parte: estaban mirando también hacia el otro lado. En el otro lado, manos inidentificables habían erigido un muro de flores y pensó que era el símbolo adecuado para los millones de muertos que su pueblo padecía vastísimo. Más allá de las flores vio dunas. Las dunas se acababan justo en el delgado límite del mar. Era el mar el que cerraba el horizonte por el oeste del sur.

Desde ese día de fines de otoño, los acontecimientos se precipitaron. Victoria del Tránsito decidió bajar hacia el sur del sur para parir. Aprendió a caminar debajo de la lluvia más fría, a resbalar sin rodar sobre el barro, a descifrar los muros a la luz del relámpago, a dormir en recónditas cavernas. Aprendió a sortear la nieve, a afirmarse en el viento. Descubrió el alimento diminuto y constante del avellano, y el carnoso y fragante del copihue, y el henchido y alto del piñón. Parió debajo del aguacero, cuando todo el peso del invierno se afirmaba en la naturaleza (pues la naturaleza es un soporte, no un fin en sí). Allí, el nuevo hijo de cóndor y huemul vio por primera vez la luz mojada y palpitó quedamente nocturno bajo la nocturna lluvia. La lluvia, fertilizante de los ásperos atributos de la tierra, fertilizó de paso su corazón. Este hombre en ciernes fue por lo tanto recibido en mitad de un rito agrario, coronado por la majestad de las aguas superiores, las aguas de la lluvia, equivalente cosmogónico del esperma, en cuya multiplicidad de huevo primordial se sitúa el soplo de la vida. Fue agraciado pues con la gracia de la lluvia y también con la sabiduría de la lluvia. Los pobladores concentrados en esa región del Campo de Extermino latieron esperanzados: el hijo de Victoria del Tránsito había penetrado en el abyecto continente carcelario, empapado por tan perfecto, tan profundo, tan húmedo augurio.

El viaje se orientó entonces hacia el este del sur. Madre e hijo marchaban sigilosos, invisibles, en pos de los cinco rudos cuernos de una estrella roja, inventada por el desamparo de las prietas multitudes prometidas al cadalso. La lluvia había cesado, el sol estaba untado con agua, y el día se pegaba a la piel. La gente moría de plomo, de sed y de calor, moría de verdugo y de calor, moría de calor y de alambrada. En un muro viejo y abandonado, cerca de uno de los multitudinarios cementerios de sed y tierra, leyó: Yo creo que éste mata. Estoy seguro que éste va a matarme. Volvió Victoria, sin embargo, a encontrarse con almendros, porque descubrió las primeras flores. El agua que nutría las ocultas raíces del almendro procedía del concreto caudal de los ríos invencibles. Por cualquiera de las flores del almendro se penetraba ahora en la primavera circundante.

Los habitantes de aquellas comarcas, que se habían enterado malamente del viaje de Victoria del Tránsito, y esperaban su paso prestigioso, exclamaban confundidos, pero con copiosa veneración:

—Ahí van. Sólo falta José.

En el costado de la primavera, en el costado del invierno y en el costado del otoño, las alambradas eran tan potentes como indestructibles, tan infranqueables como intimidantes. Las invisibles manos empleaban ahora, para rayar los muros, utensilios inesperados: la punta chamuscada de una soga de ahorcado, los bolillos de plomo que el oficio de los fusileros acumula al pie del muro, en el agujereado oficio de los fusilados. Victoria educó la mirada de su hijo mostrándole los muros. Educó la mano y la memoria de su hijo instándolo a seguir con el índice, la curva reveladora de los signos vivientes, signos que contenían frases pronunciadas nunca supo dónde. Ella era ya una mujer soberbia. En pocos años, cruzaban juntos las cordilleras a caballo, bebían directamente en el chorro descomunal de las cascadas. Ella intuía la vulnerabilidad de los Aciagos de la Tierra, no tenía miedo de la sangre, dormía arrollada al borde del fuego, fornicaba sin cerrar los ojos.

Pero en el reborde norte del sur, las alambradas eran triples, triples las ciénagas, triples los centinelas, triples los muertos, triples los temores, la impotencia, la rabia. Victoria del Tránsito se sentó en una montaña y dijo al hombre incipiente que había parido y crecía a su lado:

—No sacamos nada con huir. No hay salida hacia afuera. La única salida está adentro —y mostraba con su brazo el interior del Campo de Extermino.

El niño guardó silencio todavía. El resto del verano ella acometió la primera de sus incalculables hazañas: le enseñó a leer y le enseñó a escribir. Los poblanos se enteraron con asombro e incredulidad, y aun con recelo o indiferencia.

Un labriego preclaro explicó:

—Le está enseñando a leer y le está enseñando a escribir.

Otro hombre, con cara de torturado, indagaba:

—¿Y eso sirve para qué?

Entonces vino el hijo de un ajusticiado diciendo:

—El alfabeto ha sido hecho con rasgos de las imágenes de los dioses.

Ciertos habitantes preguntaban y ciertos habitantes respondían. Pronto un denso clamor comenzó a propagarse por toda la extensión del Campo de Exterminio. El hombre más viejo del rincón observó:

—No hay nada en el mundo que no pueda ser considerado como una escritura: el mundo entero es un libro. Hay que aprender a leer en ese libro.

Dejaban poco a poco de dormir al sol, de lamer sus mostachos, de enjugarse la sangre. Un tejedor de mantas alzó la voz y dijo:

—La caligrafía es superior a la pintura porque los signos del alfabeto tienen función de fuerza actuante.

Le respondieron:

—La magia de la escritura es la única magia posible.

Considerando terminado su viaje, ella condujo al pequeño cerca de un muro blanco y deforme que estaba al pie de la montaña, en la boca de la primera calle del poblado. Vinieron los sanos, los heridos, los moribundos, los acongojados, los escuetos, los hoscos, los cobardes, los puntillosos, los apócrifos, los rosados, los hipocondríacos, los dementes, los carnívoros, los herbívoros, los tragaespadas. Vinieron las sombras, las ánimas, los fuegos fatuos, los enterrados, los sepultureros, los contempladores de entierros.

Dándole a su hijo un trozo de carbón ella murmuró:

—Escribe mi nombre en ese muro.

Él escribió:

—Victoria del Tránsito Lúcido.

—Escribe el tuyo.

Él escribió.

—José Bregante Lúcido.

—Escribe ahora el suyo.

El niño escribió todavía un poco más abajo:

—María Parabellum.

De Cessair Triggvason y María Parabellum en el Golfo de sus Penas

Vio aguas verdes y revueltas y se enderezó en el lecho para mirar mejor. La ventisca elevaba ráfagas de espuma helada y pesados efluvios de yodo y de sal le golpeaban en un muy receptivo pliegue del cerebro. Reflejada sobre el cieloraso contempló la sombra del *Ona Trek* descendiendo hacia el sur. El barco —un aprovisionador de faros de la Armada Aciaga en el que viajaba acompañada por Signy Huld— se portaba como un caballo encabritado. Aferró sus manos a la baranda de frío hierro gris. En aquel momento estaba sola, pero la idea de aquella precaria soledad que apenas es posible obtener en un barco, donde por regla general pasajeros y tripulantes ocupan todos los recovecos, le produjo una extraordinaria conciencia de abandono. Comenzó a sudar y la almohada se mojó. Creyó que de nuevo le estaba manando sangre encima de la oreja, y era perfectamente posible. Un golpe de viento en el rostro le vivificó la mirada y la apartó de la modorra. La nave cabeceaba con singular persistencia. Por primera vez intuyó que podía morir en cualquiera de los dos navíos: el lecho, el *Ona Trek*. No obstante, de manera brusca, su entendimiento reaccionó ante la última idea.

"Pero no morí en el *Ona Trek*" pensó.

El oficial, un poco ebrio, pero muy cortés, extremando su finura y sus cuidados, le tomó la mano y la apartó con evidente dulzura de los ramalazos del agua y de la presión de la ventisca. La cubierta estaba empapada de agua fría. Se movieron con precaución para no resbalar. Por lo demás, el puente se inclinaba de manera arbitraria, ora a babor, ora a estribor, y las amuras pasaban la mayor parte del tiempo sumergidas en la base de una sucesiva e interminable descarga de olas potentes.

—Yo admiraba mucho a su padre, Cessair —le estaba diciendo el uniformado acompañante.

Ella no supo por qué el otro había tocado el tema de su padre en la conversación entrecortada que mantenían a ratos, borrada también por cuchillos de viento. Se limitó a encoger los hombros.

—Es la tercera vez que me lo dice. ¿Tiene acaso un sentimiento de culpa?

—Usted sabe muy bien que no he hecho nada —protestó el marino arreglando su guerrera. Parecía un chico que no encontraba el modo adecuado de comportamiento frente a las maneras, y más que nada, a la acerada lengua de Cessair.

—Precisamente —repuso ella sin mirarlo e ignorando si el otro comprendía. El barco estaba crujiendo con mucha desesperación. Cambió la posición de la cabeza en la almohada pero el crujido ominoso continuaba desplegándose con estridencia. Tosió y la joven herida tuvo un sobresalto, como si le separaran dos huesos del cráneo para dejar pasar al cerebro, entero y herido.

—Beba un poco —le dijo el oficial— esto está comenzando recién. —Le tendía un frasco repleto de coñac, uno de esos frascos de bolsillo.

—¿Dónde estamos, teniente? —preguntó entre dos sorbos de alcohol, un poco para aminorar la molestia de que el otro la instara a beber y ella aceptara sin discutirle.

—Vamos hacia la cabina de pilotaje. Allí, sobre las cartas marinas, comprenderá mejor, tendrá una idea global de su viaje.

Subieron por una escalerilla de hierro y bordearon todo un costado del puente de mando hasta la puerta angosta detrás de la cual un timonel bregaba con la barra. El hombre operaba a torso desnudo y sudaba por la concentración y el esfuerzo, pues el *Ona Trek* picaba hacia el abismo, luego se enderezaba, luego trepaba crujiendo de costado, y luego todavía permanecía quieto, un cuarto de quilla al aire, antes de caer de bruces contra el hueco de otra ola. El dedo embutido en un guante le mostró la carta marina más precisa que había visto, en la que se hallaban consignados innúmeros relieves y aguas poco profundas, que alguien calculó aparentemente partiendo de un trabajo de aerofotogrametría. Advirtió que la región estaba plagada de islas e islotes a lo largo de la ruta que seguían, y ello le tradujo claramente las tensiones del timonel. Junto a éste había otro oficial, que no la saludó ni la miró. Tenía los ojos clavados muy lejos delante de la proa, y con voz clara y enérgica, ordenaba los cambios de azimut, las aceleraciones y las desaceleraciones.

—¡As-co le tengo al poto pero no lo voto! —gritaba, para indicar según el caso, como si arrojara un As, carta de la baraja española cuyo valor nominal y explícito es Uno: Un punto a babor o un punto a estribor, moviendo al mismo tiempo las manecillas que comunicaban con la Sala de Máquinas.

El timonel gritaba a su vez, para señalar que había comprendido la orden:

—As-co a estribor, mi teniente —torciendo la barra hacia la derecha.

—Seis nudos clavados, mi teniente — informaba desde el vientre del barco una voz opaca saliendo por las rejillas del citófono.

El primer oficial no parecía interesarse en semejantes escaramuzas sobre supuestas técnicas de naipes de tipo escatológico. Más bien quería cumplir a cabalidad su papel de guía de la joven Triggvason.

—¿Ve esa sombra a la derecha del barco, Cessair?

—Con sombría claridad —repuso ella procazmente.

Después de un silencio el oficial se esforzó por añadir jovial.

—Es la Isla de Tenquehuén. Entramos en este momento a la Bahía de Ana Pink, y aquello que comienza a dibujarse allá al fondo se llama Península de Skyring.

María Parabellum miró el techo de su cuarto y vio la punta oscura, casi tapada por la neblina, emergiendo desde la superficie del fragoroso piélago. El recuerdo de la visión la hicieron temblar y acurrucarse. Tiró las cobijas sobre su rostro y cerró los párpados.

—¡Ay! —se dijo— cuán pesado tributo se paga a la memoria. —Y en voz alta: —¿No tiene usted un poco de café?

El oficial sonrió con aire ladino.

—No beba nada que la excite pues el mareo es un asunto nervioso. El mejor antídoto es el alcohol.

—Entonces procedamos — dijo Triggvason, tomando otra vez de entre las manos enguantadas el frasco de coñac.

—¡Ustedes son y serán siempre unas mierdas! —gritó en alguna parte del barco la voz ronca de Signy Huld. Era la voz de Signy tras una noche de vigilia y vino. A pesar de los rugidos del mar, el silencio que siguió a estas palabras fue perfectamente audible. Cessair Parabellum no pudo menos que desaprobar desviando la mirada para no traslucir su turbación.

—No hace falta que provoques —se dijo—, ni contra el mar ni contra el hombre podemos defendernos ahora.

Era verdad, pues el Almirantazgo había extendido una invitación a nombre de Cessair Triggvason y acompañante. Revolcándose de calor en la cama, María Triggvason descubría recién que en los hechos se trataba de una trampa tendida a Signy Huld, que el destino de Signy estaba sellado de antemano, porque el verdadero objetivo de la invitación era Huld y no Triggvason. Identificaron en Signy el enemigo a abatir, la cabeza a cortar, y tuvieron la convicción, desde el séptimo día después de la ejecución del capitán, que Cessair propondría a Signy de venir con ella. Volviendo a oír los gritos de Huld en la Cámara de Oficiales —pues era allí donde le gustaba discutir e insultarlos—, sus arduas disputas con los graduados, sus borracheras en medio de todos ellos; y también sus opiniones políticas, sus opciones sexuales exageradas en alta voz, su concepción de la historia, su hondo agravio contra la Junta Aciaga, en particular después que presenciara el asesinato del capitán Erik Triggvason, y la visión sobrecogedora de Cessair arrodillada colgando de las piernas de su padre muerto; todo esto se le metió en el corazón a viva fuerza cobijando allí, con el desplome de los días, un amargo y agresivo nido de serpientes. Cessair lo comprendía solamente ahora, y entendía que, al no percatarse, había servido como anzuelo para que los oficiales fraguaran en rebaño su mórbida venganza contra aquella mujer sin defensa.

—A la izquierda está el grueso de la Península de Taitao y esa lengua de piedra que se adentra en el mar es la Península de Tres Montes. Cuando estemos allí ni siquiera sabrá usted como se llama.

Sin decir una palabra, Cessair, obediente, estiró la mano y tomó de nuevo el frasco para beber un poco. Aquel día se sentía magníficamente bien. El mar revuelto era la libertad, el aire libre, los elementos desatados forzaban la puerta de su imaginación. En alguna parte encontró tiempo para seguir escribiendo su diario de viaje, aunque el grueso de las horas lo pasaba agarrada a las barandas, a las escaleras, a las ventanas o a su catre, porque el barco navegaba de costado deslizándose sobre uno u otro de sus flancos. Rodaban las copas, los platos, los ceniceros, caían cosas de las estanterías, las maletas rompían las puertas de los armarios y desparramaban su contenido por el suelo, contenido que a su vez proseguía rodando bajo las literas. Sentada en una banqueta junto al timonel —que nunca le dirigió una sola palabra y nunca tampoco dejó de sudar durante toda esa travesía entre los hielos— procuraba toparse físicamente con los promontorios, islotes, roqueríos, ensenadas, lenguas de tierra y canales, descritos en aquella carta de navegación expresamente elaborada para el oficial de guardia y el timonel de turno. Había en ella múltiples detalles y una buena muestra de nombres, nombres que marcaban la hazaña de los descubridores, descubridores que procedían de una docena de países. Continuaba oyendo las voces de Signy, de sus acompañantes, y de repente, escuchaba con aprensión los insultos que ella les administraba levantando mucho la voz. Se sorprendía que semejantes discusiones tuvieran lugar tan temprano, pues contemplando el reloj de la cabina de pilotaje comprobaba que eran apenas las diez de la mañana. Habían bebido toda la noche, y el asunto continuaba matinalmente. ¿Era así la vida de su padre cuando guiaba su navío sobre la alta mar? ¿Qué hacía con la soledad del océano, la indiferencia del barco, las horas huecas, los subordinados borrachos? ¿Qué hacía de su noche sola, de su litera estrecha, de su cieloraso inmutable, conocido hasta la saciedad? ¿Qué de su deseo o de su sed?

No hubo sol en todo el día. La niebla hizo que el grueso oleaje pareciera más amenazante todavía, y ella estimó que el barco podría aflojar en cualquier momento, eventualidad que no le produjo ninguna aprensión.

—Acá los barcos no se hunden como en otras partes —le estaba diciendo el oficial— aquí se parten en dos y son tragados por las olas en medio minuto. Si el barco afloja no escapa nadie: son aguas muy frías, vienen de los ventisqueros y de la Laguna San Rafael, que está cubierta de témpanos. Y todavía, si alguien aguantara el frío del mar, bastaría apenas un golpe de ola para matarlo y arrastrarlo al fondo.

Con sólo girar un poco la cabeza en la almohada, Triggvason Parabellum vio aquel fondo verde y negro del que hablaba el otro, con sus algas gruesas como brazos estirándose y serpenteando en el lúcido centro de un corto e inenarrable pavor.

—Beba —le decían— hasta que no sienta la menor preocupación, cada uno sabe cuál es la medida justa de lo que necesita para cruzar el Golfo de Penas.

En efecto, mecánicamente, los hombres que pasaban a su lado, llevaban de cuando en cuando discretos frascos a sus labios, como si el miedo se generalizara y todos precisaran aplacarlo urgentemente con alcohol.

—Ellos sienten mucho más temor que yo.

Entre los tripulantes había distinguido desde el primer día a un tipo moreno, de estatura regular, pelo casi rizado, joven, aparentemente tímido o solitario. Pasaba su tiempo sobre cubierta y no vestía uniforme. El oficial de enlace —era su oficial de enlace personal quien le daba de beber— dijo que se trataba de un guardafaros de oficio llamado José Bregante Lúcido.

—Los fareros pertenecen a otro mundo —había añadido.

José Bregante venía para reemplazar a un farero que desapareció en el curso de las semanas anteriores, probablemente arrastrado por una ola durante una noche de tempestad. También cabía sospechar que se mató en un rapto de locura, desesperación, depresión o fatiga extrema. Y, por cierto, la Armada manejaba aún una tercera hipótesis: la de que, en una riña a cuchillos medidos, el otro no hubiese respetado la pactada longitud del suyo y lo asesinara. Sea como fuere, el asunto es que no volvió a aparecer y ahora enviaban a aquel pazguato analfabeto en substitución del que se había hecho humo.

—Estos tipos miran la vida de otro modo, Cessair, toman sobre sí riesgos inconcebibles, se pasean encima del abismo marchando por cuerdas tirantes o flojas, beben como contratados, se masturban bajo el ojo del faro arrojando su esperma al viento del mar, duermen desnudos tapados por el hielo y el alcohol, hablan perpetuamente de mujeres, incluso de aquellas que no conocen, que no han visto nunca. En fin, viven sus amores de memoria, y cuando sus memorias se topan con la misma mujer, la pelean a cuchillos medidos. ¿Se da cuenta usted?

Cessair contemplaba con absoluto asombro, con extremada admiración al farero que, frente a la ventana delantera de la cabina de pilotaje, apoyado sobre el escobén de babor, miraba el mar enloquecido que la proa se esforzaba por cortar sin romperse.

—¿Qué cosa es un cuchillo medido?

El oficial de enlace pensó un poco.

—Los dos tipos se necesitan (en un faro hay normalmente dos tipos) y llegado el momento del pleito por una copa más, por el fantasma de alguna prostituta, una de esas que ofrece su miseria envuelta en el sudario de los puertos sin nombre, después de beberse un barrilete de aguardiente, cruzan los cuchillos. Pero para no matarse, porque la muerte de uno significa la soledad sin límites del otro, fijan a la hoja una medida de tres, cuatro, cinco centímetros, que raja la piel pero no deja penetrar el acero. Es una costumbre bárbara —ellos son lógicamente bárbaros— aunque ambos conservan la longitud que fijaron al cuchillo manteniendo el pulgar apoyado en la lámina. Y nadie lo mueve, ninguno lo cambia de sitio en curso de riña. Después, cubiertos de sangre, prosiguen viviendo juntos como si nada hubiera sucedido, y ahogan los dolores de las rajaduras echándose al gaznate más alcohol.

Ella había sentido el amplio desprecio en la voz del otro, en la elección de las palabras, en las pausas escogidas, para dejar caer con más fuerza sus expresiones de constante repudio. Al hablar, no quitaba los ojos de Bregante, y lo peor es que éste había sacado una libreta y un lápiz, y escribía algo cada cierto tiempo al parecer reflexionando mucho.

—Los guardafaros salvan vidas, teniente.

Un golpe de mar los arrojó enredados contra la puerta de la cabina. Tras beber otro sorbo y levantarla del suelo, el oficial reconoció:

—Salvan vidas, salvan barcos, salvan fortunas, son enteramente útiles.

Este rencor la llenaba de curiosidad.

—¿Cuál es su nombre, teniente? —habría preguntado (no estaba muy segura ahora).

—Yo me llamo Leight —le respondieron— me llamo José Patricio Leight Undurraga.

—¿Leight? No es un apellido de Utsavalipak.

—Aquí todos somos de allá, incluida usted. El otro farero, que encontraremos en un par de días, carga como nombre el de Ari Skaldaspillir, y es tan de Utsavalipak como el capitán de esta nave, el comandante Rosamel Wharton, o su padre, el difunto comandante Erik Triggvason.

—Utsavalipak parece una Torre de Babel —se limitó a contestar Cessair. María Parabellum, la inerme, tuvo un violento acceso de sed, pero no pudo agarrar el timbre de llamada que colgaba desde el borde del velador, y cerrando los ojos con tristeza, siguió mirando hacia el sitio en que José Bregante Lúcido tomaba notas sobre su libreta grasienta.

—Escribe, y este otro lo califica de analfabeto. ¡Qué patudo es!

Con angustia volvió a pensar en el agua y deseó que por la puerta asomara el rostro tostado de Yonalda Vutamapu, con una jarra de agua tricolor. El barco se alzó como un caballo en dos patas, crujió quebrándose de entrañas y saltó al vacío penetrando de lleno en la base de una ola negra. El estómago le llegó a la boca. Lamió sus labios resecos y con otro agobiador esfuerzo alcanzó por fin el timbre de llamada e hizo correr sus dedos hasta atrapar el botón. El timbrazo resonó en alguna parte de la casona o del barco —le daba exactamente igual, pues comprendió que su lecho iba navegando y el barco había varado en aquella habitación—. José Bregante Lúcido dejó de escribir y la miró. Ella creyó que le estaba sonriendo amistoso y él golpeó con los nudillos sobre un rollo de cuerda empapada en alquitrán, como si le hiciera un signo. Después volvió a apoyarse satisfecho en la boca del escobén. Desde la cabina escuchó con claridad los golpecillos de José y recurriendo a un soplo de voz gimió:

—Adelante —desde debajo de las sábanas.

Yonalda Vutamapu entró en el cuarto. La divisó detrás de un velo neblinoso, como si surgiera de un promontorio, como si caminara sobre las aguas. Veía en primer lugar sus dientes blancos, su sonrisa amistosa, parecida a la de José Bregante.

—Te he esperado tanto —fue lo primero que dijo— quiero agua, allá donde voy el día está verdaderamente convulso, el mar se ha vuelto loco, no he sentido tus pasos en el corredor, y navego en un barco hacia el sur, muy al sur.

—Despacio, María —aconsejó la voz de Yonalda—: Cuando esperes a un jinete, no confundas el ruido de los cascos del caballo con los latidos de tu corazón.

Se inclinó y la besó en la frente, del otro lado de la herida. Trajo agua fresca y le dio de beber untándole la boca.

—¿De dónde has sacado ese barco en el que crees que vas?

—Yo voy allí —dijo María— pero es un viaje borroso y en él se meten cosas y gentes de otros sueños.

—¿Y cómo subiste a bordo?

—Trepando por la muerte de mi padre. Me he izado por la cuerda con que ahorcaron al capitán, mi padre, en los oscuros jardines del Almirantazgo.

—Ah sí: recuerdo —aseveró la enfermera. María Parabellum escuchó el suave golpe de la puerta al cerrarse, y Cessair Triggvason vio a su oficial de enlace, José Patricio Leight Undurraga, que abría la puerta y volvía a su lado, en la cabina de pilotaje.

—Vine corriendo para mostrarle la Isla Byron —gritó— ¿la ve? Esa masa oscura que viene acercándose allá al fondo.

Cessair vio, pero no la isla, sino a Byron en persona, cojeando en medio de la ceniza que recubría todo el día marino. Lord Byron le hacía señas con la mano borrada al instante por los ciclópeos ventarrones y chubascos.

—Quiere que regrese, me sugiere que no prosiga el viaje, que me detenga aquí mismo, que me vuelva, Yonalda Vutamapu.

—Tú que puedes vuélvete —dijo Lord Byron Yupanqui con voz gutural.

Habría querido abandonar la cabina de pilotaje, pero el viento y el bamboleo de la embarcación casi la voltearon de manera que permaneció sobre la alta silleta y prosiguió contemplando la lluvia. Podía ver la proa cortando espuma. La costa se había apartado mucho hacia la izquierda, y a la derecha no divisaba otra cosa que el mar abierto, con grandes olas verdes, perfumadas de yodo, peinadas de espuma, que descargaban su algazara increíble contra los sufrientes hierros y los maderos flotantes.

En horas de lo que parecía una tarde, las aguas se aquietaron. Mirando la carta pensó que habían entrado al Canal Moraleda. Las paredes eran altísimas a ambos costados, verdosas, sin vegetación.

—Literalmente, bloques de hielo, hielo eterno —le susurraba el teniente Leight.

Cessair buscaba apoyo para los ojos pero no lo halló. Las aguas inmóviles, apenas surcadas por la quilla, rotas un instante y recompuestas en su espejo, eran sin embargo amenazantes, densas y profundas. A veces una gruesa raíz o una rama se hacían visibles al pie del hielo como si allí vivieran árboles. El Canal tenía curvas y las paredes de hielo seguían la evolución de aquellas curvas. Buscando una explicación, pensó que estaba soñando el recuerdo del barco, y que dentro de ese sueño se había deslizado una pesadilla que era ese canal enteramente verde, sin vida, sin movimiento.

—Navego sobre una daga curva, Yonalda. Un resplandor me allega al filo donde puedo cortarme en pedazos, y un crujido me devuelve al lomo de la hoja, donde puedo agarrarme para no caer enredada en las antiguas gotas de una sangre que la daga chorrea. Esta sangre va hacia el sur, estamos haciendo el mismo camino, y casi estoy cierta que es la sangre de Huld. Huld, su sangre y yo, vamos hacia un mismo punto de encuentro con la muerte.

—Ahora puede usted dormir un poco, Cessair, así no se perderá el espectáculo del hombrecillo aquél trepando al faro.

Triggvason miró: José Bregante, parado casi en la proa, continuaba tomando notas, tal como ella lo hacía esporádicamente sobre su diario de viaje. Pero adivinó que él estaba allí para que ella pudiera verlo todo el tiempo.

—Quiero hablarle, teniente.

—No, Cessair, no se lo aconsejo: son tipos imprevisibles. Éste, por ejemplo, mató a puñaladas a un ovejero en un prostíbulo que pertenece a Olegaria Comarcano, en Puerto Natales. Lo autorizaron para que abandonara la prisión a cambio de que aceptara convertirse en guardafaros. Ahora, si abandona este oficio, volverá a la prisión. Tal es el acuerdo.

—¿Y qué motivos tendría para agredirme?

—Las puras ganas de matar o una larga calentura sexual insatisfecha.

—Las ganas de matar no son tan simples —observó

Triggvason, la ilustrada cliente de la muerte—, obedecen a pulsiones profundas y a momentos particulares de la vida. Quizás aquel haya matado sólo para defenderse.

—Es posible pero no probable.

—Usted tiene el hábito del prejuicio, teniente.

—Deformación profesional —repuso ácidamente el otro. —Cuando se manda sobre los hombres, cuando es necesario desentrañar sus pensamientos ocultos, desenmascarar sus intenciones, en suma, tenerlos al ojo y prevenir cada una de sus bellaquerías, uno va deformándose. ¿Diga: no la atrae la Isla de Wellington?

—¿Qué isla?

—Wellington. Toda esa masa de hielo que tiene a su derecha.

Cessair Triggvason descendió a su camarote y se acostó vestida. El sueño la acorraló en pocos minutos. Soñó que tenía una herida en la sien perpetrada por uniformados cuyos rostros estaban cubiertos por pasamontañas y la habrían confundido con María Parabellum. Soñó que de la herida destinada a Parabellum le manaba sangre, y esta sangre iluminaba su oreja derecha. Que hacía un calor infernal, soñó, soñó que se llamaba María Parabellum —vio claramente a un hombre que mató a una mujer en la playa, diciéndole, mientras soplaba el cañón de su pistola: Es una Parabellum, no podía fallarme—, y que su enfermera era una mujer morena, alta y maciza, de dientes blancos, que respondía al nombre de Yonalda Vutamapu. Soñó también con las agujas clavadas en sus brazos, y veía el claro suero penetrando en sus venas sin el menor esfuerzo, gota a gota, guiándose por el tic tac del reloj y por un rumor de mar que crepitaba detrás de su ventana. En mitad de lo que le pareció la noche abrió los ojos. Recordaba todo vívidamente.

—¿Cuál es pues el sueño —murmuraría—: el lecho, el faro, el barco o la escritura?

Con gran esfuerzo bebió un poco de agua y de nuevo se quedó dormida. Y escuchó una canción mejicana desconocida:

Se me hizo tarde
para comprenderte:
Tú ya habías partido.
Se me hizo tarde
para defenderte:
Ya te habían herido.

Se me hizo tarde
para sorprenderte
muriendo contigo.
Me quedé dormido
creyendo que siempre
yacerías conmigo.

Pero tu alma errante
que sigue ese rumbo
sola y sin destino
se marchó de noche
y en la madrugada
me quedé dormido.

Se me hizo tarde
para comprenderte:
Tú ya habías partido.

Me quedé dormido
creyendo que siempre
morirías conmigo.

El oficial Leight le tiró la manga y ella volvió la cara más que nada para reprocharle su excesiva familiaridad.

—A su derecha tiene la Isla Madre de Dios, y luego la Isla Duque de York. A su izquierda, la Isla Chatham. En dos horas estaremos sobre el Archipiélago Queen Adelaide. En ese momento, enfrente, estará el Faro, capitán de su especie.

—¿Padre del faro de Virginia Woolf?

—Lo ignoro. No conozco a la señora Woolf.

—¿Cómo ha dicho que se llama el otro farero?

—Skaldaspillir. Ari Skaldaspillir. Es un apellido escandinavo.

Cessair lo contempló risueña.

—No va a servirme usted de guía en Islandia, teniente.

—Es que ese nombre es escandinavo, islandés quizás.

—Y significa Ari —el primer historiador de Islandia— y significa también Skaldaspillir —el Despojador de los Poetas Escaldos—. ¿Usted ha oído hablar de los escaldos?

El teniente sonrió a su vez encendiendo un cigarrillo.

—Así como todos somos utsavalipacences, todos somos islandeses —repuso con aire de estarla cortejando— pues el padre de usted era islandés, y usted misma desciende, en consecuencia, de islandeses.

—¿Y cree que Ari Skaldaspillir mató al otro tipo?

—Eso no podemos saberlo, y nadie lo sabrá nunca, porque se ha hecho una investigación, lo han interrogado, y no existe la menor contradicción en sus declaraciones. Al parecer, el otro fue verdaderamente arrastrado por un golpe de viento mientras trabajaba en la gavia. Aunque a la Armada no le interesa la muerte de un hombre, sino el funcionamiento del Faro. Este Faro es la llave del Estrecho de Magallanes. Y de la Isla Dawson.

—Pero yo me pregunto —Cessair continuaba interrogándose— si éste, que va a reemplazar al desaparecido, no siente un poco de desconfianza, un poco de reserva frente al otro. ¿Se conocen ellos? ¿Se han visto? ¿Se hablaron?

—Probablemente de nombre. Lo seguro es que ambos conocen todas las historias del Faro. Por ejemplo, que una vez, los únicos dos fareros fueron hallados muertos. Uno estaba tendido en la sala octogonal, con la cabeza partida en dos a causa de un hachazo. El otro estaba ahorcado en la gavia, con las manos atadas a la espalda. Usaron alambre de púa para maniatarlo.

—¿Se suicidó después de perpetrar el crimen?

—Imposible. Tenía las manos atadas a la espalda, como ya le he dicho. Él no pudo amarrarse de ese modo, y después ahorcarse.

—¿Entonces, según su criterio, alguien vino al Faro, los asesinó a ambos y huyó en seguida?

—A ese Faro, Cessair, nadie puede subir sin la ayuda de los fareros, y nadie puede irse tampoco si no lo ayudan. ¿Me comprende? Allí suceden cosas extrañas todo el tiempo. Sólo los condenados a cadena perpetua, o a muerte, aceptan venir a trabajar en él.

—Aquel José —señalaba hacia Bregante— ¿estaba condenado a muerte?

—Naturalmente.

—¡Sarta de rufianes cavernarios! —aulló la voz lejana de Signy Huld. Un coro de protestas aisladas se elevó detrás de tales invectivas. El oficial de enlace parecía no percatarse de la batahola.

—¡En algún septiembre nos veremos la suerte! —profería la impúdica amazona, como si aquel mes cobrara con el tiempo significantes particulares. María Parabellum se estremeció rodando sobre su almohada y atajando las lágrimas.

—¿Cómo pudo saber con tanta anticipación lo que debería suceder un 7 de septiembre? ¿O soy yo que le atribuyo ese conocimiento porque he soñado esa fecha? ¿O alguien le ha comunicado un plan que no podía ya conocer, pero que se fue desarrollando desde entonces? ¿Quizás soñaba también con sietes? ¿Lo diría acaso al azar de un golpe de furia? ¿Cuál de todas estas disyuntivas es la verdadera, o al menos, la posible?

Miraba el cieloraso y nada había escrito allí y ya no pudo calcular a qué distancia se encontraba de su propio siete, ni a qué siglos del septiembre de la muerte de su padre. Con un temblor recordó haber pensado que quizás todo aquello terminaría muy mal, como un barco que se va al despeñadero.

—Pero qué podía hacer —susurró, cambiando la posición de su cabeza encima de la almohada, todavía empapada por sus lágrimas— si ella no me escuchaba jamás, me impedía a menudo la palabra, y en cambio él, que medía ya dos metros y se aprestaban a colgarlo, me preguntó, tomándome la cara y llevándola hasta el alto rostro suyo, que ¿cuándo podía yo tomar efectivamente su relevo?

—Usted lo ve allí sentado como un ángel —dijo el teniente— pero esta misma noche, instalado en algún sórdido rincón del Faro, lo hallaría llorando su miseria, borracho como una cuba, o se trenzará a puñetazos con el otro. Son como perros que primero mean para reconocerse y luego, si ninguno invade el territorio del otro, tienen relaciones normales.

—¿No es acaso el mordisco la relación normal?

—El mordisco es la guerra, Cessair, y la guerra, aun la más insignificante, lleva siempre lejos.

—¿Lejos de qué?

—Lejos —repitió el otro, confuso y de repente un poco humillado al descubrir que ella jugaba con sus dificultades.

Golpearon a los cristales de la cabina de pilotaje. Cessair levantó los ojos y vio detrás de los vidrios chorreados por el agua salobre, los ojos de José Bregante Lúcido. Cubría su torso la camiseta mojada, y estaban mojados los brazos desnudos y la sonrisa burlona pero franca.

Leight abrió la puerta de corredera y permaneció inmóvil mirándolo.

—Perdone, mi teniente, ¿puede usted decirme dónde estamos?

El teniente volvió los ojos más allá de la proa y levantó el brazo derecho.

—Allá abajo, a la izquierda, tiene el Cabo Deseado, que es parte de la Isla Desolación, donde comienza el Estrecho. Allí, al frente, el Fondeadero de Cuarenta Días, donde vamos a echar el ancla hasta que el tiempo nos permita navegar al Faro. Creo que la operación de desembarco se hará mañana temprano si contamos con buena visibilidad. ¿Está usted preparado?

—Yo nací preparado —respondió Bregante, con una vaga sonrisa de suficiencia. No obstante, su cara, un tanto infantil por lo barbilampiña, continuaba clara y despejada, sus dientes eran blancos y había una luz moviéndose en sus ojos, luz que aumentaba al clavarlos furtivamente en los de Cessair.

Ella saltó sobre la ocasión:

—Quisiera saber si usted es marino de guerra.

El hombre vaciló mirando a su superior.

—No señorita —repuso al fin—, la Armada me sacó de la prisión y recibí un curso de Guardafaros. Como el Faro no se mueve, quizás sea un marino varado o un marino en tierra, no otra cosa.

—¿Cada cierto tiempo los trasladan de una prisión a la siguiente?

—No lo crea, el Faro es muy grande por dentro. Hay fareros que se han perdido en las escaleras para siempre. No quisiera que ése fuera mi caso.

—¿Por qué motivo lo han condenado a cadena perpetua?

—Moví un poco el pulgar hacia la empuñadura —el tipo hizo una mueca rara— y la hoja del cuchillo se me agrandó de repente.

—¿Ha matado a un hombre?

—¿Un hombre? ¡Eso nunca! —Bajó la voz y acercó su boca: —Maté a un torturador, a un delator. Fue el vendido que entregó a un capitán de la marina de apellido Triggvason y a otros oficiales.

Dijo: Triggváson, pero ella recibió en el rostro un golpe de emocionada y sorprendida sangre. ¿De manera que él ya lo había vengado? Ocultando su turbación, afirmó la voz en seguida para que no lo notaran.

—¿Qué hace en la prisión militar cuando descansa?

—Tejo canastos de mimbre en el patio. Hay una Asociación de Ayuda a los Presos que los compra. La dirige Yonalda Vutamapu.

Ella no podía asociar todavía. Insistió.

—¿Y qué hace de su familia, de sus hijos?

—Soy medio solitario en la materia.

—¿Pero no puede cambiar de vida? ¿O de actitud?

—El Faro es un cambio de actitud. —Un zarandeo del barco casi lo arroja al puente inferior. Triggvason le agarró las manos y se aferró a la puerta. —Allá en el Faro —el tipo continuaba charlando imperturbable— hay mucho espacio para los viajes. En general uno jamás está inmóvil si ha preparado la memoria. Mi vida es una convicción de mi memoria. Por lo demás, en el Faro el oficio que hago es verdadero: soy uno de los guardianes que conservan la luz.

—¡Guardián de la luz! —exclamó admirada la curiosidad de Cessair—. ¿Como un profeta o un dragón?

—Uno que naufragó en tierra por decencia y que tocó de nuevo tierra en alta mar. Usted debe saber que no me quejo. Es muy importante asumir nuestros actos, controlar nuestras convicciones y transformarlas en fuerza positiva. He liquidado mi vida de un solo tajo, pero ese tajo era mi dignidad y era mi ideología, ese tajo encarnaba mi creencia más profunda y era el resumen de mi patriotismo.

Cessair lo contemplaba ahora con ojos incrédulos. Pero, ¿lo contemplaba? Quería abrir los ojos ahogados por la almohada, empezaba a desconfiar de semejante conversación. En suma, los otros se habían ido —el timonel sudoroso, el oficial de guardia, el teniente Leight— y sólo ella permanecía en la cabina de pilotaje en compañía de José Bregante, el rústico héroe vengador de su padre.

"Estoy encajando mal alguna secuencia —pensó— las cosas no pasaron así, el teniente no me soltaba un segundo."

—Vea: en un faro el tiempo se piensa día y noche, el tiempo es como el pasto y uno está rumiándolo de la mañana a la noche. De tanto rumiar el tiempo las cosas se van haciendo claras. Así, me he dado cuenta, o tal vez lo he recordado, que cuando niño quería ser oceanógrafo.

—¿Oceanógrafo?

—Uno de aquellos tipos que espían las mareas y que agarran bichos marinos para estudiarlos. Pero en el fondo lo único que me atraía de la oceanografía era la voluntad de conocer cabalmente el medio donde un día podría morir ahogado a la mala.

—¿Ahogado a la mala?

—Soy un rehén. Cualquier cambio de situación en el país y, como tantos otros, pueden desaparecerme entre dos olas con una piedra al cuello y el buche abierto.

—Ah, sí, evidente —dijo Cessair— no había pensado en

eso tampoco. Entonces, ¿lo que escribe ahora es una ayuda memoria para sus futuras observaciones? ¿Quiero decir, acerca del mar?

—No, no escribo. Saco cuentas. Por ejemplo, cuántos días faltan para volver a Utsavalipak, esto es, a la prisión militar. Cuántas noches debo esperar para el retorno —las noches son más largas y peligrosas que los días en mi caso—, cuántas veces deberé amarrarme a la gavia para no lanzarme en mitad de la rompiente quizás aquejado de una media desesperación. Y también cuántas veces estaré en peligro de otras muertes huyendo por la doble escalera en espiral para que el otro no me apuñale mientras duermo, y qué número de veces sobreviviré a tanto peligro.

—¿El Faro tiene escaleras en espirales?

—Tiene una doble escalera en espiral, de 444 peldaños cada una.

Mirando hacia las altas espumas que proseguían acosando el barco, Cessair lo miraba cada vez más confusa. Dado que estaban solos, apoyó su mano blanca en el brazo oscuro y murmuró:

—Dígame que no estoy soñándolo, que es de carne y hueso.

—Me está hundiendo las uñas —respondió José—, ¿qué otra prueba quiere?

Abriendo los ojos se miró la mano y vio sus uñas hundidas en la almohada.

—Si se muriera la luz del Faro —era Bregante que divagaba mirando el cielorraso, a su lado, en el mismo lecho— muchos barcos se perderían en la noche sin llegar jamás a puerto, otros pasarían de largo por la boca occidental del Estrecho, y otros no anclarían nunca más en Utsavalipak.

—¿Por qué cree que todos los barcos tienen ganas de entrar en la rada de Utsavalipak? —Mientras lo preguntaba, Cessair besó el ancho tatuaje que marcaba el hombro izquierdo de José y que representaba un fusil acostado sobre cuatro letras: "R.M.P.F": ("Rujo: ¡Mierda! ¡Porque Fallamos!").

—Porque Utsavalipak es todos los puertos. Al mundo

de tierra firme se entra por Utsavalipak y para cada cual hay alguien allá esperando detrás de una ventana.

Ella dijo:

—"Eleanor Rigby."

La puerta se abrió sin ruido y era Leight Undurraga el que empapado de pies a cabeza los contemplaba desde el dintel.

—Con permiso, me retiro —dijo José con gran premura, y abandonó desnudo el camarote de Cessair apretando en la mano su cuadernillo grasoso y su lápiz mordido. Pareció dirigirse a la proa como de costumbre.

—Soy hombre de proa: muy pasado para la punta —gritó desde el pasadizo.

—Le dije que la haría objeto de una agresión —vociferó el oficial de enlace—, usted no tiene el menor respeto por su vida.

—Él no me ha tocado, teniente Leight, y mis propias manos pasaron a través de su cuerpo sin sentirlo. Estoy convencida de que ya murió en prisión y que ahora vuelve al Faro como vuelven los muertos a buscar los lugares que habitaron.

—Entonces —el teniente reflexionaba sardónico en voz alta— fue su propio suboficial quien lo mató a él, lo mató su propia víctima, y estamos haciendo pagar a su espíritu un crimen que no cometió, ¿es eso?

—Puede ser. Este hombre es transparente e intangible.

—En todos los casos de figura, señorita Triggvason, a la Armada no le interesa si un tipo está vivo o muerto o si siente o no el castigo que se le impone. Pienso que en ciertas circunstancias más les valdría estar muertos, pues lo verdaderamente importante es la luz del Faro, y tanto un hombre como su espíritu pueden vigilar la luz y cuidar que nunca se apague.

María Parabellum rasguñó la almohada llorando, y el esfuerzo del llanto le produjo dolor en la sien herida. No logró abrir los ojos y por eso no sabía si la humedad de la almohada venía de las lágrimas o de la sangre, de los ojos o de la sien.

"Esta herida no tiene regreso —pensaba— esta herida, como la de Signy Huld, no volverá a Utsavalipak."

Poco después cayó en la cuenta que la herida nunca había salido de Utsavalipak, que la herida era posterior al *Ona Trek*, que en alguna parte se le enredaba la correlación de las fechas, que lo estaba repensando todo a costa de grandes saltos en el tiempo, hacia atrás y hacia adelante, como si escribiera un libro a punta de sucesivos Flash Backs.

—He penetrado de nuevo en el cuerno de niebla y hay aquí un terrible desorden, Yonalda Vutamapu. Dentro del cuerno ni siquiera sé como me llamo: si Cessair, si María, si Triggvason, si Parabellum. Apenas sé que vamos hacia el fondeadero de Cuarenta Días, llamado así, me dicen, porque los barcos que navegan hacia el Faro tardan cuarenta días en encontrar una mañana calma para acercarse a él. José ha desaparecido, el teniente ha desaparecido, el timón gira solo, la voz de Signy se apagó hace rato rasgada por un cuchillo en mitad de un tango, el barco no ha vuelto a crujir, el mar no se mueve más, no se escucha más el viento. Dime, Yonalda Vutamapu, que todavía no estoy entrando en el negado territorio de los muertos.

—La muerte no existe, mi niña — dijo Yonalda quedamente— sólo existen tu fiebre y tu vocación de soñar sin cuento ni término. Pero no te asustes del pandemónium, que en cuanto logres soñar en orden no volverás a temer la oscuridad.

El vaso de agua había caído de su mano y el agua le mojó los pechos sobre los que había reposado la cabeza hirsuta de José Impalpable Púdico, resbalándole vientre abajo fríamente. No podía precisar ahora si lo que estaba viendo era la parte delantera del promontorio, o la parte de atrás. Pero allí estaban sentados Lord Byron, la Reina Adelaida, el Comandante Wharton, Wellington, el marino, Anna Pink, Skyring el Explorador, y el implacable vengador José Bregante Lúcido, todos ellos con las largas piernas metidas en el proceloso mar austral, donde se acaban los siete continentes y comienza a flotar la sombra ondulante del Faro, capitán de su especie, padre del Faro de Virginia Woolf.

De cómo se percibe ella a sí misma, o un autorretrato instilado por el mordiscón ancestral del subconsciente

Hemos conversado mucho de la muerte —es José el que habla—, así es que doblemos el cabo de este año con un espíritu menos lúgubre —propone.

—La muerte es un enorme tema, José. Ah la vetusta cabrona de terciopelo y muérdago. Uno penetra en la vagina de la muerte comenzando por los pies. Es un intruso en el polvo.

—¡Vagina de la muerte! —exclama José, y ríe con una risa sabelotodo todolocomprende. Continuaba con los ojos pegados en el televisor, el cual transmitía un encuentro de fútbol. —En tal caso —añade— es muy fácil patearle los ovarios.

—En efecto, señor —corrobora Ari Skaldaspillir— allí están, hinchados como una pelota, pero tratándose de los ovarios de la muerte, cabe suponer que el óvulo mortal sólo puede ser fecundado a guadañazos.

Proseguían bebiendo calmos y reposados. El encuentro les estaba llegando por satélite, desde algún estadio perdido del planeta, pues el locutor se expresaba en un idioma desconocido. Para gritar "¡Gol!" ¡aullaba! "¡Ul! ¡Uuuuuuul! ¡Uuuuuuuuul!".

—La muerte es verdaderamente una mujer —insiste Ari hipando— y es por lo tanto fuerte y voluble, es decir, más chueca que un pedo de culebra.

—La muerte es una mujer, la vida es otra mujer. Venimos y nos vamos por el interior de estas dos hembras. En el fondo, nuestra inconfesable timidez ante la mujer es un resabio de nuestra confesada timidez ante la muerte.

—¡Por la muerte! —brinda Ari alzando el brazo.

Trasiegan dos robustas copas hasta el tramposo piélago del fondo. El gigante limpia la comisura de sus labios, o mejor, enjuga los demoníacos pelos enroscados de su barba púrpura, que no es la misma cosa que enjugar los demonios enroscados de su bárbara pulpa.

"¡Uuuuul! ¡Uuuuuuuul! —rebuzna frenético el tipo desde el aparato.

—Dos a cero —dice José.

—No entiendo nada de pelotas —reconoce Ari, hipando de nuevo, pero disfrazado esta vez el hipo de suspiro.

—En un encuentro como éste hay siempre en la cancha cuarenta y nueve pelotas —informa el moreno— sólo que una de ellas, designada previamente, pesada e inflada a la perfección, puede ser introducida en cualquiera de los dos arcos a puntapiés.

Pero José Bregante Lúcido está pensando en otra cosa, que sabe que tiene que preguntar. El problema es cómo decirlo. Le asalta una sospecha: ¿Y si Ari Skaldaspillir asimila su pregunta a una reanudación de las querellas? Refugia los ojos en los carbones encendidos. Gana tiempo. Es vencido por la irrenunciable impaciencia. Presiente implacables revelaciones que, sin embargo, su corazón espera con estoicismo.

—¿Quieres que hablemos un poco de María Parabellum? —pregunta a mansalva.

Ari rasca su oreja un largo momento.

—Ya te he hablado en varias ocasiones —responde casi con indiferencia.

—Yo sé. Pero hablas en monosílabos. Anoche, pensando en lo que dices, me di cuenta que ella deberá coincidir con una María Parabellum que yo mismo he encontrado alguna vez. Sólo puedo asegurarme si completas tu historia personal de María Parabellum.

—No es mi historia personal: es la historia simplemente.

Encima comenzaban a repicar sordos truenos y a relumbrar blancos relámpagos y a retumbar macizas olas y a soplar corsarios vientos. Por los ojos de buey solían contemplar cortísimos fulgores de la atormentada espuma, del agua negra sin reposo, de la lluvia oblicua.

—Muy bien. Si no hay dos, quiere decir que ambos conocemos una sola persona de ese nombre.

—Ataja un poco tu caballo —dice Ari—: ¿Quién fue el primero que habló de María aquí en el Faro?

José tose y escupe.

—Tú. Pero eso no me ha impedido pensar antes en ella, haberla descubierto o encontrado. El mundo es muy pequeño. —Engoló la voz para agregar: —Una imperfecta verruga rodando al interior del huevo universal. Además, te aseguro que nadie puede pasearse impunemente por la calle con semejante nombre.

—¡Epa! ¿Es ella quien te ha dicho eso?

—No lo recuerdo.

—Curioso —dijo el otro un poco reflexivo— pues a menudo me ha oído preguntarle: "¿Cómo puedes dormir con ése nombre?". Coincide con lo que acabas de decir. ¿Coincide o no? —lo apremia.

—Coincide. —José asiente satisfecho. Procura darle tiempo al tiempo aferrando su copa y bebiendo lentamente. "¡Ul! ¡Uuuuuul! ¡Uuuuuuuuul!, vocifera el tipo de la televisión. —Tres a cero —comenta José con aire de indiferente entendido.

—Creo que no has comprendido bien —retorca Ari agitando en el aire su mano derecha como para hacer circular la sangre en mejor forma.

Al parecer presiente una trampa, está convencido que José bluffea, que jamás ha encontrado a María Parabellum. Pero en realidad no está seguro. ¿Cómo conoce el otro las frases con que supuestamente la habría punzado en el lecho, entre dos cigarrillos? Decide pasar al ataque.

—Mi opinión es que a partir del momento en que me

escuchaste mencionarla tú tomaste en cuenta su existencia. Andando los días, has comenzado a habituarte a ella y a pensarla como un objeto que podemos compartir cómodamente aquí en el Faro: objeto invisible en todo caso, porque ella no está, ella no vino nunca, ni vendrá nunca, y sólo se trataría, en tal supuesto, de un simple ejercicio lúdico de la memoria.

Bebe copiosamente. Presiente que el fin del año tomará una curva inesperada. José se limita a asentir espiando al otro con el rabillo del ojo.

—Pero en los hechos —prosigue Ari— ocurre que estás tratando de introducirte entre nosotros, tal vez con la grotesca intención de crear un triángulo de aire o de humo: en suma, un triángulo impalpable. Soy yo el que ha metido esta mujer en tu imaginación, un nombre sin cuerpo, y tu imaginación busca apropiarse de esa sombra con la manifiesta intención de encatrarte con ella a mis espaldas. Por eso quieres que te describa a Parabellum, pues sólo entonces estarás en condiciones de despojarme completamente o de obligarme a compartirla.

—Alto —ataja José, el más bajo—, por una vez trata de enhebrar la conversación sin agredirme. Yo quiero recordarte que he visto el rostro de María en un ojo de agua de mar y he oído su voz preguntándome si no es la Licorna la que nos está soñamos y por esa causa moriremos cuando la Licorna despierte. Te lo he dicho ya unas cuantas veces.

—Okay, okay. Pero en el fondo, no llegaste más lejos que a inventar un rostro de mujer, o recrear uno al grado de tus fantasías. En ningún caso sería, claro está, el rostro que yo mismo he visto en el ojo de agua de mar, la voz que he escuchado preguntándome si estamos seguros que somos nosotros los que soñamos a la Licorna: apenas una coincidencia de círculos en el agua y de golpes de viento.

Beben de nuevo, sulfurosos y excitados.

—No se roba el recuerdo de una persona —admite José, el filósofo pueblerino, escogiendo para decir eso un tono conciliante—, ni siquiera se roba a la persona, pues ésta continúa viviendo entera en la memoria del robado, y el robado continúa viviendo entero también en la certera memoria de lo robado. En tales casos los cuerpos carecen de importancia.

Contiene con trabajo la súbita presión de ciertos gases en la puerta del rectum. El cuerno de niebla brama nítido, se apagan los gritos en el televisor. "Fin del primer tiempo", piensa. Las piernas del reloj van hacia las diez y afuera llueve y truena y relampaguea con imaginación creciente. Morigeran el tono de la discusión, aunque es José, el pulcro lector del discurso de los muros, quien eructa primero.

—Perdona —ruega seriamente—, escapóseme en un cruel instante de distracción.

Skaldaspillir traza con la cabeza un gesto de aquiescencia, caballeresco y comprensivo.

Bregante liquida un tercio de su lúcido vaso, reacomoda los huesos en la silla, y lanza, como una patada a la mala:

—Mucho antes que mencionaras a Parabellum, digamos, la noche anterior, yo conocí sus señas y su nombre por un paquete de cartas con las cuales tropecé al azar de mis trajinadas.

El gigante sufrió un estrangulamiento.

—¿Cartas? ¿Paquete de cartas?

—Ari: ¿tú padeces una forma de daltonismo?

El pelirrojo repuso:

—Digamos que el pelo me lo veo verde.

—Con razón las cartas te pasaron bajo la nariz y no te enteraste para nada: están todas escritas con tinta verde.

—¿Quieres sugerir que las has encontrado en tu cuarto?

—Puedo jurarte que fue allí y no en el tuyo ni en ninguna otra parte.

—Imposible.

—¿Imposible? Ven conmigo.

Los dos se fueron inseguros, copas en mano, escogiendo la espiral izquierda, aquella alumbrada por un agua verde.

La puerta era muy ancha y alta, apenas un poco menor que la pared. Debajo de una gruesa viga horizontal pintada de negro, que sujetaba la saliente del techo, estaba escrito en gruesos caracteres: RESTAURANTE. Y más abajo: La Sin Rival. Las latas acanaladas que cubrían la pared y el quicio de la puerta habían sido pintadas de un grisazul pálido. La hembra de liviano pie, de ondeante arboladura, de titánicas tetas, de clandestino, furtivo zapear, de sonora isócrona ambulante a causa de sus tacos, afirmó su mano derecha contra las latas grisazules para desprender un trozo de alambre, precisamente del taco derecho de su zapato. Al encoger la pierna, su falda se elevó un palmo por encima de la rodilla, descubriendo una braga negra engalanándose con una flor morada. El alambre se había enroscado y no quería ceder. Como la callejuela era inclinada, ella perdía el equilibrio cada vez que su esfuerzo la hacía saltar en una pata y las latas grisazules resbalaban debajo de su mano. Estaba en eso cuando pasó un marinero carcomido por la sal del tiempo, el pelo blanco y una incómoda cicatriz que le alargaba el beso innecesariamente sobre la reseca comisura izquierda.

—Si pillas tu otra pierna podemos encamarnos un par de semanas —le dijo— pero búscala, que a mí me gusta con las dos extremidades en el cuello.

La hembra se fingió piernacortada.

—¿Nunca te han metido un muñón en el culo? —preguntó.

—Y sin embargo lo había devuelto al cajón tal y como estaba cuando lo hallé —venía diciendo José Bregante escalera abajo, seguido por Skaldaspillir y su copa—. Era un paquete de cartas, tal vez cincuenta o sesenta cartas, sujetas por dos elásticos muy anchos, al parecer, bragas femeninas negras adornadas con flores moradas. Todo parecía indicar que el otro ocupante de mi cuarto —cuya puerta ahora no existe, lo que puede explicar la desaparición de las cartas— recibía aquella correspondencia, y que ésta procedía de la pluma de ganso de María Parabellum. —Lo miró atentamente un segundo antes de indagar con suma cautela: —¿Ella estuvo hospitalizada alguna vez?

—¡Negro agujero de Loki, el Traidor! —bramó Ari. Lo encaró con ojos muy abiertos y ceño fruncido: —¿Por qué me preguntas eso?

—Me parece que todas las cartas estaban fechadas en un hospital, pero no mencionaba la ciudad, sino sólo la calle donde éste se encontraba.

—¿La calle? ¿Qué calle?

—La Calle de los Dolores del Miembro Fantasma.

Ari piensa, quiere recordar con gran esfuerzo. O finge.

—Es exacto — balbucea por fin— esa calle queda entre el Callejón de los Polvos Azules y el Pasaje de los Bastones Fláccidos.

Hipando tambaleantes deciden volver a la mesa. El fútbol ha recomenzado. Hay un casi "Uuuuul". El tipo rectifica. Afuera diluvia. Bregante Lúcido bebe con ferocidad, y de repente, contagiado por la atmósfera de confidencias y descubrimientos, ofrece:

—¿Quieres que te diga cómo es realmente María Parabellum?

Ari Skaldaspillir descubre un leve fragor que le pica la sangre. Deduce que el alcohol cumple su tarea con gallardía de alabardero. Deduce también que la conversación toma otro sesgo, comienza de verdad a inquietarle el recuerdo con fantasmas memoriosos y memorables. José Bregante Lúcido descubre asimismo el mismo leve fragor picador de sangre. Deduce que las volteretas de su imaginación producen efectos devastadores en el otro, efectos que van modificando poco a poco la situación inicial, que van poniendo la noche de su parte, y sobre todo, que el otro, en tanto que otro, está en retirada y muy inquieto, y que esta inquietud presidirá como una gran corola ciega la aquiescente oquedad nocturna que resta para conversar. Por tal motivo Ari vacila. Le cuesta a causa del alcohol, pero simula reflexionar, finge una apacible serenidad, y no se considera preparado aún para responder afirmativamente a tal propuesta. Al comienzo creyó que sería arrojada en el tapete mucho más tarde. En el televisor se ha acabado el fútbol y ninguno de los dos se ocupa del resultado. Comienza ahora un espectáculo —siempre traído desde un país lejano— donde se mezclan payasos, bailarines y cantores, escupefuegos y tragaespadas. Un hombre muy alto se masturba con una corneta y una corneja achaparrada se masturba con un huevo de avestruz. Por el rabillo de los ojos vieron aparecer a un enano de barba, al que, por lo demás, le faltaban ambas piernas. Se desplazaba velozmente sentado en una tabla provista de cuatro ruedas, impulsándose en el suelo con las manos, que eran enormes. Su especialidad era la percusión en un tarro aceitero oxidado, de buen tamaño, acompañándose del cual cantó:

Ay chuchas que me inflama
esa islandesa
si le clavo el guanaco en la cama
me lo deshuesa

Me lo deshuesa ay zamba
"La Laberinto"
donde se pierden ocho caramba
trabuco al cinto

Trabuco al cinto juego dala
al doble o nada
le deshollino el cráter con fuego a
"La Tragaespadas"

"La Tragespadas" era
cosa insondable
le cabía el sargento Jorquera
con gorra y sable

Sable y gorra zurcida
botas y espuela:
júntate de canillas vieja bandida
que se te cuela

Que se te cuela ay chuchas
por el chicoco
¿Te cosiste el esfínter cartucha
que cuesta un poco?

Que cuesta un poco tierna
¡quién lo diría!
Cuídame tu golosa caverna:
gud bai María.

—Mira —grita José— ahí está cantando Vientre en Acecho.

—Muy bien —dice, atajando a José con una mano—, normalmente una mujer tiene piernas y brazos, cabellos y labios, ojos parpadeadores, manos tentantes, y mueve el culo con mayor frecuencia y eficacia en la calle que en su propio domicilio, donde tiene el deber y el derecho de tragar moco a discreción, amparada por leyes laicas y antiquísimos mandamientos que nos llegan de ultratumba vía satélite.

Ha dicho todo aquello con el mismo tono que utilizan los jugadores de naipe que piden cartas: con reserva, con un brillo malicioso en los ojos —que se han achicado— atisbando en realidad por el rabillo del izquierdo la reacción de su contrincante, José Mobinogión. Este parece sopesar tales palabras, un poco borracho también, y la opacidad de su rostro denota ausencia de convicción. Viendo así el asunto, Ari decide empujar las cosas más a fondo.

—Uñas pintadas. De pies y manos. Uñas pintadas de sangre. La sangre menstrual, la sangre de sus partos, la sangre corruptora, en suma, enteramente visible para todo pasante.

—Pero deben existir rasgos esenciales, rasgos de su persona capaces de entusiasmarnos o de sobrecogernos. Tu retrato está tan vacío como el hoyo de una muerta.

—Autorretrato —corrige Ari hipando.

El más bajo da un alto respingo.

—Para autorretrato —expresa lentamente— tendría que ser ella misma en persona la que lo ejecute.

—Precisamente es el caso.

—No te comprendo, Skaldaspillir.

El grandullón morado y tambaleante ignoró olímpicamente tal incomprensión.

—Por el momento no recuerdo todo, pero quizás en la corriente de la noche vaya añadiendo otros detalles.

El reloj de la pared da las once y media. José respira a fondo. Sus labios se han constreñido y alargado en busca de una presunta seriedad.

—Okay, te lo diré yo mismo todo. Es calva. Ha hecho arrancar uno por uno sus cabellos. Ha pintado su cráneo de azul.

Skaldaspillir acusa groseramente la sorpresa que le causa tal imagen, pero al cabo de un momento, estima que José intenta echarlo por el desvío.

—No podemos introducirle el membrillo a una mujer con el cuesco rapado y más encima azul —barbota.

—Nadie te ha pedido que se lo introduzcas.

—¡Vaya peluda gracia!

—Se ama en las mujeres lo que hay adentro, lo menos perceptible —masculla con voz poco audible el profesor J.B.L.— pues sus exteriores son siempre cambiantes, y si nos consagráramos a amarlas apenas por fuera, estaríamos en verdad aceptando implícitamente el principio de la poligamia, que es el mismo principio de la polígama.

—Esta vez soy yo que no comprende —el grande daba un puñetazo en la mesa en signo de protesta.

—Es muy simple —continúa exponiendo el entusiasta feminista Joseph Verga Lúcuma—: Si ella pone una peluca sobre su cabeza azul, si pinta el contorno de sus ojos, si cambia el color de sus labios, si en vez de pantalones se embolsa en una falda o viceversa, si disimula sus caderas o las hace resaltar, no sería ya la misma Parabellum que estaríamos amando en uno como en otro caso. En efecto, ella hace todas esas cosas, pero yo me guardo bien de confundir su interior con su exterior.

—Discúlpame —interrumpe soezmente el ginecólogo Ari Skarba Clítoris, hipando no obstante con notable corrección— pero cuando hablas de interior ¿te refieres al portentoso agujero que las simboliza?

—No. Considero que eso también es exterior, eso comienza al exterior. El interior que yo aprecio doblemente está situado a nivel de la peluca.

Suenan mil campanas. Parece que el nuevo año está por caer rodando dentro de la habitación octogonal. Ari ha vuelto a reflexionar y en el entretanto ambos se zampan un activo hectolitro del traidor brebaje.

—Quizá después de todo se haya arrancado los pelos —admite al fin—, en cualquier caso el pelo puede renacer. Si en cambio alguien le arrancara los dientes, su patética historia me parecería, no descabellada sino desdentada.

—No, no, Ari: ella es sólo una gran muchacha que se ha arrancado los cabellos. Se lo he repetido al oído en el curso de ciertos encontrones: "Eres una descabellada ninfómana, Parabellum". —José ha intentado imitar su propio estertor en el acto de eyacular y el otro lo queda mirando un poco desenfocado. —Escribe con la mano izquierda —añade— lo que puede ilustrar el analfabetismo de su mano derecha, que utiliza diestramente en cambio cuando se trata de otros menesteres. Emplea para sus cartas tinta blanca. Cuando se enfurece muerde los cuchillos. En algunas ocasiones particulares prefiere el cunilingüis. Maneja la propia lengua como un tentáculo. Sorbe el esperma con fruición. Si bebe en exceso la enloquece que le den por el chiquitín.

—¡No me jodas, no puede ser tan perfecta! ¿Tiene hemorroides?

—Internos. No molestan para nada. Al contrario, creo que los utiliza mediante contracciones singulares para ejercer una mayor presión sobre el benemérito. Acércate un poco.

Ari Skaldaspillir acercó su oreja y José Bregante Lúcido le murmuró una o dos frases, que no pueden ser consignadas aquí por inaudibles, y que por lo tanto nadie conocerá nunca. Ambos se levantaron dirigiéndose a la puerta de entrada del Faro, la abrieron y salieron afirmados el uno en el otro, perdiéndose en la sombra tempestuosa.

La Muerte podría acercarse al lecho en una primera aproximación. La obligaría a sacar las manos de debajo de las sábanas. Prepararía una aguja hipodérmica y le administraría un sedante. Ella sonreiría con dulzura, los ojos clavados en el techo, pero no sonreiría allí, sino en otra parte, distante de allí. Después de contemplarla, la Muerte apagaría la luz y saldría del cuarto. Más tarde entraría en una celda. Luego se desnudaría meticulosamente, apoyando la guadaña en el muro y doblando con cuidado su sudario. Se guarecería mirando el cieloraso brevemente alumbrado por la luz exterior que violaría el ventanuco. Como por azar rozaría su sexo con dos dedos. Sería un rozar sin intención. Los dedos acariciarían dos labios yertos, labios ausentes, labios aparentemente difuntos. Como a la otra, su mano izquierda presionaría a su mano derecha, instándola a abandonar esa epopeya inútil, y permanecería tranquila encima de la cama, mientras esperaría con los ojos abierto la caída de la arena del sueño. Olería sus dedos en plena oscuridad. Sin querer evitarlo, gruesas lágrimas calientes surcarían sus mejillas de pálida ceniza. Comprendería entonces que su sexualidad se habría expresado por arriba.

Viniendo del exterior se oye la voz de Skaldaspillir:

—Creo que exageras, José Bregante —reprocha el grande, entrando al octógono, acercándose a la mesa y bebiendo un largo palmo.

—Ni un carajo. Si lo quieres, te doy con entera precisión sus tres calibres.

—¿Tres?

—¡Olvidas la boca, olvidas las orejas, olvidas el ombligo! No, Skaldaspillir: esos agujeros no tienen la menor relación con la sexualidad de Parabellum. En cambio, ahora que lo pienso, todo lo demás me parece congruente, excepto aquellas cosas que pueden ser susceptibles de cambiar cada semana.

—¿Cuáles?

—Los zapatos, los calzones, el color del pelo, la pintura de los ojos, de los labios, los anillos, los collares, los relojes. Los olores. Su manera de andar, que dependerá de su estado de espíritu. Su voz, que dependerá del clima, del tabaco, del alcohol, de más o menos almohada, de menos noche, de más días. Si separamos el grano de la paja, María Parabellum calza como un guante en la mujer que conozco.

—El problema es: ¿la conoces?

—La conozco —reafirma Ari con lengua borrosa.

—Dime —dice José, el de pastosa palabra—, ¿cuál es el color de los pelos de su pubis?

Olfateando la trampa Ari salta con vehemencia sobre la ocasión.

—No tiene pelos en el pubis. Los ha rapado. Los rapa incluso regularmente.

—Por el contrario —retruca José, con una lenta voz de triunfo— ha inventado una peluca para su pubis. Ella lleva una peluca como sombrero de su gruta. Las compra en la tienda La Malva: Pelucas para vulvas calvas.

Las estruendosas carcajadas de Skaldaspillir se sobreponen al mugir del cuerno de niebla, lo que es mucho decir.

—¡Eres el más recondenado embustero de toda esta parte del planeta! —grita enardecido y contento—: ¿Pero entonces, ella es un payaso, o la mujer de un general, que es lo mismo?

El locutor de la televisión estaba gritando: —¡Año Nuevo! Año Nuevo! —en varias lenguas, y habiéndolo comprendido, ambos se pararon a duras penas para abrazarse con un abrazo de considerable longitud.

A lo mejor, había una mujer inmóvil, cerca de una Dársena, en un puerto perdido y tapado por la niebla, cuando se vinieron abajo las campanas anunciando que el año había muerto de muerte natural, que nadie lo había fusilado ni ahorcado. Esta mujer miraba las luces reflejadas en el agua aceitosa y miraba de paso unas lanchas que arrojaban chorros de agua y tocaban bocinas estridentes, pitos y campanas. A lo mejor, esta mujer estuvo tensa toda la tarde, porque un aviso o un presentimiento le anunciaban con gruesas campanadas que no sólo el año se estaba derrumbando, sino todo cuanto encierra un año. Quizá con la caída de la noche, una ceniza lúgubre y helada se había apoderado del puerto, y los barcos mugieron sordamente pidiendo amparo, como todo el mundo, y no lo encontraron en ningún momento, como todo el mundo. Probablemente se vino caminando por la mitad de la ceniza y escaló hasta las alturas de su palomera esta mujer de rostro moreno y dientes blancos que respondía al nombre de Yonalda Vutamapu, con su nudo en la garganta y el corazón sonando hueco y frágil. Entrando en su cuarto se habrá topado —es un creer— como todas las noches en que no cumplía guardia, de ojos a ausencia de ojos, con las lunetas ahumadas del general Augusto Aciago de las Fosas, colgando ahí, detrás de la puerta, debajo de un vidrio, encuadrado en su marco. Repetiría un gesto que habría organizado, desarrollado y perfeccionado con el tiempo: acercándose al hombre bochornoso, a ese rostro tumefacto e irrespirable de viejo gorgotero pútrido, de carroña descompuesta apestando a sangre podrida, lo sometería a la diaria condecoración de sus escupitajos. Pero descubriría que los esputos no le salían llenos y húmedos a causa de que tenía la boca reseca por la angustia que ocasiona esa fecha. —"No soportaría la idea de ser incapaz de escupirle — se diría en voz baja— porque, ¿dónde iría entonces a parar esta idea mía de la subversión invisible?"

Bebería pues un cuerno de oscuro vino y recomenzaría la operación, y ahora sí, ahora las manchas moradas resbalarían por las quijadas del rústico patán uniformado. Sentada luego en el borde del camastro, repensaría un poco el sentido de esta subversión, constatando que comprendía dos vertientes perfectamente definidas: la visible y la invisible. La visible se desarrollaba a nivel de la calle, en el seno de las organizaciones de base, preparando las marchas de repudio y protesta, el crujido vespertino de las banderas o en otro orden de cosas, con sabotajes y medidas de fuerza, para no dejarlos jamás tranquilos. El ejemplo más electrizante había sido sin duda el magnicidio del tirano en las inmediaciones del Pantano de Hossegor, debido al cual ella acogió en la clínica clandestina a esa joven a la vez frágil y fuerte que se llamó María Parabellum, con una bala en la sien y cien gotas de sangre en la cuenca de los senos. En cambio, la invisible sería un acto particular, privado, que cada ciudadano cumpliría ritualmente contra los personeros y los objetos que simbolizaban la continuidad del régimen militar, y que el régimen había puesto en plaza para durar cuatro eternidades más algunos siglos. Esta subversión invisible no sería menos eficaz que la otra, sellada con sangre y con denuestos. Es sabido que desde muy antiguo, el hombre percibió el poder de su mente, pero es sabido también que desconoce todavía casi todos los poderes de su mente. Si cada mañana, pensaba Yonalda, un ciudadano se levanta —aproximadamente al mismo tiempo que los otros ciudadanos, aun sin estar necesariamente en connivencia— y cumple su solitario acto de repudio, que los otros cumplirán al mismo tiempo, con la misma intención e idéntica rabia, esta acto cobraría una evidente resonancia por dos motivos: se organizaría a partir de él una oscura pero voluntariosa corriente, asimilable a las corrientes magnéticas que envuelven el globo, y que de una manera u otra encontrarán el intersticio adecuado para llegar al corazón de sus destinatarios, aunque sólo sea bajo la forma de una indefinible opresión, contagiosa por lo demás; y que este acto, cumplido o repetido paralelamente por otros ciudadanos, crearía una real conciencia de unidad, de actividad verdadera, de resistencia, que iría más allá de las aleccionadoras circunstancias de un discurso, de un panfleto, de un público acto multitudinario, pues el ciudadano no estaría recurriendo a su consistencia colectiva para expresase, sino a su reserva secreta, personal, intocable, de odio y de amor. Y en la soledad de su cuarto, de su cocina, de su escritorio, de su socavón, de su granero, de su trigal, de su tractor, de su marea y su chalana, él estaría confiriendo a su acto, por voluntario, por puro, la más alta trascendencia. Sería un acto hondamente moral y de allí procedería su regocijante constancia. A lo mejor, Yonalda lo sabía de memoria. Su acto subversivo —el escupitajo cotidiano— era una acto múltiple, y se desgranaba a lo largo y a lo ancho de cada día con refinada, húmeda y despreciativa exactitud. Como abrigaría la absoluta certeza de que, en el mismo instante, o en diversos instantes que de algún modo corresponderían con el suyo, otras mujeres, otros hombres cumplían su insobornable acto de repudio, y que estos hombres y estas mujeres abrigaban su misma certidumbre y una idéntica confianza, sabría que los actos de la subversión invisible multiplicarían siempre a cada resistente por mil, puesto que su gesto, cumplido aquí, repercutiría inmediatamente allá o acullá, al mismo tiempo que millones de gestos; y que el gesto llevado a cabo allá, junto a millones de otros gestos, sería también percibido aquí. Si se grita, y este grito es adivinado por otro, a distancia, habrá gritado doblemente. A lo mejor, Yonalda estaba esa noche pesimista, y por ello reciclaba sus fuerzas en torno de una idea única. Habría atribuido a la fatiga ese pesar, al tiempo muerto, a la impotencia del tiempo, a su afloje permanente y sin retorno. Su lágrima, después del tercer cuerno de oscuro vino, a ciertas aprensiones y tristezas que le brotaban del útero moreno como la sangre opaca de las menstruaciones. Y debería haber exclamado, según toda verosimilitud:

—Ay, si Skaldaspillir hubiera comprendido que esto no es un combate personal por cosas personales, si José Bregante Lúcido reaccionara, si se vinieran por el mar o por los aires para darnos una mano rabiosa, para descuartizar toda otra veleidad de estos carajos —ahí escupiría de nuevo sobre el rostro de la hiena con gorra— pero no han llegado, de repente se ha hecho más noche, menos madrugada en todos estos tortuosos andurriales.

Lo lógico sería también que sonaran pasos en la escalera, que le abrieran la puerta a culatazos, y que ella mirara, levantando los ojos desde los ojos de su escritura, comprendiera o recordara, y aullara repleta de furia:

—¡Ah no! ¡Otra vez no! ¡Basta! ¡Baaasta!

(—Si lo olvido estoy perdida.)

—¿Cómo —pregunta Skaldaspillir—, hablas con voz de mujer? —soltándose del abrazo agorilado de José.

—Muy patética, como todos los payasos y las mujeres de los sátrapas —dice el moreno borrachín discurseando al espacio o al techo que lo oculta—. Jamás he reído de buena gana junto a Parabellum. A menudo la observaba y procuraba franquear esas barreras artificiales (bueno: todas las barreras son artificiales), que ha interpuesto entre nosotros (ella y yo, no tú y yo), para evitar que me apropie de su última reserva de misterio, pero ha sido en vano. Sin embargo, a veces sostiene que sin misterio, una mujer es todo, menos una mujer. Un espantapájaros no tiene misterio sino para los pájaros. Para los hombres es un muñeco trivial. Se ama (y se teme) sólo aquello que nunca llegaremos a conocer plenamente. ¡Hip! Y entonces, viejo Skaldaspillir, bárbaro bardo venido de tan lejos, escúchame: es por tales motivos que ella utiliza los caminos de montaña cuando va al cine, se ducha con impermeable, da cuerda a los relojes despertadores y luego los envuelve en una frazada y los pone en el sótano, se telefonea a sí misma para comprobar si es verdad que ha salido de su casa, evita los somníferos y en cambio lee libros escritos en idiomas que desconoce para dormir, masturba a su perro con un guante de goma al que le ha cortado los dedos, ha ajustado un vibrador en el asiento de su bicicleta, la fascinan los hombres por detrás, sueña con los ríos que nacen en el mar y desembocan en los montes, observa sus deyecciones y las fotografía antes de tirar la cadena de su WC, infla preservativos y pinta en ellos rostros de recién nacidos, y ha jurado que cada vez que observa mi erección, le gustaría hacerse pequeñita, calzar zapatillas de bailarina, trepar por esta erección como si fuese un electricista reparando un cable en lo alto de un poste, y asomarse a mirar dentro del mongólico agujero para saber si es verdad que la vida empieza allí.

Respiró profundo después de tamaño discurso y cayó tieso encima de la silla dejando que los brazos resbalaran a los costados de su cuerpo. Skaldaspillir hace lo propio ahora. Estira un brazo para tocar el pecho de José. Le mueve la cabeza. El otro reacciona y responde a su mirada. Ambas están turbias.

—¿Qué es lo que te falta, José, que nunca pareces feliz?

—¿Quieres saberlo, grandullón?

—Quiero saberlo.

—Pues ven conmigo.

José lo arrastra fuera del Faro. En medio minuto la lluvia los empapa. Parece haber amanecido o es apenas una siniestra ilusión de sus sentidos combinados doce veces. Bregante levanta los brazos estirándolos hacia arriba y sus brazos crecen de repente como dos escalas telescópicas, suben y suben hasta alcanzar las nubes pesadas que cubren toda la región. Las manos de José las separan como se separan dos espesos cortinajes.

Un violento golpe de puro sol casi los deja ciegos.

—Eso.

De dos monólogos balbuceados en el límite del sueño, dos mitos ejemplares y una compleja crónica de traiciones

En el profundo esplendor del fuego, en su mitad concreta, masculla retorciéndose la conjura petrificada del carbón. El fuego emana de su centro y lo envuelve lamiéndolo. El carbón no puede nada contra el fuego, que es su propia exudación y su razón de ser: es como el viento meciéndose en el viento, es como el mar ahogándose en el mar. El fuego que emerge del carbón lo puede todo contra el carbón: tal el hijo que almuerza los pechos de su madre cuando la leche se termina. Las espadas del reloj van ya por las nueve de otra mañana u otra noche (nadie lo sabe y a nadie le importa). Encima de sus cabezas (que deberían ser tres, pero son apenas dos, aun cuando la tercera medra de algún modo por las habitaciones y las escaleras) expandiéndose, muge el soberbio, el tempestivo cuerno de niebla. La oscuridad amortaja al Faro, siempre igual a sí misma, mezclándose a los vientos de sesenta nudos, a la lluvia y al granizo.

—Este año han caído catorce mil milímetros de agua sobre el Faro. Es toda el agua del Universo, incluida toda el agua de la tierra.

José asiente. Puede comprender. Ha terminado por habituarse a este tiempo sin tiempo, a esta manera de ignorar los días y vivir de acuerdo con la extravagante relojería fisiológica. Cuando Skaldaspillir reventó todos los relojes utilizando un hacha, dejando apenas uno en la sala octogonal (cuyas agujas podían manipular ambos a voluntad) el tiempo se acabó. Ari decía siempre que el reloj era una costumbre sólidamente anclada en aquellos que estaban mirando hacia la muerte, olvidados por completo de la vida. Para los otros, el tiempo podía regirse por los días, por las noches, por las estaciones, por la fuga o la llegada de las golondrinas o los pájaros marinos y terrestres, y por el ir y venir de las ballenas. También eran facultativas las mareas y las lunas, la tersura y las arrugas de la piel, la blancura y la caída de los cabellos, la aparición y la desaparición de los dientes, el ver y el no ver de los ojos, el enramado de la cornamenta de los ciervos y los anillos de los árboles.

—Sin los calendarios y sin los relojes podemos habitar en la eficaz certidumbre de una inmortalidad agradable y cotidiana.

Lo expresaba entre machacadas esferas de vidrios rotos y restos calcinados de calendarios durante todo aquel tiempo en que había decidido liquidar al tiempo. Siendo la conducta general de Skaldaspillir una preocupación central de José, la fobia del otro contra el tiempo resultaba un bien magro motivo de atención. Por lo demás, ya sabemos que cada una de sus llegadas al Faro se produjo de una manera singular, por lo que ignoró para siempre si aparecía de mañana o de tarde, si era verano o era invierno. Cada hora podía describirse en el Faro como un momento ni crepuscular ni auroral: apenas aquella revuelta y cenicienta claridad que no permitía un reconocimiento. Y luego el viento y la lluvia, capaces de aguar y revolcar todas las horas y todas las estaciones en un mismo recipiente endemoniado e intratable.

El comportamiento de Ari durante la jornada en curso había sufrido una modificación considerable con respecto a otros instantes anteriores de su relación. Todo pareció iniciarse con una llamada. Ésta se bloqueó a causa de las malas condiciones meteorológicas, y Skaldaspillir debió recurrir al telégrafo, apagando el aparato de radio. Fue por ello que José no pudo enterarse de lo hablado. Ari tiró incluso las notas escritas a las llamas, aunque apenas acabada la operación de telegrafiar, miró a José dubitativamente, quizás con la intención manifiesta de tragarse los papeles. Gesto que hubiera llevado a cabo de no considerarlo finalmente un poco agresivo (o excluyente). Para José se trató de un llamado de María Parabellum. ¿Qué querría? Aunque se sentía íntimamente ligado a ella, sobre todo después de la visión de su rostro en el ojo de agua de mar, y sus preguntas, sentía con frecuencia un sentimiento equiparable a los celos de dos hermanos que se disputan la madre. Pero, ¿y si María era en realidad su madre, como lo sugería a veces Ari Skaldaspillir? Y en tal caso, ¿por qué llamaba al otro, por qué se comunicaba sólo con el otro? ¿Eran acaso suyas la voz, los susurros, las risas que resonaban de repente en el Faro, o era la voz del viento, que él confundía a menudo con la de una mujer? Recordaba también que en uno de los instantes de la borrachera que se infligiera en unión de Ari, y en un momento en que definió la conversación —pantagruélica y escatológica— como un retrato de María Parabellum, Ari lo miró con un sesgo turbio y extraño, corrigiendo: —Autorretrato, como si él, o ambos, fuesen portavoces de María, encarnasen una forma de su conciencia: en suma, hablasen en su nombre. Pero esta idea era absurda. Al cabo de un rato, después de la comunicación, Ari ofreció a José un vaso de vino. Aquella duplicada copa roja que ambos bebieron lentamente, mirándose a los ojos, tuvo la virtud de recomponer como por encanto la atmósfera de sus relaciones. Algo —un nervio estirado como cuerda de violín— aflojó la tensión.

—Sufre como condenada —comentó Ari muy sombrío, abandonando la copa encima de la mesa—. Supongo que la están matando.

—¿Matando? ¿A quién? —preguntó José inútilmente, muy desorientado, aunque por supuesto sabía de quién estaba hablando el otro.

Ari preparó el almuerzo sin responderle ni añadir otra explicación o comentario, y luego convidó a su interlocutor para que viniera a la mesa. El silencio era pesado como un faro. José comenzó a removerse en la silla con las ganas que tenía de preguntar. Finalmente dijo:

—¿Parabellum es alguien que están matando?

—Obvio, y cuando muera te darás cuenta perfectamente.

—¿A tamaña distancia? Porque la están matando lejos, ¿no es eso?

—Para las cosas de la muerte la distancia no existe.

—No comprendo nada de todo este juego siniestro, Ari.

—Sí, comprendes perfectamente. Lo que pasa es que temes enfrentarte a nuestras realidades, que son dos realidades estrictamente singulares.

Terminaron de comer envueltos por un mutismo en el que repercutía alguna tristeza. Luego abandonaron el Faro, ya que por un motivo que no buscaron esclarecer, el viento había amainado y la lluvia había cerrado sus altas esclusas. José sospechaba que la razón era sólo desconocida para él, toda vez que Ari Skaldespillir, no bien se encontraron acuclillados en el borde del farellón, observó:

—Dentro de una hora, a lo sumo, el mar debe retirarse lejos del peñón que sustenta este Faro.

José estimó de nuevo que era el objeto de una provocación. Esto campaneó desagradablemente en sus intestinos. Pero recordando la amistosa copa, la merienda recién devorada, y la actitud contrita y triste del barbudo, que parecía sufrir mucho, optó por manifestar discretamente sus dudas diciendo:

—¿El mar debe retirarse? ¿Este mar debe retirarse? ¿Como si se tratara de una marea?

—¿Por qué no? Si ello es posible en la costa bretona o en el litoral interior de la Isla Grande de Chiloé, deberá ser igualmente posible aquí. Por lo demás, ya te previne que en una ocasión llegaste caminando.

—Tú esperas que me vuelva loco, Skaldaspillir, porque tales cosas no ocurren en la realidad.

—Nadie ha dicho que tú seas una realidad, ni que yo ni este mar constituyamos cosas reales. Esfuérzate por ser quien eres y no otra cosa. Ganarás mucho viviéndote a tí mismo y no a los fantasmas que galopan en tu imaginación. Ustedes, la gente del sur, son irracionales, creen más en los sueños, en un mundo onírico que se han inventado, en mitos sin consistencia, en una experiencia mágica de la vida, antes que en la verdadera vida.

José estaba muy exasperado, en particular porque el discurso creciente y agresivo del otro, que era otro en tanto que a su lado, parecía estar arrojando una luz muy nueva sobre todos sus asuntos, pero en dosis tan pequeñas como indigestas. Ari prosiguió:

—Verás los fondos marinos por varios kilómetros, pero no recordarás en absoluto las circunstancias de tu primera llegada, pues fue borrada de tu memoria por la segunda.

El oceanógrafo que era Bregante efectuó rápidamente ciertos cálculos y terminó observando:

—Si el mar desciende aquí, y dada la relativa proximidad de una costa, debería inundar el litoral de la tierra firme. Aunque puedes concederme que las aguas de la mitad del océano, no importa en cuál de todos ellos, no bajan jamás; no por lo menos hasta el punto de descubrir el fondo. Este fenómeno es propio de algunas regiones costeras solamente.

Ari replicó sombrío:

—Ella no tiene por qué saberlo.

—¿Ella?— José Bregante estallaba de estupefacción. —Qué diablos tiene ella que ver en tu maldito juego?

—Pronto verás que no es un juego.

—En todo caso, deberías avisar a la gente de la costa para evitarles los peligros del tsunami.

—No es el caso. Las aguas se retiran hacia el norte, no hacia el este.

Ambos hombres continuaron sentados en el alto borde rocoso, próximos del punto en que se hallaba encastrada la gavia con la que Skaldaspillir recogía la red. Contemplaban atentos el agua que se arremolinaba unos sesenta metros más abajo. José Bregante Lúcido creyó ahora que la llamada misteriosa recibida por el gigante tenía relación con el fenómeno, pero como de costumbre, por alguna causa inexplicable, estimó también que andando el tiempo, y con motivo de una carta probablemente escrita en tierra firme, comprendería al fin que el fenómeno formaba parte de la experiencia personal de Skaldaspillir. Sin embargo, él sabía cosas acerca de las mareas, y había comprobado que se ajustaban a una periodicidad muy rigurosa: durante ciertas horas el mar baja y durante ciertas horas sube. Lo que Ari sugería, en cambio, era la existencia de un fenómeno esporádico y espaciado: diríase un efecto sin causa. Pronto sobrevino una calma chicha.

—Una vez —dijo Skaldaspillir encendiendo su pipa— el mar estaba quieto y oscuro y había poco viento. Yo me hallaba en el Dodecaedro. Súbitamente vi en lontananza las luces de un barco. Lo miré al catalejo y, juzgando por el color y un enorme número de matriculación pintado en ambas amuras, descubrí que se trataba de un barco de la Armada, es decir, un navío de guerra. Lo extraño es que a bordo parecían vivir una fiesta muy alegre. Escuché las risas de los hombres, presumiblemente los oficiales, y de repente, una carcajada de mujer, lo que resultaba completamente incongruente. Aquello duró largo rato. Como yo había apagado las luces y cortado la voz del cuerno, el Faro se hallaba a oscuras. Tenía la impresión de que lo estaban observando. Más tarde oí una voz femenina muy dulce y especial, preguntando en mitad de un gran silencio:

—¡Signy! Signy Huld: ¿dónde estás?

Otra mujer rió a carcajadas y luego gritó:

—Aquí, María, aquí.

Ari fumó.

—¿Y entonces?

—El barco terminó por alejarse. En la popa estaba escrito su nombre: *Ona Trek*. Pasaron algunos días y de repente, mi corresponsal en el continente me llamó preguntándome si sabía ya lo que se contaba del *Ona Trek*. Dije que no. El *Ona Trek* habría entrado en un canal marítimo al extremo del cual yace un puerto coronado de fiordos, cuyo nombre es Otreup Selatan. Anclaron allá. Los marinos y las dos mujeres bajaron a tierra y al parecer, los oficiales que las acompañaban, las obligaron a entrar en el prostíbulo de Olegaria Comarcano. Yo estuve una vez en él. Comarcano era una mujer sorprendente, una especie de cabrona intelectual oficiando entre ventisqueros y fiordos. Su cuarto era el último al fondo de un pasillo. Todas las paredes estaban tapadas con anaqueles repletos de libros escritos en diversas lenguas. Supongo que exigía a ciertos marinos que pagaran sus servicios con libros que a su encargo le traían del otro lado del mundo. Presidiendo esta biblioteca y dormitorio, encima de su almohada, tu chocabas con algo parecido a un altar: repisa de hierro claveteada a la pared y el busto de un hombre toscamente modelado en piedra. En un principio estimé que podía ser Dios, pero de todos modos le pregunté:

—¿Y quién es éste?

—Snorri Sturluson.

—¿Snorri Sturluson?

—Gran escritor y renombrado traidor —me disparó con mucha seriedad.

—Fue allá que llevaron a María Parabellum y Signy Huld. En mitad de la juerga desnudaron a esta última, quien, sin inmutarse, danzó un motivo nórdico para los marinos y los ovejeros que se encontraban bebiendo en el salón. Los oficiales se hallaban ebrios y muy violentos con la llamada Signy. Ella los provocaba. En fin, la cosa llegó a su paroxismo. La violaron repetidas veces sobre pieles de ovejas desparramadas por el suelo. Me aseguraron que ella había bebido mucho también. Los presentes escanciaban aguardiente en uno de sus zapatos, y el zapato corría de mano en mano, o mejor, de boca en boca, mientras presenciaban la continuidad de la violación. Después, como en un rito, uno de los oficiales la tomó entre sus brazos y durante un buen rato danzaron borrachamente lo que parecía un tango de Astor Piazzolla. En un lugar tan intelectual como ése, no cabía danzar con otra música. Hasta que el tipo le puso su cuchillo en el cuello:

—Tu tango se termina aquí —dicen que le dijo.

Ella habría respondido:

—Lo sé desde hace mucho tiempo.

Y el tipo le entró el puñal desgollándola. Luego huyeron todos abandonando allí a la otra mujer, que, según oí yo mismo aquí, se llamaba María Parabellum, pero que mi informante apodaba Cessair Triggvason. Más tarde naufragó el *Ona Trek*, no sé muy bien dónde. Eso es todo lo que conozco del episodio.

—¿Por qué me lo cuentas?

—Es un complemento de lo que vas a ver u oír tú mismo.

Las olas cesaron de golpear el peñón y parecieron aquietarse bajo las gruesas nubes próximas y también inmóviles. El descenso seguro y lento del mar resultaba ahora apreciable a simple vista, sin que fuera necesario recurrir a mediaciones especiales o a la incontestable certeza de los parámetros. José Bregante Lúcido parpadeó deslumbrado cuando sus ojos descubrieron una fosa circular profunda que rodeaba al Faro y comenzaba sólo unos metros más lejos de la base del acantilado. La fosa estaba tallada en la roca viva, sin duda por manos de hombre. Al descender el mar y descubrir la fosa, no pudo dejar de pensar en un castillo, e inconscientemente su mirada giró en torno para dar con el puente levadizo. La peregrina idea de este puente le hizo volver el rostro hacia Skaldaspillir. Con absoluta desazón constató que la cara del otro tenía la expresión exacta de un tipo que lo ha encontrado, no sólo esta vez, sino siempre que el océano se iba mar afuera. El agua continuó alejándose. Se extendía ahora delante de ellos una llanura cenagosa y palpitante que crecía estirándose en dirección del horizonte norte. Entre el cielo y la ciénaga circulaba una luz trémula, reverberando en tonos ora azulosos, ora anaranjados. Toda esta luz rebotaba en el lodazal que tendía a ensancharse cada vez más. Por el momento, no había un solo sonido que procediera de la ciénaga, del Faro o del horizonte. Contrariamente a lo que hubiera ocurrido en cualquiera otra región oceánica del mundo, ningún monstruo marino sorprendido por la súbita fuga de las aguas saltaba allí, cazado y enredado en el fango. Ni monstruo, ni pez, ni molusco, ni alga. Un temblor incontrolable trepó por los hombros de Bregante ante la presencia vacía de aquellas regiones tenebrosas que habían llenado de temores insondables sus sueños en noches de relámpagos. Habíase acostumbrado en demasía a la proliferación de la vida, a su porfiado combate por resistir y afirmar como fuera su sino amenazado. Aquí la ausencia de vida pesaba sobre su razón y sus certezas como un deshonesto maleficio. Y sin embargo contemplaba alucinado el espectáculo. ¿Quién y cómo construyó aquí el Faro? ¿Quién ideó la inútil fosa de circunvalación —inútil, puesto que se hallaba sumergida— y diseñó la sombra del puente levadizo? ¿En algún momento del tiempo fue atacable el Faro? ¿Para qué se ataca un Faro deshabitado, sin mujeres, botines ni tesoros de guerra? ¿Para robar la luz?

"¡Ay mi madre! —pensó— en qué pesadilla me pariste! Dime al menos, ¿cómo puedo despertar para librarme del Faro, del Peñón, de Skaldaspillir?"

—No puedes despertar porque no estás dormido, Bregante. Y nuestra madre es la misma, aunque no es nuestra madre. —Otra vez el viking estaba leyendo sus pensamientos. —Todavía no llegan —añadió sin cambiar de tono— pero debes estar alerta y espiar sobre tu izquierda, pues a menudo surgen de allí.

—¿Quiénes surgen de allí?

—No los conozco, nunca los he visto, sólo los escucho cantar y pasar.

José retrocedió aterrado agarrándose de los fierros de la gavia. Ari Skaldaspillir no lo miró. Dijo con voz calma:

—No te harán daño pues son sólo un sueño que está al interior del nuestro, que a su vez está al interior de otro sueño. Este es el sueño iniciático, pero es un sueño cautivo que comienza a apagarse. Va hacia lo oscuro en lugar de ir hacia lo claro. Está juntándose con la noche en lugar de fundirse con el día. No tienes nada que temer: tus sobresaltos no te pertenecen, ellos acontecen a alguien que sí los teme, y sus temores son fundados, ya que lucha contra la muerte bajo grandes tormentos emocionales y en medio de dolores indecibles.

José se sentó. Casi en seguida oyó el rumor de un redoble que venía de lejos, sobre su izquierda, algo como varios tambores y otros instrumentos de percusión. Y súbitamente estallaron en el silencio las voces corales:

Cuando me hice a la vela por los mares del mundo
Aferré con mis manos el timón del *Ona Trek*
Así fue aquello cuando me eché a la mar
Pero dejé mi corazón en un puerto marino
Anclé mi corazón en Utsavalipak
Porque allá en una calle
Clara como la luz del día
Llamada
"Cuarenta días antes del Diluvio"
Habita María Parabellum
Yo he dejado en resguardo mi corazón a María
Y vago por los mares bajo las jarcias del *Ona Trek*
El barco donde timonea la sombra de mi muerte.

Durante el desarrollo de esta fúnebre balada marinera, las voces parecían cruzar a la cuadra del Faro. Cuando cantaron el último verso, aquel que termina con las palabras "Donde timonea la sombra de mi muerte", se habían hecho apenas audibles, muy apagadas. José corrió en puntas de pie al extremo del acantilado, aguzando el oído para no perder el texto, y aguzando los ojos para distinguir siquiera una silueta, una sombra, algo que se moviera en la ciénaga. Su esfuerzo resultó estéril, pues no vio nada: sólo había oído.

—La fragata *Ona Trek* desapareció en algún punto del mar que rodea el Faro —gritó Skaldaspillir, levantándose y dirigiéndose a la puerta de entrada—. Se dice que eso tuvo lugar una noche en que se apagó la luz por falta de combustible. En aquel tiempo había aquí otros dos fareros y ambos se hallaban completamente borrachos. Se trenzaron en una gran pendencia, uno mató al otro partiéndole la cabeza con un hacha y luego se quedó dormido.

Bregante lo seguía apresurado para oírlo, pues sospechó que otra vez le estaban cambiando la historia. —"Quién está corrigiendo el manuscrito todo el tiempo?" —pensó sin quererlo.

—Al atardecer del día siguiente —Ari seguía hablando mientras marchaba sobre las rocas— el mar se fue como hoy. El farero sobreviviente trató de comunicarse con tierra firme pero no pudo hacerlo. La patrulla de reabastecimiento encontró su esqueleto colgando de la gavia, ahorcado. Inicialmente pensaron en un suicidio, pero descubrieron que tenía los huesos de los antebrazos atados a la espalda con un alambre. Se trató pues de una venganza ejercida contra ambos por terceros. Desde entonces los marinos saben que cierta noche del año el mar se va y resuenan las voces de los navegantes ahogados cantando esa canción que acabas de escuchar.

—¡Confiesa que todo esto es una faramalla, que tienes eso grabado en alguna parte, como la supuesta voz de María Parabellum! ¡Confiesa que mientes, que pretendes aterrarme con archiconocidas historias de muerte, traiciones y sangre! ¡Confiesa! —gritaba José, con la lengua trabada por la furia, furia que provenía de sus contradicciones.

Ari lo encaró bajando la cabeza y esperó un rato largo antes de mirarlo con ojos vacíos, en el fondo de los cuales, no obstante, brillaban los lampadarios de una burla sibilina. Se limitó a enunciar:

—Toda verdadera confesión es una indiscreción contra sí mismo.

—¡Qué falta de seriedad! Podemos sucumbir a un peligro tan explícito como tu estupidez, que no lograremos esquivar, y te reduces a endilgarme bravatas antirreligiosas! ¿No tienes el menor sentido práctico? ¿No puedes escoger tus malos momentos con un cuidado más solidario y dar paso a un poco de franqueza?

—Una franqueza semejante es imposible si esa franqueza no estuviera prohibida en toda otra circunstancia —agregó el culpable, como si José no hubiese modulado una sola palabra. Empujando la puerta le disparó sin el menor asomo de burla:

—El peligro al que estamos expuestos es incontrarrestable. Como no dependemos de nosotros, nada podemos hacer por nosotros.

La habitación octogonal se hallaba a oscuras, pero el fuego de los carbones brillaba todavía como una ventana pequeña en una noche muy grande. Lo contemplaron largo en silencio alumbrando sus reflexiones con el ojo incendiado de esa ventana. Bebieron un poco de vino y atizaron el fuego añadiendo gruesos pedazos de carbón. De repente, Skaldaspillir caminó hasta la panoplia de los cuchillos y los contó: había treinta y dos.

—¿Qué has hecho del cuchillo que falta?

—Nunca he tocado los cuchillos.

—Si nunca has tocado los cuchillos, ¿quién lo hizo por ti?

—María Parabellum supongo —la voz de José resonó sardónica a pesar suyo, pues el sentido del interrogatorio se le escapaba.

—Tienes razón: sólo Parabellum puede modificar a su arbitrio el número de cuchillos que hay en el Faro.

—¡Vete al carajo!

—Esa palabrota —carajo— la aprendió ella en el curso del viaje que realizó en el *Ona Trek*.

—¡Vuélvete al carajo!

—¿Tienes una noción —dijo Ari como siempre imperturbable— acerca del concepto "dual"?

—No.

—Tú y yo somos uno. Los cuchillos fueron treinta y tres, para destruir el concepto dual, y ella los contaba así: un cuchillo, dos cuchillos, treinta y tres cuchillos. Treinta y tres es un número de vida, pero treinta y dos y treinta y cuatro son números cautivos, pues pueden ser dualizados. Aunque hay en realidad infinitos conceptos duales. Una buena parte pertenece a categorías de orden moral: el perdón y la venganza, el crimen y el castigo, el bien y el mal. Hay otros que contienen una doble dualidad, porque serían también agrupados con los conceptos de orden moral, y al mismo tiempo, asimilados al grupo de los problemas sociales: la riqueza y la miseria, el terrateniente y el juansintierra, el señor y el villano. Lo mismo acontece con las dualidades geográfico-económicas: este y oeste, norte y sur. El mundo está fundado sobre una muy extensa variedad de dualidades que pueden enunciarse en una sola ley de conjunto: el concepto dual.

—¿A qué viene esta dualidad de cuchillos y antónimos? ¿Puede saberse?

—María Parabellum se debate ahora mismo —recalcó la frase— entre múltiples conceptos duales: la vida y la muerte, el coraje y el miedo, los Aciagos de la Tierra y los Bienandantes, la lucidez y la locura, la vigilia y el sueño.

—Oh —dijo José— ella es una dualidad en sí misma: María y Prepara-la-guerra.

—Exacto. Pero a lo que iba es a lo siguiente: Tú y yo encarnamos todas las dualidades y por ellos somos inseparables. Bastará no importa qué enunciado y nos hallaremos reunidos en tanto que el sujeto y su contrario, en tanto que una acción y su reacción.

—¿Quién ha inventado tanta mierdosa patraña?

—No es una invención sino una necesidad. Somos como la ancha hoja de dos filos de la lanza de Thorbjörn.

—Ya veo: dos filos: el concepto dual.

José Bregante Lúcido no supo en qué momento se instalaron junto a la chimenea, ni en qué momento Ari buscó una botella, que puso sobre la mesa, ni si era efectivamente de noche cuando comieron. Sólo se percató que Ari hablaba de castillos, para asociarlos evidentemente con la extravagante arquitectura del soporte del Faro y cuanto lo rodeaba: el foso, la ciénaga, el crespo mar, hasta que comprendió que el arbitrario responsable del pillaje de la poesía de sus ancestros, preparaba en realidad el terreno para narrarle una historia que pertenecía a un mundo supuesto, ubicado en las antípodas del supuesto mundo suyo. Perdería una vez más la cuenta de los vasos cuyo contenido habían enviado por detrás de la epiglotis. Le pareció que esta vez Skaldaspillir vacilaba en iniciar su acostumbrado relato de las vigilias. Pero dentro de la habitación octogonal palpitaba un aire diferente al aire de otros momentos, menos denso, más grácil. Soplaba recorriendo el cuarto a grandes zancadas, llevando y trayendo nombres y pesadas sombras heroicas y consejas de infinito contenido, lo que regocijó su corazón y concluyó por acaparar su obsesión enteramente. Y de pronto, todo había comenzado.

—Fue por una noche de invierno —estaba diciendo el corpulento narrador—, había llovido durante la tarde y también había llovido otro poco más cerca de la noche. Era aquella la noche de San Juan. A Thorbjörn se le ocurrió, sin que jamás supiéramos por qué, ensillar uno de sus cuatro caballos y cabalgar durante algunas horas hacia el burgo de Bjarg. ¿Deberé explicarte que esto sucedió en el siglo XII? No, por cierto. Lo vimos a mitad de ruta de su destino: llevaba yelmo, espada, y una lanza de hoja muy ancha y de doble filo. Se trataba, repito, de una lanza dual. Pasó Thorbjörn por el poblado de Atli y estuvo allí observando el trabajo de los peones, a la sazón atareados en la siega del heno. Otros regresaban desde Hornstrandir, bien al norte, donde habían matado la jornada pescando. El guerrero Atli se hallaba en su morada, bebiendo en compañía de algunas gentes que habitaban en las inmediaciones de sus campos. Thorbjörn apareció delante de su casa cerca de medianoche, y conteniendo el caballo con la brida para no delatarse, esperó entre los abetos, ignorando la glacial sustancia del barro que untaba los cascos de su cabalgadura y también sus botas, pues había descendido de la montura para moverse un poco y estirar los huesos ateridos por la larga caminata. Inmóvil, atisbó cómo se iban encendiendo y apagando las luces de la casa.

—¿La casa?

—Él esperaba cerca de la casa de Atli, te lo he dicho, que no era exactamente una casa, sino una mansión de guerreros de la vieja Islandia. Los labriegos, después de guardar sus enseres y herramientas, habían descendido a un poblado próximo, que estaba enclavado al pie de un monte, cerca de un fiordo. Allí pelearon su cerveza y se durmieron. De la casa del guerrero Atli partieron algunos invitados despidiéndose a grandes voces, hasta que el héroe se fue quedando solo, acompañado apenas por su mujer, sus hijos, algunas criadas y el humo del fogón. El cierzo penetraba a través de los intersticios de las ventanas y se levantó un viento fuerte y húmedo que hacía crujir los maderos de las paredes y golpeaba con fuerza encima de las vigas negras del techo. Thorbjörn había atado su caballo a un abeto. Bajó la celada de su yelmo para ocultar el rostro y se allegó a la puerta chapoteando en el fango pegajoso. Golpeó con fuerza utilizando la gran aldaba de hierro y retrocedió, metiéndose de nuevo en la oscuridad. Una mujer de la servidumbre oyó la llamada, como todos, y fue hasta la puerta. La abrió y miró. Estaba oscuro y comenzaba a llover de nuevo.

—¿Pero qué buscaba Thorbjörn?

—Thorbjörn quería mostrar su lanza nueva al guerrero. La criada regresó a la sala y dijo a Atli que en toda la cavidad de la noche apozada frente a la casa no había un alma.

—Tal vez fue un golpe de viento —dijo Atli, y cogió de nuevo su jarra de cerveza.

—Afuera —prosiguió Skaldaspillir, con esa voz profunda, vibrante y dramática que José conocía— la lluvia rebotaba y sonaba dura y fría. Thorbjörn vino de nuevo hasta la puerta, cuyos maderos se hallaban sujetos sólidamente por picas de hierro forjado, y llamó con más fuerza que antes, regresando después a meterse entre los árboles. Desde allí vio a otra criada que miraba hacia la noche, pero ella no vio la noche que era él. La hoja de la puerta se juntó de nuevo crujiendo. Atli preguntó quién estaba afuera golpeando sin mesura contra su puerta. La mujer repuso que nadie. El guerrero rascó su barba meditando y luego dijo:

—Alguien me busca y trae un mensaje que ha de ser muy secreto y muy urgente.

Diciendo esto oyó nuevos golpes.

—Me llaman —añadió— tal vez la Muerte esté de paso por el lugar. Iré yo mismo a hablarle.

—Se levantó y abrió la puerta. Escrutó la noche y los árboles velados por la lluvia, que el viento arrojaba contra su rostro, pero no podía distinguir otra cosa. Entonces, Thorbjörn asomó desde la oscuridad, y tras un gran salto, empuñando su lanza con ambas manos, la clavó profundamente en el pecho de Atli. El guerrero aferró la lanza sin intentar arrancarla, sólo tocándola, sólo paseando sus dedos por la lisa cantidad de hierro que había quedado fuera de su pecho y midió la ancha hoja de dentados filos. En seguida, clavando los ojos en el yelmo de Thorbjörn, que continuaba sin alzar la celada, comentó:

—Son anchas las láminas de las lanzas que se forjan en estos tiempos, Thorbjörn.

Y cayó muerto de boca sobre el barro.

José bebió ensimismado, fumó una pitada larga y no supo cómo tomar la cosa. Estimó que el mar estaba a punto de derribar la puerta del Faro y miró hacia allá tendiendo el oído. El mugido del agua era lo que le interesaba más entre todos los sonidos, pero ahora escuchaba también el crujido inclemente de la lanza de Thorbjörn penetrando pausada en el pecho de Atli. Ari, en cambio, guardaba silencio, y contemplaba el fuego como si acabara de descubrir su presencia.

—Hay una contradicción en tu historia —dijo José finalmente— pues Atli, como guerrero, tenía que saber que las hojas de las lanzas eran ya anchas.

—Thorbjörn era a su vez forjador, y Atli lo reconoció por eso. Pero el problema es otro: tal vez la anchura de una lámina sea distinta cuando se mide y se mira, que cuando se siente. Atli se dio cuenta exacta sólo en el momento en que tomó la medida de la lámina recurriendo a su propio corazón.

—No había pensado en ello —admitió Bregante, el Lúcido, al término de otra pausa— pues en efecto el dolor parece tener una cualidad distinta de medida que la ausencia de dolor. Pero yo podría hablarte de dolores que exceden el concepto y dejan atrás la propia palabra escogida para nombrarlo.

—¿Ah sí?

Los vasos estaban ora repletos de alcohol ora vacíos. Una u otra mano los rellenaba de continuo, y siempre los objetos, los elementos, seguían sonando en mitad de esa hora pacífica en que se evocaba la violencia. José se hallaba tan habituado al mugir del cuerno de niebla que apenas ya lo percibía entre dos o más sonidos simultáneos. Pero como estaba también tentado de lanzarse en un relato, le perturbaban ciertas cosas. Comprendía que el suyo sonaría harto menor en comparación con las tremendas epopeyas del gigante, donde todo el mundo sangraba y nadie vertía jamás una lágrima. Bruscamente se vio forzado a admitir en su fuero interno que su sangre carecía de historias heroicas, al menos, de la categoría de heroicidad de las historias que narraba Ari Skaldaspillir, que por muy antiguas, cobraban en el recogimiento del oyente una trémula luz que venía de lejos, del resplandor de los incendios, de las rutas, costas, planicies, montañas, ríos y océanos donde se había forjado la historia de la humanidad. Le perturbaban también, la voz de Ari, que era profunda, dramática, contenida, y la calidad y el esplendor de los gestos que acompañaban a la voz. La suya era nasal, casi aguda, y sus manos reposaban constantemente entre las rodillas, como atemorizadas de mostrarse en apoyo de aquellas historias minúsculas.

—Puedo batirlo en el terreno de la inteligencia, no en el de la representación —reconoció para sí.

Ari observaba subrepticiamente también a José Bregante. Medía bien el alcance de sus muchas luces y de su decisión. Sintió una satisfacción entrañable al comprobar el efecto que su voz y sus historias ejercían sobre el otro: la fascinación de José era muy visible. Pensó que una forma de conservar esta ventaja sobre un tal adversario, era justamente demostrarle, a fuerza de relatos trágicos y repletos de puñales y traiciones, que de una cierta manera la situación persistiría centrándose sobre el punto psicólogo en el cual se hallaba. Secretamente había admitido para sí que la elección de su personaje (ese personaje extravagante, a veces introvertido, muchas veces violento y áspero, y más que toda otra cosa, cargado de míticas vivencias que remontaban por lo menos a la Alta Edad Media escandinava), continuaba produciendo el efecto previsto cada vez que José Bregante Lúcido llegaba al Faro (o creía que llegaba al Faro).

—La agresividad ambigua es una benigna forma de defensa —marmotaba en su acosador y robusto fuero interno.

Era por esto que habían arrastrado un par de sillas cerca de la estufa de hierro, y que las habían dispuesto de tal modo que no se encontraban frente a frente, sino cada cual de cara al fuego encendido, conservando al otro —en tanto que otro, y en tanto que parte de sí— sobre un costado. José lo había escuchado en total silencio y Ari había desvariado firme acerca del tipo de yelmo y de su ancha hoja de doble filo. Pero José no quería cederle todo el terreno en esta materia, y buscaba en su mente algún episodio de la historia de sus razas que neutralizara las oscuras fantasías del ladrón de la obra de Snorri Sturluson. Hasta que de repente tuvo un cabriolar de sangre. La puerta del Faro estaba crujiendo de nuevo, como si quisiera ceder ante la sonora materialidad del viento crepuscular, repetido tantas veces como el océano repetía sus incursiones contra la soberbia del arrecife. Ambos guardaban silencio, pero las palabras de Skaldaspillir bailaban todavía entre las sombras movedizas, propiciadas por las llamas y prendidas a los muros vacíos. José creyó recordar una historia particular, la historia sin par de un héroe que parecía antiguo, pero que en verdad era, sin ninguna duda, un héroe de nuestro tiempo: la única real epopeya que reconocería entre todas, flotando en su sangre mestiza del Sur hambriento y enjaulado. Y que además hacía vibrar esta sangre insuflándole un temblor singular, un regusto de grandezas. ¿Cómo pudo pasar por alto hasta ahora semejante hecho? ¿Por qué estaba olvidándolo? ¿En razón de qué la memoria se aparta de ciertos acontecimientos que representan un hito magno para toda la vida, que pueden dejar en una vida tanta huella de valores visibles? Tomó su vaso y lo vació. Miró a Skaldaspillir, lo agarró del hombro para arrancarlo del fuego. El pétreo farero miraba sin comprender, a la defensiva. —"Después de todo —se estaba diciendo José una y otra vez— la historia que te aprestas a descargar contra este pazguato y su irreverente y hasta ahora no probada superioridad, no precisa de gestos teatrales ni ampulosos, y sobra con tu voz del sur, aguda y agitada, para darle el soplo épico que el hecho mismo carga en sus propias entrañas, desgarradas por mucho más de treinta y tres cuchillos. En definitiva, un cuchillo, dos cuchillos, treinta y tres cuchillos, no tienen ninguna equivalencia trágica con el rodeo de la muerte en que puedo hacerlo cabalgar y participar".

—Ari —propuso—, ¿quieres escucharme?

—No me queda otra salida que tu entrada —dijo Skaldaspillir resignándose, lo que en él era muy raro.

De allende la utopía, de allende la tragedia, y de allende el porte majestuoso de la Cordillera de los Andes

José Narrante Lírico, el Bregador de Épicas Imposturas, se arrellanó, se tragó un nuevo palmo de vino para foguear el gaznate, miró el fuego a fin de preparar y promulgar la concentración, buscó las palabras, las imágenes iniciales, y se arrojó a nadar de este modo en las aguas de aquel subsueño:

—Tendré que comenzar casi por el fin, Ari Skaldaspillir, pues de lo contrario no nos alcanzaría el año para narrarte todo lo que tengo que narrarte en este punto de nuestras relaciones.

Hizo una pausa que estimó de efecto. Continuó:

—Podía ver las torres de la ciudad. Me hallaba a dos o tres leguas (más bien tres que dos) de su centro, cuando avisté la columna de humo. Parecía surgir de un edificio encastrado en el corazón de la urbe, aun cuando, desde mi atalaya de observación, me resultara imposible determinar el punto exacto. La columna era delgada todavía y muy negra, muy prieta. Sobre mi cabeza campeaba un cielo completamente azulado. Puras brisas cruzaban también de un lado a otro. Sentía la naciente primavera temblando por doquier, pues en mi narración estamos en septiembre, y era septiembre asimismo en los terrenos baldíos, cantados por los lugareños, y tal vez confundidos por ellos con campos de flores bordados, y en los callejones habitados por niños desnudos, sábanas chorreando rápidas lágrimas de moco y barro, cenizas desechadas, huraños calcetines con escotillas abiertas, y en fin, gatos y perros flacos y peleadores, como sus amos. No era ni copia ni feliz ni del Edén, pero era septiembre, y allá, entre mar, montaña, vino y sangre, septiembre, como un almendro, es el heraldo de la primavera. Tal hecho hace que lo feo se vea casi hermoso. Decidí entonces, impulsado por una secreta sugestión, correr en dirección del humo hasta descifrar su significado —excúsame, Skaldaspillir, si no narro las historias como tú— porque un presentimiento bien jodido me iba recogiendo el estómago.

—Espera: ¿te hallabas allí mismo donde sucede el relato?

—Por principio, uno siempre ha estado allí, ya que mi historia personal es indivisible e inseparable de una historia general que tiene que ver con mi conciencia. Tú sabes que un hombre está siempre contando un mismo hecho, de maneras diferentes o con distintos humores, pero es un acto repetido que marcó su lengua, que se le metió por los ojos, que levantó las pulsaciones de su corazón. Por lo demás, ningún contador de historias que se respete a sí mismo, cambia de historias. Las da vueltas y revueltas, las sacude, las estruja expresamente para ver si todavía dan jugo: en el fondo, es la vieja idéntica metáfora de su soledad o de sus inquietudes, repetida hasta el infinito de su efímera condición.

—Tienes razón. El sur es efímero, el norte es perenne.

—No me interrumpas con huevadas cuando te estoy aclarando algo indispensable —reprochó José con voz glacial. Había caído en la cuenta que el otro proyectaba agujerearle el discurso para ir limitando los efectos. —Iba, como te digo, corriendo, tenía poco aire ya en los pulmones a causa de la prisa, o temor de que el fuego se apagara antes de mi llegada, cuando diviso a la vera de una acequia, la presencia achaparrada —bien conocida por mí— de un enano barbudo, su larga barba salpicada con incrustaciones de pimienta pálida en la negrura. Se hallaba sentado muy cerca de la tierra, sobre una tabla provista de cuatro ruedas pequeñas, pues le faltaban ambas piernas, y tapeteaba una cueca en un sucio tarro aceitero, vacío y bocabajo.

—¿Cueca?

—Es el baile nacional de aquel paraje. Cuando se toca como lo estaba haciendo el enano, se llama la cueca en tarro. La cueca en tarro es una cueca de ciudad pero se interpreta cerca de los ríos, y si hay puentes, debajo de los puentes. Muy bien: tocaba su cueca el tarugo, como te lo sigo diciendo, y de acuerdo a las usanzas locales gritaba cada cierto tiempo:

—¡A la vueeeelta!

Otras veces cambiaba de grito:

—¡Date vuelta en el aiiiiire...!

Y otras todavía:

—¡Vuélvete mieeeeerda!

Me paré jadeando a su lado y para acallarlo un poco le solté como un huascazo:

—¿Estás al tanto del humo, Vientre en Acecho?

—Seguro, José, por eso estoy tocando de espaldas.

—¿De espaldas para dónde?

—Para el humo.

—¿Y tienes una vaga idea de lo que puede ser?

—¿Vaga? —Vientre en Acecho cesó de maltratar el tarro y frunció su ancho entrecejo, porque era muy cabezón. —Acércate más, y más, y más —me cantó en voz baja. Hizo un signo con los labios indicándome que guardara silencio, aunque nadie merodeaba por el apestoso sector, y cuando estuve a su lado, colgó una manaza de mi cuello obligando mi agachada, para dejar caer dentro de una de mis orejas:

—Esta mañana, muy temprano, los Felones de la Costa se rebelaron contra la autoridad y se han llevado los galeones mar afuera. Según la vieja tradición de la familia, cuando los Felones de la Costa se alejan de sus gaos de amarre con los galeones, entran en acción los Aciagos de la Tierra y los Rapaces del Aire, y atacan sin pérdida de tiempo la Casa Capitular. Ha ocurrido dos veces en cien años, aunque tratándose de cosa tan grave, es como echarle con la olla.

—¡Por las súbitas entrecanillas del mono! —gemí—: ¡Así que es ésa la traducción de la humareda!

—No sólo de la humareda —mi reducido amigo confirmaba asintiendo con la parte baja de su gravedad— ya que otros sucesos tienen lugar en diferentes sitios. ¿Dónde ibas tan veloz?

—Voy donde el deber me llama: a defender al maestro Salvador, nuestro Adelantado.

—¿Y lo vas a defender cómo?

—Emocionalmente. Estoy tan desarmado como el resto.

—No todo el mundo está desarmado. Vas a toparte con verdaderos escuadrones de Aciagos de la Tierra.

—¿Ah sí?

—Entonces, si quieres ir más allá y prestarle una manopla emocional, empieza por hacerte el tonto de piernas y no corras, que llamas demasiado la atención y estás todavía muy lejos.

—Cierto —admití—, no lo había pensado.

—Cuando un huevón corre en tales entreveros ya no está pensando. Tú ves que a pesar de la humareda estoy sentado en el suelo manipulándome una cuequita en tarro, pero no canto: pienso. ¿Me captas?

—Te capto, Vientre en Acecho.

—Voy a darte un tímido consejo: toma por la orilla de los Tajamares, pégate a la ribera del río, pasa de largo frente al Puente de Cal y Canto, y sigue todavía de largo hasta que te topes con otro puente, mucho más abajo, que los de por ahí llaman el Puente Manuel Rodríguez. Sólo entonces cruza el río, porque todos los caminos y atajos precedentes están cubiertos por piquetes de Aciagos de la Tierra. Son celadas que armaron para controlar a los que quieren escapar del centro hacia las barriadas, aunque tampoco se permite pasar en dirección de la Casa Capitular. Parece que nadie puede echarse el pollo y romper el cerco.

—¿Qué cosa es echarse el pollo?

José escuchó el bramido del mar. Llenó su copa y repuso escuetamente:

—Huir.

Bebió. Como el otro guardaba silencio, dijo:

—Yo estaba muy nervioso y apurado, de manera que me dispuse a seguir su consejo, que no era tan tímido como lo pretendía el enano. Sin embargo, no bien había andado tres pasos hacia el oeste, me clavó su aguijón una curiosidad repentina. Me volví y le pregunté a boca de jarro:

—¿Cómo sabes todas estas cosas? ¿Quién te ha dado tales informaciones, Vientre en Acecho?

—Me sorprendes ampliamente. Ella es la fuente de nuestras informaciones.

—¡Cómo ella! ¿Quién es ella en este caso?

—María Parabellum.

—Oh no, exclamé angustiado —dijo José—: ¿Y por qué te lo ha dicho a ti solamente?

—En el desquiciado instante de la agonía, una mente se comporta de un modo lógico y lúdico a la vez. Ella me previno que a esta hora (y no a otra hora) pasarías corriendo como un desaforado callejón abajo y me pidió que te esperara, te atajara, te pusiera al tranco y te endilgara por el buen camino.

—¿Así es que sabe que estoy aquí y no en el Faro?

—¡Me estás viendo las canillas, José!

—¿Y desde cuándo ella merodea por los Tajamares?

—¡Ah no! Si me sigues apuntalando por la brecha trasera me erizo. Sabes muy bien que la mujerona nunca ha salido de aquí: ella vive aquí.

—¡Protesto! —gritó Ari Skaldaspillir, descargando un druídico puñetazo sobre la cubierta de la mesa. La botella vacía rodó al suelo y las copas soportaron el batatazo penosamente agarrándose a los nudos ciegos de la madera. El golpe se mezcló con el vendaval exterior: tal como el vendaval exterior repercutía dentro de la habitación octogonal, el golpe exasperado de Skaldaspillir repercutió afuera anudándose a la desperdiciada fuerza del huracán.

—Reproduzco —dijo calmamente José Tunante Júbilo— de manera literal las palabras de Vientre en Acecho. —Hipó, se limpió la boca con el dorso de la mano, y aclaró en seguida: —De quien, por otra parte, no tengo la menor intención de dudar. En cualquier caso, espera el término de mi relación, pues aún no he concluido y ella es muy circunstanciada, como puedes oír.

Esta vez sí que bebió un largo sorbo tras descorchar con orden y pulso la tercera botella de la noche.

—Agarré camino a lo largo de los Tajamares, tal como recomendó María Parabellum, por boca de Vientre en Acecho. Vi pobladores que hacían esfuerzos para montar en la balaustrada de cemento que encajona las aguas del río, algo frenéticas en aquella estación por el fundimiento de la nieve y el desarrollo de su volumen. Eran rostros cerrados, inquietos, que miraban con amargura hacia la columna de humo creciente. Me resultaba insoportable la idea de que el Adelantado fuera excluido por la fuerza de sus funciones, pero más insoportable se me hizo la idea de que cumpliera con su palabra, una palabra empeñada a grandes voces, en los estrados del pueblo, y decidiera resistir solo. En efecto, no una, sino muchas veces, había manifestado que sólo saldría de la Casa Capitular con los pies adelante.

—¿Muerto?

—Muerto. Procuré irme mezclando poco a poco al aumento del gentío, y cuando estuve mimetizado, deslicé una pregunta como quien no quiere la cosa:

—¿Sucede algo allá lejos?

Ciertos ojos me pespuntearon la cara con asombro.

—Hay humo —dijeron dos o tres— y donde no hay fuego no hay humo.

Otros que empujaban para treparse al mirador sumaron sus opiniones:

—Creo que están atacando la Casa Capitular, pues hemos visto pasar varias veces por encima de nuestras cabezas un par de Halcones Cazadores.

—Escuchamos también órdenes y disparos.

—La ciudad está llena de Aciagos de la Tierra. Abandonaron los fortines y ahora se hallan sobre sus hierros en todos los entreveros.

—Miré hacia el Puente de Cal y Canto y estaba también repleto de espectadores. Era, Skaldaspillir, como si la ciudad entera se hubiera convertido en un teatro magistral, donde no existían sino el escenario y los actores: ningún espectador era posible ya, pues todo el mundo se hallaba de algún modo implicado desempeñando un papel. Pero era, al mismo tiempo, una obra escrita ante nuestros ojos por la Historia, o tal vez, se trataba de la Historia mostrándose a sí misma, enseñándonos las sutilezas de sus partos, efectuando una contorsión con rasgos de catarsis. Poco a poco todo comenzaba a cobrar significado, y tal significado se reflejaba en los rostros de los actuantes, en los sonidos que emanaban del escenario gigantesco, en el humo que condecoraba la mañana ondulando su amargo espasmo negro, en el río infeliz que servía de espejo a la tragedia, devolviendo imágenes grotescas, heroicas, desgarradoras o patéticas.

José Brillante Único se había puesto de pie con un cuerno de vino en la mano. Elevaba el brazo y bebía, sin ninguna ceremonia ahora, una densa bocanada de niebla. Los cabellos negros, enredados sobre la frente, caían en mestizas rodajas sobre los lóbulos de su orejería, apenas visible bajo la maraña de las guedejas. La camisa comenzaba a abrirse sobre el pecho, y el pecho se veía tostado y lampiño, con una cicatriz a modo de tatuaje, y un tatuaje metamorfoseado en cicatriz. Así como el aura de Skaldaspillir era dorada cuando su emoción se erguía en mitad del aposento, el aura de José era morena y su emoción estaba irguiéndose en mitad del aposento.

—De pronto —continuó— escuchaba exclamaciones de estupor e indignación. Pero cerca mío un grupo aplaudía complacido, dos parejas yacían borrachas, abrazadas sobre un trozo de hule, y más lejos, afirmada en un árbol sin cáscara, lloraba una mujer. Su manera de llantear era completamente impúdica, pues no había quién no reparara en ella a causa de la limpidez y el estilo de su sollozo, que parecía conocer perfectamente, que parecía haber trabajado mucho tiempo. Nuevos actores abandonaban sus viviendas y se acercaban tanto como podían a la parte delantera de la escena, que, sin embargo, estaba todavía lejos. Pero no tardaría —me dije— en llegar acá.

La pausa de José fue ahora marcada de manera mucho más intensa, porque su voz había abrazado con tan singular eficacia todo el espacio sonoro circundante, que ya no se oía la voz del mar. Skaldaspillir, trastornado por el descubrimiento, se puso de pie para apreciar mejor el sedicioso espectáculo.

—No bien recorrí una legua y media, enfrenté el primer grupo que subía huyendo desde las inmediaciones del humo. Marchaban al trote, en tropel, y cada cierto tiempo se paraban para mirar atrás, agarrándose de las corbatas. Alguien murmuró quedamente:

—No miréis atrás, que allá sólo quedan las ruinas quemadas de nuestra inexperiencia.

—Supe que algo tremendo estaba ocurriendo, no ya sólo en el punto neurálgico de la columna de humo, sino en toda la ciudad, e incluso, en la periferia de la ciudad. Los centrífugos contaban cosas increíbles.

—El compañero Adelantado se parapetó en la Casa Capitular —decían— y se defiende a sangre y fuego. Todo en torno suyo está cubierto de cadáveres: son los cuerpos de sus camaradas muertos.

Y decían:

—Su perro estaba herido y le pidió permiso para matarse. Él le habría reprochado:

—¿Cómo vas a matarte en mitad de mi último discurso?

Y su perro habría respondido:

—Es que no soporto la vista de mi sangre ni el rencor del dolor que está viniendo.

Levantando la voz inquirí:

—¿Dónde se halla el Puente Manuel Rodríguez?

—Se llama así —dijeron— en memoria de un héroe de nuestra única independencia, y es aquel que se ve allá abajo, donde las aguas forman un remolino que arenga a los pasantes rugiendo: ¡Aún tenemos patria, ciudadanos!

—Sin correr me aparté en esa dirección. A mi lado apareció un tipo cargado con aparatos. Llevaba una cámara filmadora y me puso entre las manos el equipo de grabación.

—¡Ayúdeme usted compadre! —gritó— ¡mire que esta huevada pesa mucho!

—¿Dónde vamos?

—Driblea no más, vamos a entrar al área para filmar lo que está pasando.

—¿Y qué es lo que está pasando?

—Te lo diré cuando revele la película.

—La marcha comenzó a hacerse muy penosa en razón de un extraño olor a gas que se expandía por doquier. La muchedumbre estornudaba, lagrimeaba, y terminó desplegándose un poco con el fin de airearse, por lo que continuamos caminando solos. Fue entonces que oímos un rugido de motores en la altura y vimos los dos Halcones Cazadores elevándose como flechas plateadas muy arriba. Filmábamos y grabábamos. En un momento particular de la obra, muy intenso, se inmovilizaron, embistiendo acto seguido con sus narices bajas y descendiendo otra vez como flechas. Picaron a gran velocidad contra la base de la columna de humo, que seguía engrosando. Casi todo el mundo podía oír ahora el fragor de la batalla sin necesidad de altavoces. Apenas cruzamos el Puente Manuel Rodríguez topamos con los primeros estropicios visibles. Tirado en un charco de sangre junto a su caseta, yacía el cadáver de un vendedor de diarios. Tenía una pierna de palo, y hasta la mismísima pierna de palo estaba astillada, segada por una ráfaga malévola. Alguno lo había tapado con páginas sueltas de su propia mercadería.

—¿Me escuchas, Ari Skaldaspillir? Ahora descendíamos la suave pendiente de las calles que bajan desde los Tajamares hasta el Centro, y cada vez, un cuadro más lleno de horror, un paisaje implacable, cobraba forma a nuestro alrededor. Al cabo de un rato estábamos saltando literalmente sobre los cadáveres, como sobre charcos, tirados en los pasajes, en las aceras, pisoteados por las orugas de metal en plena calle. Desde la torreta de sus hierros, los Aciagos de la Tierra nos contemplaban sin decir palabra, con los rostros pintados de negro, y una actitud inmóvil y expectante, que recordaba la del buitre participando en un cruel festín de gritos, carroña y miasma. La cuestión fundamental, Skaldaspillir, se centraba en un hecho: por primera vez asistíamos en cuerpo y en espíritu a un fenómeno que no es inusual en aquellos lugares, pero que ahora contemplábamos con un ojo que a su vez se aprestaba a cargar la memoria hasta los bordes. Veíamos claramente que no se trataba de una guerra, ni de una insurrección, ni de una sublevación, si siquiera de una asonada, sino de una matanza: los Aciagos de la Tierra en unión con los Felones de la Costa y los Rapaces del Aire, estaban ocupando militarmente su propia ciudad, su propia provincia, su país entero, y para ello, mataban por el puro placer de matar, sin propósito, a sus conciudadanos civiles indefensos, que en principio estaban encargados de proteger. Poco después comprendimos también que el único lugar donde se estaba combatiendo realmente era en la Casa Capitular y sus alrededores. Debíamos avanzar con sumo cuidado, de quicio en quicio, de zaguán en zaguán, de pasaje en pasaje, porque ya las primeras balas estaban rebotando cerca de nosotros. De repente, a una centena de metros, en la calle por la que nos hallábamos progresando, estalló un tiroteo. Nos protegimos para mirar. Vimos en la parte alta de una casa muy vieja, a una joven armada de un pistolete, un arma de fuego pequeña y vetusta. La joven tenía cabellos largos, lisos, y el rostro moreno. Parecía delgada, firme y decidida. Recuerdo sobre todo su blusa rota y su apretado pantalón de mezclilla azul. Los Aciagos de la Tierra le disparaban desde la calle, y ella respondía desde su palomera a punta de conmovedora certeza, con ese muñón de hierro oxidado que apenas podía palpitar. Muy pronto, algunos Aciagos de la Tierra treparon por la parte trasera de la casa. Llegaron hasta la palomera y sin aviso le tiraron a quemarropa. Divisé nítidamente la rosa roja que se le abrió en la sien y el río de sus cabellos muertos que rodó hacia la calle, congelándose en la caída, cuando aflojó la cabeza. Percibí su desprenderse del aire, su insoportable caer de bruces sobre el breve parapeto descascarado, donde los dulces senos se quedaron apretados sin vuelta. Intuí la ausencia de gemido y de sollozo. Entonces se aquietó allí la primavera muerta en el tejado el once de septiembre a mediodía.

El que estaba a mi lado y filmaba, levantó la cara y gritó:

—Oye, Dios: ¿estás mirando todavía?

—A la carrera doblamos sobre otra calle, y luego otra calle —bramó la voz de José— hasta que vimos la Casa Capitular. Enormes llamas crepitaban en los ventanales y los balcones vetustos. Nos apostamos a una treintena de pasos, parapetados otra vez en el primer zaguán con que topamos, tirados en el suelo, entre muertos tibios y heridos sacudidos por estertores. La balacera tremolaba, el calor resblandecía el asfalto, el aire había huido, y esquirlas de plomo, de hueso y de piedra golpeaban restallantes, volando enfurecidas en una maligna dispersión de avispas pardas. Todo era pardo, como en las fotografías antiguas. Filmábamos y grabábamos sin movernos, para que no nos volvieran a tirar encima, pero en verdad, cuanto quedaba vivo, tenía los ojos clavados en las llamas y en el humo y lo que dentro de las llamas y el humo se movía aún. Hasta que súbitamente alguien abrió una pequeña puerta lateral, en el costado de la Casa Capitular, y comenzó a salir gente —hombres y mujeres— con los brazos en alto. Al final venía una joven de rostro aceitunado y cabellos recogidos sobre la nuca. Se llamó Beatriz. Un hombre apareció detrás de ella. Llevaba casco blindado, apretaba en las manos un fusil de asalto, se cubría la boca con un pañuelo atado por detrás, al cuello, para protegerse del humo. Pero a causa de sus lunetas ópticas lo reconocí inmediatamente. En mitad del humo, del fragor, del estruendo, de las balas, de los cañonazos, del rugido de los Halcones Cazadores, de los muros despedazados por los impactos, de los vidrios rotos llenos de sangre, de los gritos, de los gemidos, de las imprecaciones, del pesado olor a genocidio, a magnicidio, a derrumbe, a traición y a indefensión absoluta, padre e hija, hija y padre, intercambiaron algunas sobrias palabras, se miraron a los ojos, se besaron tiernamente, se estrecharon las manos, y luego, el padre adusto y admirable empujó a la hija abnegada y admirable hacia la calle, cerrando la estrepitosa puerta en las mismísimas barbas de su irrevocable tentación de morir.

La voz de José se alzaba como un silbido ronco que le

subía del pecho para chocar rebotando en los muros octogonales al interior del faro.

—¡Solo contra millares de Aciagos de la Tierra! —aulló—, solo con su conciencia, solo con el respeto por su altísimo deber, por su invencible responsabilidad, solo con su desesperado amor multitudinario, solo en medio de su brusca soledad megalítica. Y su tirante pulso de piedra desbaratando para siempre la traición de quienes habían mancillado el empedrado de la Plaza del Manuscrito Fundacional. Y su furiosa pupila de mohai escrutando e interrogando la historia con el ceño fruncido. Y su inconcebible gesto estremeciendo los cimientos de la hipocresía contemporánea, que lo miraba caer irreprochablemente, no vencido sino venciendo, no humillado sino humillando, no muriendo sino esfumándose —porque los héroes no mueren: se esfuman—, no descendiendo sino alzándose, no claudicando sino imponiendo condiciones intransables. No perdido sino encontrado para siempre por el desamparado corazón de su pueblo.

Esta pausa fue la más densa, la más larga, la más verdadera de todas. Ari Skaldaspillir despertó sobresaltado de su contemplación auditiva, arrojó el vaso contra el muro, esperó todavía un poco más la aparición de otra palabra, y terminó por gritar:

—¿Y tú, qué fue lo que hiciste tú, cabrón?

—Abrí los ojos —dijo Bregante con voz suave y ronca— y lo miré, y abrí el oído y lo escuché, y abrí la conciencia y lo amarré, y abrí mi corazón y lo abrigué.

—¡Por la altísima sangre de Balder! ¡Te has quedado parado allí mirándolo? ¿No corriste a morir con él hasta su muerte? ¿No te acercaste a su heroísmo? ¿Qué te costaba dar un paso? ¿Por qué lo abandonaste en la hora del muérdago?

José se estaba calmando, como después de una eyaculación. Lo contempló con los ojos vacíos, un instante silencioso, sin mover un músculo, dominando toda su compleja emoción. Al fin levantó la cabeza y confesó:

—Yo no lo sé, Ari. Sinceramente, no lo sé. Pregúntaselo a María Parabellum.

De por qué ni el sueño ni la realidad existen, sino apenas una sucesión infinita de sueños y realidades individuales e imaginarias

María Isabel Núñez llegó a vivir en un lugar llamado Hol-Mué. El pueblo no puede ser visto ni desde sus costados ni desde el aire a causa de los árboles. Es una aldea donde acontecen trescientos días de sol por año. Cuando llueve grueso las casas se deshacen y es necesario construirlas de nuevo. Pero la última reconstrucción tuvo lugar hace dos siglos. Son frecuentes, en cambio, las neblinas matinales, muy húmedas, que toman a su cargo las funciones de la lluvia. De esta niebla toman sus aguas diurnas y nocturnas las arboledas, los arbustos, la hierba, y sobre todo, los frutos macizos y esplendentes que han rendido al pueblo una completa celebridad. María Isabel se instaló a vivir en una casa que le alquilara el capitán Triggvason, su amante, y más tarde su marido. La casa estaba en mitad de un huerto. El huerto estuvo ocho años a cargo de un jardinero y horticultor de origen nórdico llamado Ari Skaldaspillir. El hombre era un tipo solitario, envejecido, y parco en palabras. El capitán Triggvason le cedió como habitación una glorieta que se estaba desarmando al fondo del huerto, detrás de cuatro árboles corpulentos. La glorieta, por caprichos del arquitecto que la diseñó y levantó, estaba construida sobre pilares, a la manera de los palafitos, pero no había agua debajo. Sobre aquellos pilares se erguía redonda y alta. Tal vez por esta causa, u otra causa mucho menos comprensible,

Skaldaspillir, el jardinólogo, la llamaba El Faro. Puso una lámpara marina arriba, y cuando brotaba la niebla desde la tierra caliente y húmeda, en verdad la glorieta se transformaba en un faro. Pero Skaldaspillir llevaba mucho más lejos la analogía tangible de sus sueños: si bebía —y ello era frecuente— hacía resonar una bocina estridente y ronca, que él pretendía confundir con un burdo cuerno de niebla. María Isabel salía de la casa gritándole:

—¡Deja de hacer sonar eso, coño, o te capo con los dientes!

Pero nunca lo capó, pues el tiempo precipitó sus jóvenes cosas. El 2 de abril, María Isabel Nuñez viajó a la capital. Para hacerlo, como el padre de Neftalí Ricardo Reyes Basoalto, escogió el tren de la muerte. En la Estación Terminal se topó con violentos desórdenes callejeros y numerosos combates entre, de una parte, los ciudadanos —obreros y estudiantes en su mayoría— y el ejército profesional de los Aciagos de la Tierra de otra, que actuaba montado y armado de largas lanzas. Como sólo contaba entonces veinticuatro años, un soldado la confundió con una estudiante y le clavó la lanza por la espalda, sin que ella tuviera una noción clara de lo que estaba sucediendo. Un poco más lejos, hacia el centro de la ciudad, más allá del río, agonizaban otros estudiantes, heridos de lanza o de bala y tirados en un charco de sangre. Lo mismo acontecía con centenares de ciudadanos en decenas de barrios diferentes. Veintinueve años más tarde, en la madrugada del 7 al 8 de septiembre, María Parabellum recibió un tiro en la cabeza, acusada de complicidad con los hechos acaecidos ese día en Utsavalipak, a saber: el magnicidio del tirano Augusto Aciago de la Fosa, asesino intelectual de su padre y de miles de otros ciudadanos civiles y uniformados. Fue sorprendida escribiendo sobre un tablero de dibujo y conducida más tarde a una clínica privada para evitar que la torturaran en plena agonía, como es allí frecuentemente el caso. Estuvieron junto a ella, relevándose con remarcable lealtad, los enfermeros Cessair Triggvason, Yonalda Vutamapu, Victoria del Tránsito Lúcido, José Bregante Lúcido, y también Ari Skaldaspillir y Snorri

Sturluson, estos dos últimos, médicos pertenecientes a la organización internacional Amor sin Barreras. María —como su amado Odín— agonizaría durante nueve días con sus nueve noches, pero, a diferencia de Odín, ni bebería la hidromiel que permite el conocimiento profundo de las runas con las cuales se escribe la más sonora y metafórica de las poesías, ni descendería del árbol, en este caso del coma, es decir, de un sueño largo como un libro procedente de lecturas diversas. Algunas imágenes y algunas de sus pesadillas intelectuales, mezcladas con fragmentos verdaderos de su vida, la visitaron durante el penoso trance. Más tarde murió, mientras tenía la sospecha —completamente delirante— de que había escrito un extenso relato en el que narraba un duelo que tenía por escenario el mundo entero, y que creyó haber titulado *Del extravertido combate entre Régulus, estrella guardiana del Norte, y Fomalhaut, estrella guardiana del Sur*. Lo sugestivo, sin embargo desde un punto de vista estrictamente literario, es que ella habría imaginado un combate singular sostenido por dos de sus médicos, el jefe de sala José Bregante Lúcido, nacido al interior del Campo de Exterminio llamado Inn Doam Erikka, y el médico extranjero Ari Skaldaspillir, doctorado en la Universidad de Reykjavik. El relato íntegro cierra este volumen. Lo firma como Cessair Triggvason e incluye en él, protagónicamente, a María Parabellum, su alter ego.

Esta muerte no produjo la menor conmoción. En las altas esferas oficiales estimaron que aquel nombre —María Parabellum— no era otra cosa que una chapa para ocultar una identidad distinta, y había sido utilizado para llevar a cabo eventuales actividades terroristas desde el ajusticiamiento de su padre, el capitán Erik Triggvason. Se creía saber, además, que era una ciudadana de origen extranjero, sin que nadie se diese cuenta nunca, verdaderamente, de su filiación real. En el Cementerio de Utsavalipak fue despedida por Rodolfo Walsh, a quien todo el mundo buscaba en otros cementerios muy lejanos. Cerca de su féretro divisó a un poeta español nacido en Orihuela, que habría acariciado la cabeza de María Isabel Núñez, su madre, cuando ésta tenía cuatro años y vivía todavía en Barcelona. Él perecería años más tarde en el presidio de Ocaña. Un poco más lejos, situándose discretamente, miraba el grupo de tipos que tenían una o las dos manos cortadas. El primero de ellos era sin duda un indio del extremo sur de Sudamérica. Otro, un caballero español, de melena, barba y golera blanca, al cual le faltaba la mano izquierda, cercenada por las aspas de un molino de viento. Otro, todavía, un hombre moreno, joven, de melena larga y una vieja bufanda de cantor. También estaba con ellos el tipo a quien habían cortado la mano derecha por robar naranjas en un Mercado, durante un sueño que transcurre en otro libro. Desde la quieta serenidad de su ataúd, hecho con puras tablas de pino oloroso, María Parabellum escuchaba el ir y venir de un rumor especial, y por eso estimó que la estaban sepultando en las inmediaciones del mar, en alguna colina que miraba tal vez hacia el océano. Pero en realidad el sepelio tenía lugar en un pequeño cementerio cerca del cual habían construido una autopista. Ella confundió el rumor de la autopista con el rumor del mar, y hasta el día de hoy nadie la ha sacado de su engaño.

Fin

Del extravertido combate entre Régulus, estrella guardiana del Norte, y Fomalhaut, estrella guardiana del Sur

(Manuscrito encontrado entre los papeles de Cessair Triggvason.)

Se decía que la palabra, la elocuencia, la desesperación de comunicar, es decir: la ambigüedad de ese texto de aire que es el lenguaje hablado, por oposición estricta a ese texto de tierra de humus que es la escritura, podrían encarnarse simbólicamente en el perfil y el centelleo de una espada. Como toda espada verdadera la lengua es un arma de doble filo. En cambio la escritura deberá ser asimilada siempre a la forma más depurada de la bruma. Ciertos seres están vivos sólo cuando han decidido escribir, cuando han logrado poner en tensión toda una voluntariosa cantidad de estilo, cuando dilatan hasta el estallido los cauces de su pasión narrante, los vasos fluviales de la memoria, que entonces fosforece y se trasciende. Estos seres, empero, se yerguen más vivos todavía mientras consuman el acto inenarrable de narrar. Pero es casi probable que la vida total les sobrevenga sólo después de derrotar la última página, aquella que anuncia —paradoja— el vagido primario de un libro. Es para la escritura solamente que aquellos seres han nacido y viven. Es a causa de la escritura que ellos se propagan, se identifican, combaten contra el tiempo, revitalizan la misma conseja multimilenaria, y vencen de tal modo todas las muertes, pues la escritura sobrevive sin fallas al sujeto narrante y a los sujetos narrados. La escritura es un deseo mórbido, un placer solitario, pero a diferencia de los otros placeres solitarios, éste es transmisible hasta llegar a plantearse como individualmente colectivo. La avidez de escribir es un estado sin ninguna distancia con la avidez de lo por escribir. La avidez de la escritura es unívoca con la avidez de sus sujetos. La escritura es neblina deletreable, y deletreable de muchísimos modos. La lengua es más arma, más espada que ninguna otra cosa, aunque esto, José Bregante Lúcido fingía ignorarlo, Ari Skaldaspillir saberlo a medias: sólo María Parabellum podía solazarse con la íntegra revelación del secreto.

José Bregante Lúcido estaba agachado, zurciendo sus calcetines de lana. Utilizaba para ello una gruesa aguja pintada de moho, los codos afincados en la mesa, los pies descalzos, el ceño fruncido. Habituado a las voces del mar ya no las oía como en los días que sucedieron a su llegada (la última). Se creía por lo tanto en mitad de un gran silencio. A causa de ello escuchó perfectamente los pasos de Ari Skaldaspillir que descendían por una de las escaleras desde el piso superior (lo que no era posible). José estimaba hallarse en mitad de una noche, y que Ari dormía. Al oírlo descender, sintió una leve contrariedad, aunque continuó agachado, abriendo bien el oído sin embargo para vigilar los sonidos de la sombra del otro. Y de manera inevitable la sombra del otro se fue agrandando hasta tocarle el hombro. José desperezó los brazos bostezando. Pero Ari no tenía paciencia. Bramó como de costumbre, sacando el bramido del fondo de su vientre:

—Yo soy su padre reencarnado.

—¿De quién?

El recién llegado golpeó la mesa con un puñetazo y todo tembló en la habitación en razón del temor de las cosas por los ruidos repentinos.

—Rústico idiota, no blasfemes. ¿De quién crees que puedo ser el padre reencarnado? —Ari aspiró teatralmente, como de costumbre, una bocanada de aire vivificador y dio luego dos o tres pasos por la habitación. —Y tú encarnas el estado semisalvaje que lo ajustició —repuso, volviéndose para mirarlo.

José levantó por primera vez los ojos de la aguja y de su

lana y vio al otro allá, parado, sintiendo de inmediato una deplorable impresión, en la que se mezclaban el desasosiego y la impotencia. Skaldaspillir vestía un traje de marino, algo así como el uniforme de un oficial de marina de algún país con mares y puertos. Pero lo que le llenó la pupila fue que el otro abrazaba contra su pecho dos espadas enormes y luminosas. Esta luz de las espadas borraba de algún modo la eterna semipenumbra de la sala octogonal del Faro, y todavía más: alumbraba tenuemente la habitación entera como si estuvieran untadas con una sustancia fosforescente. El efecto le contrajo el corazón soplándole adentro vaharadas de estupor. De añadidura, Ari Skaldaspillir, allá, se elevaba como una roca, con una corona de rojos cabellos revueltos en un nudo de raíces de arrayán, y una ola de botones dorados reverberando en su cuello, su pecho, su vientre y sus mangas. Se había lavado, había dormido, había recortado su barba, una gravedad nueva le sombreaba el rostro, lo transformaba a la vez en un sujeto severo e intratable.

—José, escúchame: hemos llegado al fin.

José entendió en el acto que el otro, en tanto que otro, no le estaba mintiendo, que habían llegado al fin, verdaderamente al fin. ¿Pero cuál era el fin, y más que todo, qué sentido singular tenía este fin?

—Debemos combatir, José. Como Los Mobinogión. Hoy es el primero de los días de mayo para nosotros y ella no puede dejarlo pasar.

—¿María Parabellum?

—María Parabellum.

Así pues, lo irrevocable estaba ya instalado allí, en la sala octogonal, anegando todos los rincones con el sonoro canto del presagio. Afuera el mar gimió.

—Uno de nosotros dos es la Vida —dijo Ari— y el otro es la Muerte. Para salvarse, Parabellum necesita que la Vida venza a la Muerte en un lance ejemplar que no podrá acabar sino con una victoria. Pero esta victoria es impredecible.

—He comprendido —respondió José. Y preguntó con

un dejo de sorna en la voz, que sonaba sin embargo amarga y vacía en el corazón de este nuevo postrero momento envenenado: —¿Eres tú la Vida?

—No. Pero tampoco soy la Muerte por ahora. Es el duelo, el combate, el que debe definir quién eres tú y quién soy yo.

José rascó su pecho y murmuró:

—Nunca habría empuñado una espada. Será que considero las espadas como cosas mayores y en desuso.

—Muy bien —la voz de Ari surgía casi paternal para un hombre que se prepara a matar—, pero no puedes pasarte la vida sin hacerlo. —Levantó ambas espadas más arriba de su cabeza y las consideró a contraluz. —Están imantadas —reveló volviéndose— de tal manera que si yo te acoso y lanzo un mandoble, por ejemplo, el vuelo de mi espada atraerá la tuya y ambas se pegarán como un tentáculo a la roca, como el dolor a la memoria. A la inversa será lo mismo. En tales condiciones, lo duro no consiste en sortear la muerte, sino en evitar la vida. Para dejarse herir habrá que disponer de una fuerza y de un coraje sobrehumanos.

Bregante suspiró. Combatir le pareció de pronto un acto de irreprochable normalidad, y por encima de todo, combatir con espadas que refulgían. Más que un deber, un placer, una necesidad, un gozo exorbitante. Sus venas se hinchaban de satisfacción.

—¿Ella duerme?

—Duermevela.

—¿Qué es lo que quiere hacer de nosotros, en buenas cuentas?

—Lo ignoro completamente.

José lo sabía, pero en el fondo no hacía otra cosa que buscar una secreta motivación que le permitiera combatir a conciencia.

—En suma, ¿no tenemos ningún derecho en tanto que hombres?

—No —corrigió Skaldaspillir—, no tenemos ningún derecho en tanto que sueños. Por lo demás, ¿qué crees tú que son los derechos del hombre? —dijo—. Los derechos del hombre son una de las supersticiones del hombre —se respondió a sí mismo acto seguido.

Sujetando las espadas con el brazo izquierdo, levantó su mano enguantada y, aquietando el tintinear de los metales, impuso silencio a José cruzando sus labios con el índice. Bregante Lúcido dio un salto atrás, volcando la silla sobre la cual estaba. Saltó para precaverse contra una posible maniobra desleal, tan repentino fue el gesto de Skaldaspillir. Pero en lugar de ello, escuchó la voz de María Parabellum, que había comenzado a cantar desde la banda, otra de sus tortuosas canciones:

El acto de pensar es impensable
El acto de escribir indescriptible
El acto de narrar inenarrable
El acto de vivir inconfundible

El acto de cantar es inaudible
El acto de volar es inviolable
El acto de soñar es invencible
El acto de morir indemostrable

Tales son los escuetos espejismos
Que reflejan mis actos capitales
Y propulsan mis gestos a su abismo

Naciendo dejé atrás la amanecida
Viviendo bifurqué bienes y males
Muriendo me debieron tanta vida

El mar gimió. Después se abrió el paréntesis de un silencio apenas sacudido por el temblor oceánico que estaba yéndose o viniendo, alzándose, arrodillándose, poblándose de espectros, de barcos con las luces apagadas, de estrellas con las púas rotas. Cuando todo pesaba ya demasiado.

—Mi espada —dijo José tendiendo la mano.

—Podrías dormir aquí, y podrían quedarte debiendo

tanta vida —bravuconeó Ari, ofreciéndole no obstante uno de los centelleantes y rectos júbilos de acero.

—En tal caso, de mi cuerpo crecerá un ramo de algas, un ramo de algas negras.

—Y de tu alma, ¿qué crecerá?

—¿De mi espíritu? De mi espíritu crecería la araucaria cuyas ramas agudas encarnan el recuerdo de los odios acumulados.

—Escúchame bien —el otro golpeó en el suelo con un taco de sus altas botas, para imponer orden—: Organizaremos el combate del siguiente modo: cuando quieras una tregua, acudirás al símbolo de tu estandarte y dirás simplemente: *Fomalhaut*.

—¿Vamos a dormir durante el combate?

—Ciertamente. Será un combate largo, yo lo espero. Si soy yo el que pide la tregua, acudiré al símbolo de mi estandarte y diré simplemente: —*Régulus*. ¿Has comprendido?

—No soy duro de entendederas —resopló José, que estaba contemplando su deslumbrante hierro.

—¡Entonces en guardia! —gritó Ari— no hay un momento que perder.

—¡En guardia!— la voz de Bregante rebotó como un eco.

De tal manera se inició el mítico choque. La mano enguantada de Ari casi tocaba la mano enguantada de José desde el primer estoque que ambos lanzaron y que ambos pararon en un mismo magnífico gesto. Se habían encendido candiles en los muros, candiles de hierro forjado que nunca habían estado allí. Que fueron prontamente destrozados por el revolotear de los dos aceros apenas unas horas más tarde. Las respiraciones de los combatientes seguían siendo normales, como si el lance no les exigiera ningún esfuerzo, pese a su violencia, a ratos rayana en el vértigo. El sudor estaba ausente de sus rostros. Sus jubones, recubiertos por una finísima malla de hebras de plata, resplandecían en cada salto, en cada contrapié, en cada voltereta, en cada inmovilidad al acecho. A causa del peso de sus armas, ambos las empuñaban con las dos manos. Combatiendo en una forma que se perfeccionaba a cada instante, con las agregadas fuerzas de una pasión que se interesaba verdaderamente en descubrir la identidad de la Vida y la identidad de la Muerte, terminaron por ser arrastrados hasta el piso superior, por una de las escaleras en espiral, cuyos hierros oxidados temblaban iluminados bajo los rayos de aquella luz verdosa. Intenso clamor de múltiples aceros les acompañó durante toda la subida hasta que Bregante fue empujado contra la puerta del cuarto de Ari Skaldaspillir. La abrió de una patada y por primera vez se encontró en su interior, pues su contrincante jamás le había permitido el acceso. Este lo atacó con tal vehemencia que la espalda de José fue a dar contra una larga caja oscura, de madera maciza y altos bordes, empotrada en la mitad de la habitación. Sólo a causa del violento contacto miró y vio.

—¡Fomalhaut!

—¡Régulus! —jadeó la aceptación de Ari.

Después de largas horas de combate las espadas reposaron. José levantó la suya para alumbrar el interior de la caja. Con decepción comprobó que apenas se trataba de un lecho. Desde atrás le vino el viento ronco de la voz del escaldo resonando con antiguas baritonías marítimas.

—Este es el lecho de los fareros del Norte, los fareros que velan y duermen bajo Régulus, la estrella guardiana de los hombres del septentrión. Este es el lecho que ocupan cada noche los custodiadores de las aguas, los conservadores de la luz, los vigías del Faro Vestmannaeyjar, o los centinelas del Faro de Ellesmere, o los cancerberos del Faro de Feroé. —Calmándose un poco añadió: —Cierto que parece un ataúd, pero tiene otro empleo que no has adivinado todavía.

Ari Skaldaspillir, el guardián proyecto del faro de las literaturas escandinavas, apoyó su espada en la caja, se dirigió hacia el costado, trepó por una corta escalerilla que José no había visto aún, y se introdujo en ella acostándose. Con ambas manos levantó dos alas laterales de madera, que se unían por bisagras de cuero a los bordes de su lecho y las cerró sobre sí. En efecto, parecía un ataúd. Al cabo de un momento, el gigantón descendió de su refugio y miró con limpio rostro a Bregante, que estaba como desmadejado de consternación.

—Uno está completamente protegido ahí, y nada puede sucederte ni nadie puede sorprenderte, pues las tapas se cierran desde dentro y son de durísima madera.

—Me doy cuenta —murmuró José.

Ari parecía satisfecho. Recogió su acero y lo levantó de nuevo en el aire espeso del cuarto, un aire que olía a herrumbre, a sequedad, a cámara mortuoria, a catacumbas.

—¡En guardia! —previno con un largo grito.

Retornaron a su choque las espadas, contemporáneas de su instante y de su circunstancia. La caja vaciló y se fue de costado con estrépito. El catre se deshizo cuando Ari y José Mabinogión rodaron sobre las pieles difuntas que cayeron desde el interior de la madera.

—Sospecho que la Muerte eres tú mismo —gritó José— porque has estado durmiendo largo años en tu propia tumba.

—Cuando las armas hablan los hombres pierden la palabra —aulló el otro, lanzando un mandoble vertical a la altura de su contradictor: si lo alcanza, lo parte de la cabeza a los pies.

Retrocedieron codo a codo hasta abandonar el cuarto. Afuera estaba oscuro. Los hierros chispearon y breves resplandores diminutos se propagaron a lo largo de las barandas del puente levadizo. Dos estrellas opacas agonizaban sin fulgor. Perros distantes ladraban con angustia. Cascarillas de fuego procedentes de la contienda se hundieron chirriando en las pútridas aguas del foso que rodeaba las ruinas del castillo. Un viento vigoroso de llanura golpeó sus cuerpos penetrando hasta los huesos a través de los intersticios de los petos, los espaldares, la celada.

—¿Qué crees tú que hace Parabellum? —preguntó el grito de José acompañando el golpe demoledor de sus dos manos enguantadas.

—Literaturiza. Ella escribe —repuso la estocada fulminante de Ari, que rozó el cuello del otro.

Saltaron atrás, separándose un instante y observándose alertas.

—¿Escribe?

—Su subconsciente escribe sin poder refrenarse.

José Bregante Lúcido intentó traspasar el corazón de Ari por un brusco hueco que adivinó en su guardia, más Skaldaspillir esquivó la estocada con plúmbea elegancia.

—Pero entonces, ¿qué carajos es la literatura?

—Una función de la realidad.

—¿Aunque hable de sueños?

—Los sueños son la realidad transformada por la alquimia del subconsciente.

José echó la capa sobre su espalda para liberar el molinete de sus dos brazos. La sombra de Ari se confundía con la noche de tal modo que apenas podía adivinar sus movimientos y prevenir las embestidas, pero el brillo de su espada era interminable, y ella guiaba a José para detener los mandobles contrincantes y desencadenar los suyos.

El estruendo del combate podía llenar simultáneamente dos o tres noches como ésa.

—Cuando uno escribe sangra —añadió el áspero grito del espadachín barbado, que había brincado hacia su izquierda y había trepado sobre el parapeto del puente. José le dirigió un corte rasante a la altura de las rodillas, tratando de alcanzarlo en el quijote, la rodillera o la greba, pero Ari saltó de nuevo y su salto resultó tan impetuoso que vino a dar casi a sus espaldas. El peso de la espada había arrastrado a José en su vuelo mortífero tirándolo adelante y derribándolo. Su yelmo golpeó contra la balaustrada con pocas consecuencias, aunque el sonido se propagó de tal modo por el lomo de la noche que semejaba el tañer de una campana entumecida.

—Entonces, ¿ella nos ha estado escribiendo? —preguntó el espadachín moreno, enderezándose con rapidez para esquivar un batatazo que le estaba destinado.

Skaldaspillir retrocedió con lentitud cuidando su guardia. Clavando sus ojos azules en José murmuró:

—Ella escribe para deslumbrarte porque te ha concebido como un hijo de Fomalhaut, la estrella guardiana del Sur, y eres por lo tanto de la raza y de la sangre de su madre.

—¿Y tú?

—Para ella soy un hijo de Régulus, la estrella guardiana del Norte, y pertenezco por lo tanto a la raza y a la sangre de su padre. Un día, los hijos de Fomalhaut ajusticiaron a su progenitor, y el símbolo de ese ajusticiamiento eres tú. Por tal motivo Parabellum no sabe cómo interpretar los sentimientos encontrados que combaten en su corazón.

Su brazo culebreó silbante pero el golpe encalló en el destartalado agujero de una tronera de cañón. Súbitamente había amanecido. El viento era ahora muy delgado y cortante y se hallaban cerca de un río. Las grullas salvajes emprendieron el vuelo alborotándose hasta huir del ultraje rencoroso de las espadas. Los bordes del río, movientes y pantanosos, enredaban las botas en el barro tornando más pesados y más complejos los instantes del combatir. Batíanse por el momento entre juncales y plantas con raíces que procedían del agua. Saltaban altos troncos podridos, reptaban sobre ciertos desventurados helechos, se agarraban de las lianas que ataban su verdura filiforme a las puras copas de los árboles, y en general, sostenían ya a duras penas el copioso hierro deslumbrante. Entones lo descubrieron. Ari Skaldaspillir fue el primero en verlo: parecía el cadáver de un soldado, retorcido, inmóvil, tieso, recién derribado del caballo por un relámpago de lanza, aunque en realidad se trataba sólo de una gruesa raíz que cortaba, atravesándolo, el sendero por el que se habían estado yendo en lucha.

—¡Régulus!

—¡Fomalhaut!

Se instalaron encima del soldado fósil, uno mirando hacia el interior del bosque, el otro hacia el río distante, que era todavía visible desde esa atalaya. Podían respirar ahora una sosegada paz de amanecida. Viniendo desde lejos les tañó encima una campana agónica. La campanada se revolcó entre las hojas y siguió repitiéndose, como los círculos concéntricos convocados por un golpe de piedra en el agua inmóvil. Al rato la campana calló.

—Propongo que durmamos en este sitio.

—En efecto —dijo Ari— el lugar y la hora son propicios.

Se desembarazaron de algunas piezas de hierro —espaldar, coraza, celada, escarpe, gola, hombrera, guantelete— se envolvieron en sus capas con grandes precauciones y extendieron sus huesos fatigados sobre las mullidas hojas muertas que cubrían el sendero. Cada cual apoyó la cabeza en el Soldado-Raíz, uno con los pies dirigidos al interior del bosque, el otro con los pies dirigidos a los bordes del río.

Soñaron en el acto al interior del sueño que los soñaba, y que se tentó con la posibilidad de una experiencia multiplicada de éstos, escalonándolos, cada uno más profundo que la profundidad anterior. El sueño de Skaldaspillir sobrevino agitado y doloroso. El sueño de Bregante comenzó dulce y metafísico. Ari Skaldaspillir se sorprendió colgando de una horca, ataviado con un traje de oficial de marina de alguna nación con puerto y mares. La visión tenía una doble vertiente, pues al mismo tiempo, sin ninguna transición, estaba apoyado en el Soldado-Raíz, como si algo lo hubiera despertado, y enderezándose, descubriera al otro Skaldaspillir colgando de su áspera cuerda. Supo que tenía que arrastrarse como agobiado por un supremo desamparo, y abrazarse a sus propias rodillas tiesas, allá, un poco más lejos. Supo que tenía que hundir el rostro entre sus propias nalgas, aún calientes, que todavía palpitaban en mitad de temblores desgajados por un temor profundo. Supo asimismo que debía besar y lamer su propio miembro, el cual, erecto, agarrotado, no cesaba de verter hilachas de líquida ceniza amasada con vino. Trabajosamente quería erguirse, caminar y cumplir con estas tres sabidurías, con estos tres requerimientos, pero el Soldado-Raíz, sobre el que se apoyaban, cobró de repente movimiento y sonido, levantó la cabeza, luego el torso, terminó finalmente de pie e interceptó el camino. La cabeza dormida de José Bregante Lúcido hundió de golpe la frente en la hojarasca. Así, de pie, el Soldado-Raíz parecía una sombra epiléptica, la sombra retorcida y feudal de un augusto caballero cubierto por corajes y armaduras podridos. En cambio, de rodillas

Skaldaspillir no sabía ahora cómo cumplir con sus sollozos y su dolor evidentes. Apartó de un golpe las piernas del Soldado-Raíz y se contempló lejos, al fondo: la brisa matutina jugaba dulcemente con sus despojos balaceándolos a la intemperie, haciéndolos girar sobre sí mismos en uno u otro sentido. Un funerario deseo de estallar en lágrimas le trepó a la garganta. Los rojos cabellos desgreñados, el rostro barbudo y pálido, la precariedad de su estado sometido al estado de ese otro sueño, rendían el cuadro patético, casi lúgubre, tomando en cuenta las sombras, la luz y las circunstancias. Apuntando con la mano enguantada hacia sí mismo, al fondo, por entre las piernas de raíces entreabiertas, exclamó con una voz que a pesar de su áspera estirpe, temblaba:

—Perdóname, padre, pero jamás pude comprenderte a causa de tus silencios y de tus secretos. ¿Por qué no me lo dijiste nunca?

—Esas cosas no se dicen —respondió el ahorcado.

—¿Y era esto lo que iban a hacer contigo?

Ahí, el ajusticiado respondió, sorprendentemente:

—Puedes verlo por ti misma.

Ari volvió a sollozar y una honda desesperanza continuaba mordiéndolo en pleno corazón. Quiso congraciarse con su muerte, extendió las dos manos, casi gritó:

—¡Puedo llevarte un cuchillo, quién sabe si no es demasiado tarde, quién sabe si todavía es tiempo!

El marino rascó su cuello debajo de la soga, sacudió la cabeza en una sobria negativa, y lo miró fijo para decir:

—Un hombre de honradez cierta no corta jamás la cuerda con que lo colgaron aquellos que traicionaron a sus patrias, a sus pueblos, a sus convicciones, a los fundamentos y cimientos de su legalidad y de su constitucionalidad. Mi muerte tiene otra dimensión que la muerte consuetudinaria: han amarrado a mi cuello una equivocación extrema. Ahora seré intratable para ellos, pues recordaré en voz alta y a perpetuidad su compleja crónica de traiciones.

Ari lloraba deslumbrado sus sombrías lágrimas rojas. Se recostó en la hierba, cubrió la propia cara con ambas manos enguantadas y susurró este susurro de crueldad inaudita:

—Oh, padre: ¿por qué no me has abandonado?

Rodó de costado hasta chocar con las rodillas de José Bregante Lúcido, que, apoyado en el vientre duro del Soldado-Raíz (otra vez en tierra) continuaba sometido al reparo de un plácido sueño. De repente, aquél escuchó voces, varias voces que, en coro, decían admiradas:

—Miren cómo aprende de memoria el Discurso de los Muros.

Poniéndose de pie, Bregante descubrió al fondo de su mirada un muro grande, derruido en lo alto, blanco hasta enceguecer a causa del acabado oficio de la resolana. Al comienzo no lograba ver. Después advirtió que había signos escritos o dibujados en la parte inferior. Parecían trazados con un material opaco, una piedra esencial que dejaba trazos negros. Alguien puso una mano sobre su hombro. Volviéndose, encaró al Soldado-Raíz, que lo contemplaba con grave semblante desde su ser y su estar de retorcida madera. El Soldado-Raíz estiró un brazo agarrotado y le mostró a la izquierda del muro, algunas palabras trazadas con grandes caracteres. Leyó:

—"La muerte es el único acontecimiento verdadero."

El brazo agarrotado, describiendo un lento círculo, se movió un poco hacia la derecha. Leyó:

—"La vida es sólo un vasto discurso del lenguaje."

El brazo descendió entonces un poco para centrarse sobre otra frase, cuya lectura le trajo a la memoria varias circunstancias dispersas de lo que creía su vida:

—"Cuarenta días antes del Diluvio."

El muro era un costado de calle. Vio venir la muchedumbre. Al comienzo se trataba de sombras a contraluz de la resolana. Luego fueron sombras desarrapadas a contraluz de la resolana. Lo rodearon y lo instaron a marchar con ellos. Fue conducido hasta un muro de flores seguido por el Soldado-Raíz. Asomó la cabeza empinándose: detrás había una alambrada, un anchísimo, largo y grueso rollo de alambre de púa. Miró al Soldado-Raíz, pero éste se mantenía separado, con los nudos de sus ojos apretados, sin ninguna voluntad de mirar. Pensó: "Yo creo que éste mata, yo creo que éste va a matarme". Fue en ese momento que vino acercándose la mujer desde un lugar de mucha luz, hasta la grácil sombra del muro de flores que le estaba refrescando la piel. —"La conozco —pensó— porque es de ella que he salido." Estaba parada delante suyo y era transparente y frágil, ya que podía ver pedruscos y tierra reseca a través del entrañable cuerpo de luz, ese cándido espejismo que es lo amado rebotando en la memoria, en un inconmensurable pero falso regreso.

—No sacamos nada con huir, no hay escape hacia afuera, la única salida está adentro —le dijo ella.

—¿Adentro de qué? —balbuceó.

—Del Campo de Exterminio llamado Inn Doam Erikka donde naciste mitad huemul y mitad cóndor.

Tomando su mano, Victoria del Tránsito Lúcido lo condujo de nuevo hasta el muro de los signos y de los discursos y apurándolo con su habitual vehemencia, instó:

—Escribe, escribe rápido su nombre para que lo alcance a ver, pues no tiene mucho tiempo.

José Bregante Lúcido había alzado el carbón resblandecido (porque su mano transpiraba) y elegido un espacio libre, un punto vacío en la blancura, para redactar lentamente el siguiente poema épico:

María, María, oh María
Parabellum

Un trueno los despertó. Saltaron apoyándose en el Soldado-Raíz, y recogieron de inmediato sus espadas. Llovía a cántaros. Vieron caer rayos en la espesura próxima y corrieron desalados hasta el borde del río para guarecerse de los rayos siguientes. Otros truenos vinieron rodando desde un horizonte próximo. El agua del río también chisporroteaba a causa de la lluvia.

Pero Skaldaspillir gritó:

—¡En guardia!

Y a la bronca de los truenos, de los rayos y de sus relámpagos, se sumó la bronca de las espadas, sus relámpagos, sus rayos y sus truenos. Era una escena de cólera cósmica, era un paisaje rugiente. El yelmo de José recibió una abolladura. A raíz del golpe se hundió hasta la cintura en el agua, y le pesaban de pesar verdadero su cota de malla, sus botas altas de cuero robusto, su jubón enmallado por hebras de plata, y aun su yelmo engalanado con una pluma roja y una pluma negra, símbolos del día y de la noche. Otra estocada le rascó el pecho, pero, como respuesta, su mandoble alcanzó en el hombro a Skaldaspillir, haciéndolo trastabillar. Logró trepar casi arrastrándose a la ribera fangosa y combatió marchando hacia atrás por un sendero que subía serpenteando. El camino terminaba en una roca de nobles proporciones. La escaló para esquivar una interminable embestida del otro, lo rechazó con un puntapié en el vientre, y saltó hasta pisar el pasto verdeamarillo del Fuerte. Al parecer, sus defensores lo habían abandonado algunos siglos antes. Ari continuaba siguiéndolo enardecido. Combatieron entre cañones paleolíticos, cureñas oxidadas, antiguos soportes de madera comidos por tantísima hora, y ramos de pequeñas flores amarillas que espigaban por doquier, repletas de frescura y de fragancia. El liquen había aherrojado los cañones inmovilizándolos para siempre. Mirando por sobre el hombro del competente despojador de los poetas escaldos —el redomado y único ladrón de poesía muerta— José vio súbitamente la ciudad, un perfil emergiendo borroso de la niebla, una niebla casi ambarina a causa de la potencia de los rayos del sol que la ritmaban, acosaban y urgían desde atrás, en uno de los modos más suntuosos del crepúsculo, en una de las célebres crisis de la belleza. Divisó colinas difusas, pinos rojos y altos que se clavaban con fuerza en el pecho limpio y amoratado del cielo, la silueta espectral de una avenida de araucarias, y entre la ciudad y el Fuerte, el río, que era ahora blanco, luciente, como un lento alfange de agua ancha y suave y honda resbalando hacia los mares invisibles. Estas múltiples apariciones le cortaron el aliento. Con feroz mandoble apartó a Skaldaspillir para mirar mejor. El Fuerte estaba compuesto por un muro con troneras y todavía una docena de cureñas sostenían sus cañones, los que a su vez, asomaban las bocas redondas custodiando el río y apuntando contra el sudario de la ciudad. El muro formaba más lejos un ángulo recto yéndose hacia el río, y luego otro ángulo recto para proseguir sobre su izquierda. Las troneras estaban dispuestas una entre cada dos cañones. Aguantó el ataque de la espada escalda respondiendo con mestizos molinetes salvajes, hasta chocar contra un torreón olvidado en la maleza, que su espalda descubrió primero que sus ojos. El río estaba desierto de embarcaciones, pero arriba había pájaros ocultos, gaviotas probablemente, a juzgar por sus gritos, lo que anunciaba la proximidad del mar, y, según deseó de repente, la cercanía del puerto de Larroc.

—¡Fomalhaut! —pidió.

Avanzaron hasta dos cañones próximos y se instalaron a horcajadas en las cureñas, manchando el culo de sus pantalones de rústico cuero con trazos de moho verdes y ocres. Afirmaron sus espadas en las mismas cureñas hundiendo la punta en la hierba, impregnaron larga y suavemente sus ojos con la bienhechora visión, frágil, sin embargo, tenue e indefinible también, de la ciudad fluvial pronta a desvanecerse, a deshacerse de repente en un súbito coágulo de la noche vecina. Los dos corazones de María Parabellum querían detenerse aleteantes.

—El país mítico más el país real conforman el país total —murmuró José.

Se quedaron un rato como estatuas, respirando tarde, hasta que la pluma roja del yelmo de José se transformó asimismo en una pluma negra, lo que hacía dos veces noche.

—¡En guardia! —vociferó el energúmeno Skaldaspillir.

—¡En guardia! —tronó el eco reservado de José Bregante Lúcido. Empezó a caer la nieve en copos negros mientras peleaban sobre el rudo empedrado de un puerto viejo, desvencijado, de calles estrechas y zigzagueantes. Marineros y prostitutas comerciaban ágilmente sin prestar la menor atención al intenso duelo. Al cabo de un rato, un opaco sudario borró todo vestigio de vida y toda intuición de muerte. Cegados por la potencia de la nieve cayeron enredados en un fangal. El fangal era ancho, y su fondo pegajoso, pero la mano de Bregante topó por sorpresa con una red tendida sobre una invisible superficie rocosa. Sosteniendo la espada en una sola mano, trepó por la red ayudándose con la otra. Ari venía subiendo también. Arriba estaba lloviendo y un viento muy salvaje golpeaba tremolante. Habiendo terminado de escalar, habiéndose mirado a los ojos, habiendo comprendido, en un mismo alto gesto sin rencor —éste mata, éste va a matarme—, clavaron sus espadas apagadas el uno en el pecho del otro, atravesando el único corazón de parte a parte. La eternidad comenzó a erguirse delante del peñón como una tortuosa montaña. La luz del Faro, capitán de su especie, se hizo mortecina, como la mirada de Virginia Woolf.

—Estoy herido de muerte y de vida —susurró Ari.

—Herido de vida y muerte —corroboró al instante José.

Con gran trabajo penetraron en la habitación octogonal, se allegaron a la mesa, se sentaron en sus sillas, llenaron dos copas trémulas. Miraban sus respectivos rostros, y cada uno percibió que el otro procedía a esfumarse poco a poco, pero no llegaba el dolor, ni venían el temor y el cansancio. Después volvieron los ojos hacia los ojos de buey y consideraran el vinoso mar creciendo y agitándose como las circunvoluciones de un cósmico cerebro en vías de apagarse y de aquietarse tras una febril agitación, un óptimo sobresalto de vida.

—Aquélla es la imagen de la eternidad —musitó Skaldaspillir, mostrando el mar con un lento giro de la cabeza —y esta imagen del mar en agonía marca el momento inmediatamente anterior a la entrada de María Parabellum en la eternidad.

—Cuánto dependíamos de ella —hizo notar José, el sentimental.

—Como los personajes de un libro dependen de su autor.

Escanciando su copa tuvo fuerzas para añadir todavía:

—Ella ha estado pensando en nosotros todo el tiempo, José, con lealtad absoluta, con una entrega sin relevo. Y como ahora se apresta a penetrar en su eternidad, nos piensa penetrando con ella.

Presa de un pánico inexplicable, Bregante estiró las manos y se aferró a la mesa remeciéndola. Desde la mesa de noche de María, lejísimo, bajo el ojo mojado de Yonalda Vutamapu, cayeron al suelo copas y frascos, platillos, agujas, sahumerios, y un libro.

Todo fue inútil, sin embargo.

En múltiples lugares del planeta, desérticos, poblados, fríos, calientes, luminosos, oscuros, intransigentes, voraces, crueles, leales, sonoros, silenciosos, se levantaron en completo orden de sus ocupaciones apócrifas y comenzaron a marchar: José Bregante Lúcido, Ari Skaldaspillir, sus dos espadas, algunos marineros, varias prostitutas que habían comerciado ágilmente, una red que se hallaba adherida a la roca, ciertas troneras, ciertos cañones desvencijados aherrojados por el liquen, una pluma roja, una pluma negra, las armaduras de Bregante y de Skaldaspillir, un ramalazo de nieve negra, una ciudad fluvial pronta a desvanecerse, Fomalhaut, la estrella guardiana del Sur, Régulus, la estrella guardiana del Norte, un río parecido a un alfanje de agua ancha y suave y honda, muchos pinos rojos, un Fuerte abandonado, Victoria del Tránsito Lúcido, el Soldado-Raíz, el Muro de los Discursos, el fantasma de un marino ahorcado, una campana, grullas salvajes, los vigías del Faro Vestmannaeyjar, los centinelas del Faro de Ellesmere, los cancerberos del Faro de Feroé, la Declaración de los Derechos del Hombre (superstición de los hombres), Los Mobinogión, María Isabel Núñez, Víctor Jara, Miguel de Cervantes y Saavedra, el Toqui Galvarino, el escritor Rodolfo Walsh, el mapa de un campo de exterminio llamado Inn Doam Erikka, un escuadrón de Aciagos de la Tierra, Beatriz Allende, Salvador Allende, una piedra de la Plaza del Manuscrito Fundacional, la Primavera muerta en el tejado, el hombre de la cámara filmadora, un escuadrón de Felones de la Costa, una escuadrilla de Rapaces del Aire, el Puente de Canto, el Puente Manuel Rodríguez, los Tajamares, el cuequero *Vientre en Acecho*, una panoplia con treinta y tres cuchillos, el guerrero Atli, Thorbjörn el asesino, su lanza dual, la fragata *Ona Trek*, Snorri Sturluson, la intelectual cabrona Olegaria

Comarcano, Astor Piazzolla, Signy Huld, una hoja de loto del Pantano de Hossegor, Loki el Traidor, Skyring el Explorador, Ana Pink, Wellington el marino, el Comandante Warthon, la Reina Adelaida, Lord Byron, el teniente José Patricio Leight Undurraga, el Fondeadero de Cuarenta Días, la sombra de Utsavalipak (el puerto de los puertos, la puerta de la tierra firme), un par de cuchillos medidos, la Licorna, un almendro heraldo de la primavera, una piedra de Machu-Picchu, la Pirámide del Louvre, la Gran Pirámide de Giseh, Julián Huxley, el piloto del helicóptero, el zapato sin par en el azogue de un ojo de agua, el capitán Ruíz, del barco reaprovisionador, el Prado de la Gaviota, el arqueólogo Girrod Triggvason, la Torre de Newport Harbour, la Piedra Rúnica de Kensington, Hjalmar Holand, Olaf VIII Triggvason, Knut Triggvason *El de las Hachas*, Egil Triggvason, la flota perdida de Alejandro Magno en el Delta del Río de la Plata, el túmulo que marcaba la posición de Huitramalaland, urbe celta desaparecida, la Piedra Cónica de Ringerike y su historia de náufragos, Tron Triggvason muerto por causa de tormenta en mar, Snorri Triggvason, primer viking americano, el barco *Décima Saga*, Mr. Charles Rafn, el bardo Henri W. Longfellow y su manuscrito *The Skeleton in Armor*, un saco de tierra del futuro emplazamiento de Nueva York, las cabañas y talleres de Leibudhir, la sombra de Reikjavik chapoteando en los géisers, una carta geográfica de Vinland, la América vikinga, Erik el Rojo, descubridor de Vinland, Leif, hijo de Erik el Rojo, colonizador de Groenlandia, Saxo Gramáticus, un volcán pequeño en representación de mil novecientos setenta y tres volcanes islandeses, el Aconcagua en nombre de la Cordillera de los Andes, Harald, rey de Noruega, Görm, rey de Dinamarca, la sombra de Thule la Última, una tabla del cadalso del general José Miguel Carrera, Fernando Pessoa, el dictador Augusto Aciago de las Fosas, los Cuarenta Días Antes del Diluvio, el milenario Fintan, el manuscrito de la *Pérdida Irreparable de los Hijos*, el manuscrito del *Rescate de la Cabeza*, Egil Skallagrimson, los Jefes del Valle del Lago, el Laberinto de Cnossos, Pasifae, esposa de Minos, los Feroïens, el

Minotauro, Dédalo, Leda, el Cisne, el profesor Hjalprek Sigmundson, un volumen de *La Heimskringla*, el perro fornicador de Signy Huld, Cristóforo Colombo, Jorge Luis Borges, Lewis Carroll, las trompetas del Juicio Final, Alonso Quijano, un Druida, Heinrich Heine, Atahualpa Yupanqui, el capitán Eric Triggvason, Miguel de Unamuno, la colina llamada *Túmulo de los Vikings*, Enrique París, José Tohá, Cristo, Juan Carlos Onetti, la eternidad, el asesino de *Canta La O*, Pablo Neruda, poeta fabricante de su propia hidromiel, el compadre Estaquio Matamala, Chucho Navarro, de *Los Panchos*, Michel Foucault, las caníbales flores grises, la flor del Nacxit Xuchtitl, el Sol castrado, el Arcoiris empleado como una cuerda de horca, la horca empleada como un Arcoiris con nudo corredizo, un cuerno de chicha baya de Kuracaavi el pescador que traicionó, la sombra de los árboles de Hol-Mué, el Colegio Escandinavo de Utsavalipak, Yonalda Vutamapu, Roberto Arlt, el dios Odín, el Árbol de los nueve días, la doble escalera en espiral, Ernesto Sabato con un túnel bajo el brazo angustiado, el Faro de Virgina Woolf, hijo del Faro capitán de su especie, el mar del Norte, el mar del Sur, la lluvia, la niebla, un rayo de Sol, el vino, el brebaje primo del aguardiente, el aroma de los almendros en las colinas de Utsavalipak, el Cementerio *Puerta de la Lluvia*, el comando de asesinos carapintadas, los asesinados, el día que fue noche, la noche que fue día, el brazo masturbatorio de la Muerte, la mujer de las bragas negras y la flor morada, el marinero que quería fornicar dos semanas con las piernas al cuello, la rama de muérdago, Gunnar de Hliterndi y su arco roto, Hallgerd la Hermosa y la negación de su trenza, los pájaros, la ciudad que era una estrella de piedra en la cima de la cordillera, el poeta Enrique Lihn, el Peñón, el canto funerario de los marinos ahogados, la bala con la punta cicelada en cruz, Federico García Lorca, Roland Barthes, Jersey de Folliot de Fierville, Claude Lévi-Strauss, Alejandra Lastra con el manuscrito de *El desorden en un cuerno de niebla*, y María Parabellum herida en plena sien: todos estaban allí. De repente en el invierno retumbaron los cascos de un caballo y apareció Virginia Woolf, cabalgando sobre un campo de asfódelos, con la cabeza de un enemigo bajo el brazo. Se levantaron de sillas invisibles desperezándose entre bastidores, sin pronunciar palabra, evitando los superfluos gestos mínimos de reconocimiento. Acto seguido, alineándose, marcharon al frente de la escena, ante el teatro vacío. Saludaron con sobria ceremonia, inclinándose uno a uno, y desaparecieron tras los espesos cortinajes que tapaban la salida de los artistas. Afuera se incorporaron a un solo y mismo apócrifo marchar, al interior de una circunstancia apócrifa, esa circunstancia que era la propia marcha de Cessair Triggvason penetrando en el vientre de un sombrío cuerno, sin memoria, sin resentimiento, sin responsabilidad ni culpabilidad, pero pleno de vértigo, pero anegado por la niebla.

Trez Vella: noviembre de 1984/julio de 1997.